Daß Brecht nicht erst durch den legendären Ausspruch Herbert Jherings von 1922 zur Uraufführung von *Trommeln in der Nacht* – »Bert Brecht hat über Nacht das dichterische Antlitz Deutschlands verändert« – seinen Durchbruch als Schriftsteller erzielte, sondern bereits ein Jahr vorher mit der wüsten und in der deutschen Prosa einzigartigen Seeräubergeschichte *Bargan läßt es sein*, ist in Vergessenheit geraten. Brecht war zur Zeit der Weimarer Republik nicht nur mit seinen Stükken und seiner Lyrik präsent, vielmehr lenkte er auch mit breit gestreuten Zeitungs-Publikationen von Kurzgeschichten die Aufmerksamkeit der Öffentlichkeit auf sich: als Erzähler. Brechts Geschichten weisen alle Kennzeichen modernen Erzählens auf, setzen sie aber widersprüchlicher und viel spielerischer (auch ironischer) als die Prosa der ›klassischen Moderne‹ (z. B. Rilke, Döblin, Musil) um. Brecht führte mit diesen Texten einen neuen Typus von ›Kurzgeschichte‹ nach anglo-amerikanischem Muster in die moderne deutsche Literatur ein, den es wiederzuentdecken gilt.

insel taschenbuch 2948

Bertolt Brecht

Die Flaschenpost

Bertolt Brecht
Die Flaschenpost

und andere Geschichten
aus der Weimarer Zeit

Herausgegeben und mit einem
Nachwort versehen von Jan Knopf

Insel Verlag

[redacted]

insel taschenbuch 2948
Erste Auflage 2003
Insel Verlag Frankfurt am Main und Leipzig

Hinweise zu dieser Ausgabe am Schluß des Bandes
Vertrieb durch den Suhrkamp Taschenbuch Verlag
Umschlag nach Entwürfen von Willy Fleckhaus
Satz und Druck: Memminger MedienCentrum AG
[redacted]

1 2 3 4 5 6 – 08 07 06 05 04 03

Inhalt

Geschichten
aus der Weimarer Zeit

Bargan läßt es sein
Eine Flibustiergeschichte

Um Mitternacht seilten wir das Schiff in einer Bucht fest, die unter dicken und fettlaubigen Bäumen schlief, steckten Zwieback und gedörrte Datteln zu uns und drangen, indem wir vorsichtig, wie auf Eiern, liefen, durch das Dickicht gegen Westen vor. Bargan, der uns führte wie eine Schar Kinder – und wir Flibustier glichen sonst nicht eben den Säuglingen –, Bargan verstand es mit den Sternen, was die Orientierung betrifft, wie der liebe Gott. Wir gelangten richtig durch den ungeheuren Wald, der verwickelter war als ein Garnknäuel, auf die Blöße und in mildem Licht lag die Stadt vor uns, die wir suchten wie unsere Heimat, bevor es Tag wurde. In aller Stille fingen wir unser scheußliches Geschäft an; zunächst störte uns keiner von ihnen, aber dann wurden sie böse, die aus dem Schlaf geweckt wurden durch Würgengel, und es gab einen gemeinen Kampf in den Häusern. Wir liefen immer alle zusammen in ein Haus, balgten uns mit den Männern, die im Hemd mit Tischen und Türen zuschlugen, und verteidigten uns gegen die Weiber, die wie Hyänen vorgingen. Ihr Schreien füllte die Luft wie ein eisiger Nebel, als wir Schritt für Schritt gegen die Zitadelle vordrangen, die an einem kahlen Berg lehnte und aus hölzernen Bauwerken bestand. Ein Teil von uns, darunter ich selbst, drängte sich noch durch ein geöffnetes Holztor, dicht hinter den Fliehenden, das Tor ging zu und die Weiber, die im Hemd auf den Mauern und Gerüsten standen, warfen Steine und Holzdinge auf unsere Köpfe, so daß wir uns in unserer Haut nicht wohl fühlten. Als wir schon blutige

Köpfe hatten und furchtbar pfiffen, damit Bargan uns höre, kam er schon mit einigen Leuten von hinten. Er war allen voraus in dem kleinen reißenden Fluß unter dem Fachwerk in die Zitadelle eingeschwommen, wobei ein Fisch sich den Bauch an den spitzigen Steinen zerfleischt hätte, aber Bargan konnte keinen von uns allen sterben sehen. Von da ab ging es schneller, um so mehr als Bargan einen seiner unglaublichen Einfälle hatte. Die zähesten von den Feinden hatten sich nämlich in dem höchstgelegenen Holzhaus verbarrikadiert, in das man nicht gelangen konnte außer mit Flügeln. Dorthin liefen von allen Seiten die noch nicht Erschlagenen zusammen, wodurch dieses Haus bald sehr stark wurde und, wenn es in dieser Weise weitere Feinde verschluckte (die sich im Innern bewaffnen konnten), leicht zu einer verdammten Rattenfalle werden konnte, denn wir Flibustier waren über die ganze Niederlassung zerstreut und viele hatten schon begonnen, die Weiber zu befriedigen, und Schildkröten kann man von Kindern schlachten lassen. Deshalb ließ Bargan eine Anzahl von Frauen auf einen Haufen zusammenkoppeln und nun fingen einige von uns an, in guter Sichtweite von dem Holzhaus die Frauen zu vergewaltigen, was sehr gut aussah und auf die Holzwürmer solchen Eindruck machte, daß sie gegen alle Regeln des Gefechtsverkehrs wie junge Stiere aus dem sicheren Holz brachen und abgeschlachtet wurden wie junge Lämmer, zitternd und hilflos, einer nach dem anderen oder zu zehn und zehn. Damit war die Stadt durch Bargans Weisheit und Menschenkenntnis erobert, und als die guten Häuser aufwachten, rumorten wir in ihnen herum und bewunderten unsere neuen Besitztümer. Es war ein guter Streich, aber wenn wir den Haken daran gesehen hätten, scharf und gekrümmt und mörderisch, so wie heut und fünf Wochen nachher, dann hätten wir alle lieber das höllische Fegfeuer erobert als die schöne Stadt, die mit brauchbaren Dingen zum Platzen überfüllt war. Die Gefangenen, von denen es etwa siebzig gab – die anderen schliefen in ihren Häusern weiter bis zum jüngsten Tag, es regnet nicht auf sie –, trieben wir in einen Hof des Rathauses zusammen, wo sie auf den Steinen sitzen konnten und ausruhen. Niemand hatte in den ersten Stunden des Siegesrausches Zeit, sich mit ihnen abzugeben, erst gegen Mittag kam Bargan zum Appellblasen und da ging er auch zu ihnen hinein, um die Frauen anzuschauen. Sie erhoben sich und standen zitternd vor Kälte im Hof herum, denn sie hatten meist nur Hemden an, es war so verflucht rasch gegangen, daß Gott sein Gesicht von ihnen abwandte, um die Ernte in Brasilien zu besehen. Übrigens steckten einige hübsche Frauen darunter, das heißt sie waren im Hemd und zitterten und wir hatten seit sieben Wochen keine junge Haut mehr gesehen. Ein Haifisch würde geglaubt haben, daß wir darauf aus waren wie Gott auf einen bekehrten Sünder, und Bargan machte gleich den Anfang, indem er ein junges Weib zeichnete, das in sein Zelt kommen sollte. Wir sahen sie nicht deutlich an zuerst, Bargan hatte nicht den besten Geschmack, er lag bei allerlei Gelichter und es hieß nicht umsonst, daß er die amerikanische Krankheit hatte, die einen Kristenmenschen stückweis verfaulen läßt. Aber da erhob sich ein Zank zwischen Bargan und seinem Freund Croze, dem »Klumpfuß von St. Marie«, und es handelte sich um das junge Weib, das beide haben wollten. Jeden anderen hätte Bargan sofort niedergeschlagen, denn um Branntwein oder Geld, auch um Ehre nicht, schlugen wir uns unter Freunden nie, sondern nur um Weiber, aber der Teufel weiß, warum Bargan an dem fetten Burschen einen Narren gefressen hatte, der wie ein Hund, den niemand will, auf der Straße gelegen hatte, bevor Bargan ihn an seinen Busen nahm. Aber nun war er geschwollen wie ein vergifteter Hund, soff überall herum, spielte mit Bargans Goldstücken, an denen von uns allen, ausgenommen ihm selbst, guter Schweiß klebte, und stritt nun mit Bargan selbst vor unserer aller Augen um ein Weib, das Bargan so sicher gehörte wie sein eigener Fuß. Wir fingen bald alle zu schreien an, daß Bargan, der keineswegs sicher war, ob ihm sein eigener Fuß gehörte, das Weib schließlich nehmen mußte, worauf er wie gewöhnlich Appell abhielt, bei dem der Klumpfuß von St. Marie hinter ihm drein die Front abstampfte. Dabei sahen wir ihm in die Augen und ich kann euch sagen und konnte es damals schon, es lag Verrat auf ihrem Grund, Schleim und verfaulte Fische.

Den ganzen Tag verbrachten wir mit Trinken und mit den Weibern, wir hielten es mit dem Bettler, der ein altes verlaustes Hemd über den Zaun warf und sagte: Leben und leben lassen! Nur Bargan arbeitete im Zelt – er zog nie in ein Haus, meinte immer, die Decke könne herabfallen – so ziemlich den ganzen Tag, unter anderem an der Verteilung der Beute, soweit sie aus reinem Gold bestand. Er sah das junge Weib nicht *ein*mal und am Abend schüttelten wir schon alle die schweren Köpfe darüber, daß Croze das Weib hatte, Bargan selbst hatte sie hinüber führen lassen in das Haus, wo der Klumpfuß von St. Marie den ganzen Nachmittag mit einem anderen Mensch gelegen hatte. Wir sagten später, seine

Feindschaft gegen Bargan, der ihn wie ein Kind liebte, sei dadurch entstanden, daß Croze am Abend, als er das Weib bekam, schon nicht mehr konnte, und das ärgerte ihn. Jedenfalls fanden einige von uns noch in derselben Nacht das junge Weib mit durchschnittener Kehle in Crozes Zimmer auf, der aber hatte sich, nachdem er sie wie ein Huhn abgeschlachtet hatte, bei Nacht und Nebel aus dem Staub gemacht. Mit ihm noch sieben bis acht Burschen, die Bargan nicht grün waren, weil sie dereinst eine schäbige Seele abbekommen hatten. Als wir es Bargan in der Frühe sagten, ließ er sich nichts merken, aber danach trank er und stierte immer in ein Loch hinein, mitten in unserem Siegesjubel, der noch drei Tage dauerte. Am Abend des dritten Tages, als die Weiber aufgebraucht waren und der Schnaps bitter wurde, kam der fette Croze zurück, aber allein, und tat, als sei er im Gebüsch beim Verrichten seiner Notdurft gewesen, und sah uns allen fragend ins Gesicht. Und obgleich wir ihm gern die dicke Haut über die knorpeligen Ohren gezogen hätten, taten wir, als hätten wir ihn nicht vermißt und auch das Huhn nicht gefunden, nur weil Bargan gar nichts tat, um seine Freude über seine Rückkehr zu verdecken, die ihm keine Ehre machte. Und in den darauffolgenden Tagen, wo wir den Abmarsch in Gang brachten, lebten die beiden zusammen wie früher, wie Brüder, die zusammen einen Mord begangen haben.

Wir luden das Beste von all dem Zeug, von dem wir noch das Gute zurücklassen mußten, auf die Ochsenwagen, suchten die Gäule aus und machten alles fertig, denn wir hatten für unseren Ausflug drei bis vier Tage in Aussicht genommen und jetzt war es eine Woche geworden. Aber als wir aufbrachen, fehlte die Munition. Es war massig Pulver dagewesen, wir hatten noch *dazu* erbeutet, jetzt war alles verschwunden, ohne einen Laut in die Luft geflogen. Die Wachen hatten nichts gehört, vielleicht hatten sie ihren Rausch ausgeschlafen; merkwürdig war freilich, daß die Kisten oben droben die alten waren, nur war Sand drinnen und statt der Fässer unter ihnen lagen Kisten und Heringstonnen, allerlei altes Gerümpel. Wir suchten wie Spürhunde und verschoben den Abmarsch. Am andern Tag stießen wir in einem Weiher auf die guten Pulverfässer, man hätte drauf schlafen können. Es war ein tüchtig Stück Arbeit gewesen, sie dahin zu bringen, ohne daß sich fremde Leute drum bekümmerten, niemand hatte die Ahnung eines Beweises, aber niemand im Lager zweifelte daran, daß Croze mit der üblen Sache zusammenhing, wie die Mutter mit dem Nabel des Kindes. Die Nabelschnur war abgebissen, aber von nun an hatten wir ein Auge auf den Klumpfuß von St. Marie, der zwischen den leeren Heringsfässern herumharpfte, wie ein Kürschner, dem die Felle weggeschwommen sind, nachdem er sie schon verkauft hatte, und auch auf die Burschen, die der Wald verschluckt hatte.

Unsere Kolonne hatte einen geschwollenen Bauch, was den Haufen Wagen und Zugochsen betrifft, und eine lahme Faust, was die leeren Pulvertonnen anlangt, wir watschelten gemütlich durch das Holz, das wir mit Äxten niederlegen mußten, und in die Erdrisse mußten wir Zeug stopfen, daß wir hinüberkamen. Das war langweilige Arbeit. Da bekamen wir Unterhaltung, mehr als uns lieb war und bekam.

Wir zwängten uns am zweiten Tag unseres Marsches gerade durch eine malerische Felsgegend, mit hübschen Wänden rechts und links, da begann es Steine zu regnen in der Größe von Straußeneiern oder noch bedeutender. Wir steckten zwischen Ochsen und Fahrzeugen, die in verschiedener Richtung auseinanderwollten, weil die Steine härter schienen als wir, und konnten uns nur unter die Räder verkriechen und warten, bis der Himmel ein Einsehen oder keine Steine mehr hatte. Unter anderen Umständen hätten wir hinaufgeschossen, dann wären außer den Steinen noch ein paar dürre Engel heruntergekommen, aber mit Heringen konnte auch Bargan nicht feuern. Wir hätten uns langsam oder schnell begraben lassen müssen und dann hätten die Burschen oben, die es regnen ließen, den Anblick eines Feldes gehabt, auf dem zuerst nützliches Zeug wuchs, aber nach dem Hagel nur noch Steine liegen, auf denen kein Name steht – aber da kam einem von uns eine Erleuchtung und er nahm, unter Lebensgefahr, den Klumpfüßigen von St. Marie am Kragen und zerrte ihn aus seinem Wagen heraus, in dem er sicher hockte, wie der Dotter im Ei. Und die oben mußten gut sehen und seinen Wagen in dankbarer Erinnerung haben, denn der Regen hörte sofort auf und wir konnten weiter.

Es war ein deutliches Zeichen des Himmels, und wäre Bargan nur blind gewesen, hätte er es gesehen. Aber er liebte den fetten Croze und sagte zu uns: Es gäbe keinen Beweis und wir sollten uns schämen. Da gab ihm Croze, der dabei stand und auf die Sonne guckte, die Hand vor unsern Augen. Da machten wir aus, daß immer einer von uns auf Croze aufpassen sollte, bei Tag und bei Nacht, denn Bargan tat es nicht, er schloß seine Augen, er lebte mit Croze wie zwei Freunde im finstern Gehölz, die sonst niemand haben.

Also mußten wir die Augen aufmachen, denn Bargan war so, daß wir lieber mit ihm alle zum Teufel gehen wollten als ihm ein Leids tun.
Es kam aber dann die Sache mit der Windrichtung.
Wir mußten irgendwie irr gegangen sein. Der liebe Gott täuschte sich mit den Sternen. Früher hatte Bargan nachts einen Blick auf den Himmel geworfen und wir konnten auf einen Pflock im Urwald zumarschieren danach. Jetzt stand er stundenlang vor seinem Zelt und rechnete, wie unsere Wachen sagten, manchmal stritt er auch dazwischen drin mit Croze herum, der immer frecher wurde. Und dann irrte er sich auch noch und wir mußten uns zusammenreißen, daß wir's ihm nicht merken ließen. Später klappte auch sonst ab und zu etwas nicht mehr mit seinen Anordnungen, das fing mit der Sternensache an.
Wir dachten, er habe Kummer mit Croze, auf den er sich nun einmal verlegt hatte, es ging ihm wohl so wie einem Mann, der lieber fünfmal eine Ankerkette flickt, als daß er eine neue anschafft, wiewohl es Stürme gibt. Kurz, wir sahen's ihm nach, auch die üble Sache mit Jammes, den Croze beschuldigte, er habe ihm sein Messer gestohlen, und den Bargan auspeitschen ließ, obwohl wir alle wußten, daß Jammes das Messer gehörte, und Bargan wissen mußte, daß Croze das Messer nicht gehörte. Croze stand da und fand es nicht einmal nötig, irgendeinen Beweis zu erlügen. Er starrte nur seinen Freund an, als wolle er ihn erproben. Nachher lief sogar das Gerücht um, der Klumpfuß von St. Marie habe zu Bargan gesagt, das Messer erkenne er genau als das seine, weil es dasjenige gewesen sei, mit dem er dem Weibe, das ihm Bargan schenkte, den Hals

abgeschnitten habe. Das war der Gipfelpunkt. Er sah Croze ähnlich.
Der Irrtum mit der Richtung wurde sehr peinlich. Wir kamen viel zu weit unterhalb der Buchtstelle an, wo das Schiff lag. Da entschloß sich Bargan nach all dem noch, Croze vorauszuschicken, um die Mannschaft des Schiffes von unserer Ankunft in Kenntnis zu setzen. Wir waren alle dagegen, es half jedoch nichts. Der Klumpfuß von St. Marie setzte seinen Willen durch und ritt uns allen voraus. Wir sahen ihm nach, wie er, dick und gallig, auf seinem Gaul durchs Gehölz fortsprengte. Wir hatten alle einen Krebs im Hals.
Wir marschierten kaum zwei Stunden, da kam der Mann, der mit Croze geritten war, mit der Botschaft zurück, jener und die ganze Schiffsmannschaft würden uns in einem ausgetrockneten Wasserlauf, der in die Bucht führte, entgegenkommen, wir sollten also dort marschieren. Wir witterten Unrat, jedoch dirigierte uns Bargan wirklich in das Flußbett hinüber, und wenn wir auch heraus hatten, daß der Teufel sich der Sache annehmen würde, wußten wir doch nicht, was er vorhabe, und darum und Bargans wegen gehorchten wir. Unter kühlem Wind setzten wir auf den dichten Steinen des Flußbettes unsern Marsch in den Abend hinein fort. Das Flußbett verbreiterte sich sehr stark, schließlich verloren wir die Ufer aus den Augen und schworen, das Bett sei vollends ausgetrocknet oder wir hätten es schon verlassen. Bargan auf seinem dunklen Hengst hatte die Richtung im Kopf wie seine Augen. In dem milden Licht der ersten Sterne, die aus dem dunkler werdenden Himmel quollen und an die ich mich aus bestimmten Gründen deutlicher erinnere als an die irgendeiner anderen Nacht, in guter Ordnung vorwärts-

gedrungen, spürten wir bei zunehmender Dunkelheit plötzlich Wasser in den Schuhen und merkten bald mit wenig Freude, daß es stetig und nicht zu langsam stieg. Auch hatten die Wellen seichten Wassers eine bestimmte Richtung, die gegen uns lief, so daß uns auf die Idee geholfen wurde, daß wir unser Flußbett so wenig wie unsere Schuhe unter den Füßen verloren hatten, daß es aber kein Flußbett, sondern eine Meeresbucht war und daß die Flut ernstliche Anstrengung machte, uns alle, Mann und Roß und Wagen vor dem ersten Hahnenschrei zu ersäufen. Anfangs gestattete uns die Dunkelheit noch freundlich, einander anzuglotzen, aber dann verhüllten weiche und ekelhaft weißliche Nebel die wenigen Sterne und das Wasser um unsere Knöchel stieg mit dem Ernst einer Erscheinung, die ihr Handwerk versteht. Die Erwerbung unsrer Beute hatte uns und ihren früheren Besitzern viel Schweiß und Blut gekostet, aber nun mußten wir sie den kalten Wassern lassen, die, ganz mit sinnlosem Steigen beschäftigt, sich um uns nicht mehr kümmerten als um trockene Steine. Der Fluß sah aus wie ein Auge, das aus irgendwelchen Gründen dunkler und dunkler wird, wie es in der Liebe geschieht, wenn die Berauschtheit herannaht. Als die Wasser hoch genug geworden waren, um auch dann peinlich zu werden, wenn sie still gewesen wären, begannen sie sich mit Leben zu füllen und gerieten in die Aufregungen eines Strudels. Schon blieben die Karren stekken und wir schwangen uns auf die Stiere. Aber dann fingen auch die Stiere an, die Sache schwierig zu finden, und es mochte nach unserem Gefühl etwas über Mitternacht sein, als der erste Stier wortlos in der Flut versank und irgendwohin hinunterschwamm. Um diese Zeit mußten wir uns aufs

Schwimmen verlegen und taten es brüderlich mit hölzernen Planken zusammen. Wir konnten uns noch zusammenhalten, freilich nicht alle, einige schwammen auf lange Zeit fort, ich habe sie bis jetzt nicht wiedergesehen. Aber Bargan blieb in unserer Mitte.

Etwa zwei Stunden nach Mitternacht spürten wir festen Boden unter den Klumpen, die an unseren Knieen hingen, und klommen, Bargan voran, auf eine kleine steinige Insel, wo wir, ohne Feuer und Decken, hungernd und in nassen Kleidern in unterhaltender Besorgnis, daß das Wasser nachkommen könnte, den Morgen erwarteten, wie der Sünder am Tag des Gerichts auf Gottes Stimme wartet mit der Erlaubnis, daß er durch die Tür rechts in die berühmte Seligkeit eingehen kann.

Bargan ließ all diese Stunden über kein einziges Wort fallen, obwohl wir alle an die siebenzig Männer und Weiber dachten, die Bargan vor unserem Abmarsch hatte schlachten lassen auf Crozes Bitten.

Gegen Morgen verlief sich das Wasser und wir konnten weiter, unser Schiff suchen, ohne Beute und sogar ärmer um Dinge, die wir mit in den Wald genommen hatten, sowie um viele Kameraden, nachdem der eiskalte Wind der Frühe unsere Kleider getrocknet hatte. Und erst gegen Mittag fanden wir die Bucht. Es war uns nicht sehr gut gegangen, wir hatten in kalten Wassern und unter dem Regen von Steinen gestanden und gefroren wie Hunde, die nachts auf eine Läufige warten, aber es mußten noch unsere Augen sein, die wir im Kopf hatten, und es war auch die Bucht, wir erkannten sie wie unsere Mutter an dem fetten Laub der Bäume. Nur von unserm Schiff, das doch zwei Segel aufgesteckt hatte

und an diesen fettlaubigen Bäumen angeseilt war, konnten wir mit unseren geschwächten Augen nichts sehen. Nicht einmal der Strick hing noch irgendwo. Aber zwischen den Bäumen heraus harpfte der Klumpfuß von St. Marie, bleich und etwas verlotst im Gewand, und schwenkte den Steiß, als sei alles gut aufgehoben. Dann sagte er zu Bargan, wo er denn gesteckt habe, er warte seit Stunden mit Schmerzen, es sei niemand da und ob man ihn allein unter den wilden Tieren lassen wolle? Bargan sah ihn nur an und fragte nicht einmal nach dem Schiff, sondern ging von uns weg und an Croze vorbei in die Stämme hinein, als suche er was, was man von weitem nicht so gut sieht. Uns aber sagte Croze nur schnell über die Achsel, das Schiff sei fort gewesen, als er gekommen sei, es sei voll von Schuften gewesen oder der Wind und die Flut habe die Seile zerrissen. Dann hinkte er seinem Freund nach, wohl weil er unsre Gesichter richtig beurteilte.
Wir standen zwischen den Bäumen herum mit schwachen Knieen und schauten uns die Augen aus dem Kopf; aber wenn einer seine Brille verloren hat, kann er nichts mehr sehen und seine Brille auch nicht mehr finden: aus demselben Grund. Er bleibt für alle Ewigkeit blind, wenn ihm keiner hilft. Also konnten auch wir unser Schiff nicht mehr einholen, wenn uns nicht Flügel wuchsen, und dazu hätten wir vorher zumindest krepieren müssen. Dennoch wollten wir nicht die Flinte wegwerfen, für die wir kein Pulver mehr hatten, wenn nur Bargan wieder gesund gewesen wäre. Wir schickten also einige Leute zu ihm und sie fanden ihn auf einer Wurzel sitzend, den Arm um Crozes Schulter. Da sagten sie ihm in dürren Worten, er sei schuld an der Hinschlach-

tung der siebenzig, an den sieben Toten im Steinbruch, daran, daß viele von uns in unbekannter Richtung fortgeschwommen seien und daß das Schiff in den Himmel gefahren sei; daran sei er, Bargan, schuld, nicht etwa der Klumpfuß von St. Marie, denn den hätten sie beim erstenmal wie einen fetten Hund ersäuft. Jedoch wollten sie ihn, Bargan, bitten, sie jetzt weiter zu führen, denn er sei alles wert. Aber Croze wollten sie schnell niederlegen und, nicht unter sieben Schuh tief, eingraben. Sie wollten lieber vor Ekel eine Warze abbeißen, als daß sie den ganzen Mann wegwarfen. Dieses hörte Bargan mit großer Ruhe an. Und als sie ausgeredet hatten, fragte er sie: Was sie zu tun gedächten, wenn er seinen Freund nicht im Stiche ließe, auf einige Verdachtsgründe hin, die nicht stichhaltig seien. Da fingen sie an, ihm alles vorzurechnen, und fügten Beweis auf Beweis, wie Croze zuletzt noch den Mann weggeschickt habe, von dem er wußte, daß er ihm auf die Finger sehen würde, mit der Botschaft, die ihn und alle andern ins Wasser tauchen sollte, während er selber das Schiff besorgte. Und während ihnen beim Reden nur noch alles durchsichtiger wurde, saß der Klumpfuß von St. Marie grinsend auf seinem Baumstumpf und fuhr mit der gespreizten Hand durch das schwarze Haar, das er lang zurückgekämmt trug und das vor Schmutz in glatten Strähnen zusammenklebte. Aber Bargan fragte, was sie also zu tun gedächten, wenn er nun einmal nicht wolle. Da ging den Unsern ein Licht auf, was es für eine Bewandtnis mit Bargan habe, daß er alles selber wußte, besser wie sie, und doch den fetten Hund nicht aufgeben wollte, Gott weiß warum. Sie kehrten also wortlos um und sagten uns alles.

Wir wurden nun sehr traurig, denn wir merkten es alle, daß dem Bargan jetzt eben etwas zustieß, was diesem Mann nicht an seiner Wiege noch an den Särgen seiner Feinde gesungen worden war und was jeden von uns treffen kann: Daß wir in der hellen Sonne mit vollen Segeln verunglükken. Das geschah aber mit Bargan, als er allein mit dem Klumpfuß von St. Marie im Gehölz saß und einen dicken Kopf machte. Wir schwatzten nicht lang, weil der beste Mann von uns einen Krebs gekriegt hatte, sondern machten das Kreuzzeichen in der Luft und einen scharfen Schnitt zwischen ihm und uns. Einige wollten ein Säcklein Datteln dalassen für ihn, der nichts hatte als den Freund, der ihn verriet, aber wir waren alle dagegen, daß man einen Leichnam mit Speisen vollstopft, wenn die Lebendigen leere Magen haben. Also gingen wir weg, ohne daß wir Bargan noch einmal sahen, der uns sehr lieb gewesen war, an einem warmen Tag im Sommer und in dem Gehölz an der Marienbucht in Chile.
Zwei Tage lang fahndeten wir auf das Schiff mit dem Gefühl im Leib, daß ein Krebs keinen Windhund einholen kann, aber dann fanden wir auf der Bucht einen Kasten schwanken mit zwei Segeln, der stark wie St. Patriks Weihnachtskrippe aussah, wie ein Zwillingsbruder von unserm Schiff. Der Zwillingsbruder schwamm mitten in voller Mittagssonne. Wenn wir bis zur milden Abenddämmerung hätten warten können, wäre es eine kleine Spazierfahrt mit Eiern und Weinpullen gewesen, St. Patriks Weihnachtskrippe mit unserm Besuch zu beehren; denn ein hübsches Floß war schneller gebaut, als wir einstens unsere liebe Schale erworben hatten. Jedoch schien die liebe Schale ihre Fracht bereits

innen zu haben, denn sie mißbrauchte mit allen Tüchern den Wind, obgleich er, der die Sachlage wohl witterte, sich reichlich bitten ließ und sie so schlecht segelten, als seien sie frisch aus der Steuermannsschule auf einen modernen Zweimaster losgelassen worden. Immerhin mußten wir uns beeilen und so sprangen wir aufs Floß und ruderten mit gewaltiger Behaglichkeit auf unsern fetten Fisch zu. Er vertrödelte seine kostbare Zeit, bis wir in Schußweite lagen, mit höchst possierlichen Tanzübungen und wir lagen in den Riemen wie bei eines anderen Mannes Weib und als hätten wir das Floß gestohlen. Dann pfiffen die ersten Kugeln über uns weg zum Willkommsalut. Einer von uns, der seinen Pulverbeutel am Hals gerettet hatte, schoß auch, der Ehre wegen, aber da geschah etwas, was uns sehr über die Rücken hinunterlief. Auf unsern ersten Schuß erschien an der Reling aufrecht eine gute Zielscheibe, die wir gut kannten und die mit Namen Bargan hieß. Wir waren nicht erfreut, daß der Mann Bargan hieß, der unsere Schale so schnell als möglich auf die hohe See hinausbringen wollte, ohne daß wir dabei waren. Und jetzt verließ er sich so fest auf unser weiches Herz, daß er alle seine neuen Schiffsmannschaften deckte gegen unsere Schüsse! Wir wußten noch nicht, daß wir ihm unrecht taten, als wir nicht mehr schossen, weil *er* es war.

Als wir auf das Schiff kletterten – Bargan selbst ließ ein Seil herunter –, war es dort still wie in der Kirche und nichts zu sehen. Bargan selber war keine Sehenswürdigkeit mehr, er hatte ein schlechtes Kleid an, das ihm wohl sein Freund Croze geschenkt hatte, und er hätte besser getan, wenn er eine Maske aufgesetzt hätte, so wenig konnte er mit seinem neuen Gesicht Staat machen. Aber er sah wohl so aus, weil er ein so schlechtes Kleid anhatte. Guten Tag, sagten wir, auf St. Patriks Weihnachtskrippe, du hast wohl auf uns gewartet? Nein, sagte er. So bist du wohl sehr allein, fragten wir und schielten nach den Treppen. Nein, sagte er. Da sahen wir, daß er nicht mehr herausbringen konnte als *ein* Wort, und weil das wenig ist für einen Mann wie es Bargan gewesen war, schämten wir uns unseres ungerechten Zorns und fragten ganz mild: Du hast wohl das Schiff wieder gefunden? Sie waren uns wohl entgegengefahren und dann kamen sie wieder zurück? Damit wollten wir ihm draufhelfen, weil er wie ein Kind dastand und wir es nicht ertrugen. Aber er brachte seinen Mund auf und sagte: Nein, es sei nicht so. Da sahen wir, daß er nicht lügen konnte, das hatte er nicht gelernt. Und wir ließen ihn stehen und stiegen ins Schiff hinab und er blieb stehen am gleichen Platze unbeweglich, als sei er ein Gefangener.

Unten im Schiff fanden wir denn auch die lieben Burschen, die seinerzeit aus der Stadt ausgewandert waren und sich mit Regnen beschäftigten und Pulver mit schwerer Mühe in Brunnen wälzten und zuletzt zur Erholung eine kleine Partie auf St. Patriks Weihnachtskrippe für nicht zu viel hielten. Sie hockten an den Wänden herum und unterhielten sich mit Zittern. Mitten drin saß auf einer Seilrolle ihr lieber Gott, der Klumpfuß von St. Marie, fett und schamlos und schaute uns entgegen wie seinen Hochzeitsgästen; nur sein Schädel zitterte etwas und seine Vorderansicht war etwas bleich beim Grinsen. Wir erlaubten uns die ergebenste Frage, was er momentan glaube, nach seiner Religion, seinen geschäftlichen Erwartungen, der Zukunft seiner ungeborenen Kinder und was er von einem Leben nach dem

Tode halte. Dann stellte einer die Frage, warum sie so sündhaft gesteuert hätten, wo doch Bargan bei ihnen sei? Da kam es heraus, daß Bargan dazu angestellt sei, das Verdeck zu wischen, so wollte es der Klumpfuß und sie hatten ihn mit Messern an den Waschtisch geschleift; denn er sollte sich seine Mahlzeit auf Crozes Schiff redlich verdienen. Wir waren eben dabei, dem lieblichen Scheusal eines in die Zähne zu geben, da kam Bargan die Treppe herunter und bat uns, wir sollten Croze in Ruhe lassen und uns an *ihn* halten. Dabei machte er nicht viele Worte. Da sahen wir uns an und einer warf, nur um was zu sagen, eine kleine Frage in die schwarzen Abwässer, die lautete: Wißt ihr vielleicht etwas, wo die guten Jungen sind, die das Schiff gegen Feinde verteidigen sollten, während wir die Stadt eroberten und so große Beute machten? Aber es kam keine Antwort aus dem Schlund des Untiers, der schwarz war und verfaulte Zahnstumpen hatte, man erstickte drinnen. Da verstanden wir, daß die armen Jungen fortgeschwommen waren, um uns zu benachrichtigen, daß St. Patriks Weihnachtskrippe in die See stechen sollte, und wir sollten uns beeilen, wenn wir mitwollten. Und zwei von uns nahmen Bargan ohne ein Wort zwischen sich und gingen mit ihm die Treppe wieder hinauf, während wir andern in der halben Dunkelheit unsre Hände der Erinnerung an unsre lieben Brüder hingaben. Nur Croze ließen wir seinen Hals dick, denn der ging hinter seinem Freund hinauf und wir wollten ihn aufsparen.

Als wir hinaufkamen, sperrten wir den Klumpfuß von St. Marie in einen Holzkäfig, in dem ein Affe gesessen hatte. Bargan ließen wir herumlaufen, denn was nützt es, mit einem Mann zu reden, der eine Krankheit hat und über die

Sterne nachdenkt? Wir setzten die Segel auf und liefen aus der Bucht.

Am Abend feierten wir die Wiederkunft sowie das Andenken an unsere lieben Leichname, die jetzt, wie einer schön sagte, unter dem milden Sternenlicht aufwärts schwammen, mit dem Gesicht nach oben, irgendwohin mit einem Ziel, das man vergessen hat, und wie einer, der keine Heimat hat, aber wohl Heimweh, mit einigen tüchtigen Schlucken Schnaps. Bargan ließ sich nicht sehen, erst ganz am Schluß, als die meisten schliefen, kam er zu mir her, der vor dem Holzkasten saß und wachte, und sagte: Willst du mich nicht in den Kasten hineinlassen oder hast du etwas dagegen? Er stand im Sternenlicht, ich sehe ihn noch heute und höre ihn auch noch und jetzt ist er doch schon lange abgehalst oder auch nicht, was weiß ich. Und zu der Frage brauchte er eine große Anstrengung. Man sah nicht in den Käfig hinein, aber drin saß der Klumpfüßige und hörte jedes Wort. Darum sagte ich und ließ in nichts von der Ehrfurcht nach, die ich immer vor ihm hatte, denn er war der beste Flibustierkapitän weit und breit bis nach Ecuador hinauf gewesen: Willst du nicht lieber in deine Kajüte gehen? Er besann sich und sagte: Hältst du etwas von dem Schiff? Ich sagte: Ich gäbe einiges darum. Da besann er sich wieder und sagte: Ich liebe den da drinnen. Da verstand ich ihn und konnte mich doch nicht recht halten und sagte: Und du gibst wohl nicht viel auf das Schiff? Das verstand nun er nicht, darum sagte er nach einer Weile: Aber ich bitte dich, laß uns fort! Ich muß sagen, daß ich etwas Branntwein in mir hatte, aber das griff mir doch ans Herz, daß er von dem Schiff fortwollte und davon gar nicht sprechen konnte und nur »aber« sagte, worin alles lag, was er vorbringen konnte, und das alles las er sicherlich in meinem Gesicht, denn er fuhr fort: Wenn ich euch das Schiff lasse und ihr laßt mir den da, dann sind wir wohl quitt, ich meine, was mich betrifft, denn ich habe nicht viel mehr, was ich für ihn geben könnte. Ich überlegte mir's und er sagte noch: Freilich wär's auch eine Gnade; welches Wort ein Stich mit einem guten Messer in meine Krokodilshaut war. Ich überlegte mir's lang und während der ganzen Zeit, wo wir unter leichtem Wind übers Wasser schaukelten, das man hörte, stand er ruhig da und ich konnte sein Gesicht nicht sehen, das im Dunkeln lag. Und obgleich wir mit jedem Windhauch tiefer in die See und weiter weg vom Land kamen, wo er hinwollte, sagte er nichts, um meine Entscheidung zu beeilen.

Ich aber dachte an sein ganzes Schicksal in dieser Nacht und alles lag klar vor mir wie eine Wiese in vollem Morgenlicht, die von einem Wald langsam gefressen wird und nur vorerst noch da ist. Dieser da hatte sein Geld auf eine Karte gesetzt und nun verteidigte er sie. Aber die Karte war eine Niete und je mehr er draufsetzte, desto mehr flog auf, das sah er selber ganz genau, aber er wollte wohl sein Geld los haben, er konnte nicht mehr anders. So ging es ihm, der ein großer Mann war, eine Anstrengung Gottes, so konnte es jedem von uns gehen, mitten im Licht wurde man überfallen, so unsicher sind wir alle auf diesem Stern.

Und dann sperrte ich den Käfig auf und trug den fetten Croze mit eigenen Händen in das kleine Boot und Bargan ging hinter mir her. Er sah nicht nach rechts noch nach links, als er ins Boot stieg, und es war doch sein Schiff, auf dem er zehn Jahre lang nicht immer Gutes getan hatte, wiewohl Gutes darunter war, aber doch gelebt hatte und viel gearbeitet und gerecht gewesen war und ein Ansehen hatte, er sah es nicht an, als er zu seinem Freund ins kleine Boot stieg, und er redete auch nichts.

Und in der Nacht, als er langsam fortruderte und ich ihm nachsah, dann sah ich ihn niemals wieder, hörte auch nichts von ihm, noch von dem Klumpfuß, fiel mir manches ein über das Leben auf diesem Stern und ich kam Gott näher als in vielen Gefahren, in denen ich selber war.

Denn ich verstand mit einem Male Gott, der wegen einem so räudigen, fetten Hund, der kein Messer wert war, den man nicht schlachten, sondern verhungern hätte lassen sollen, einen solchen Mann wie Bargan hingab, für den es keinen Vergleich gibt, der ganz und gar dafür geschaffen wurde, den Himmel zu erobern. Und der nun, nur weil er etwas haben wollte, dem er nützen konnte, sich an diesen Aussatz gehängt hatte und alles sein ließ für ihn und wohl noch froh war, daß es kein guter Mann war, den er liebte, sondern ein böses gefräßiges Kind, das ihn ausschlürfte wie ein rohes Ei, mit einem einzigen Zug. Denn ich will mich vierteilen lassen, wenn er nicht noch Genuß daran hatte, an dem kleinen Hund, auf den er sein Auge geworfen hatte, mit allem, was sein war, zu Grunde zu gehen, und drum alles sonst sein ließ.

Ein gemeiner Kerl
Novelle

Als Martin Gair eines Nachmittags bei guter Septembersonne in einer vornehmen Straße promenierte, fiel ihm die Witwe Marie Pfaff auf, die in hellen Musselin gekleidet mit kräftigen Beinen an den Auslagefenstern entlang schritt. Sie war groß und stark, mit vollem Busen und anscheinend weichen Hüften gesegnet, die der schmiegsame Stoff wirksam herausarbeitete. Sie hatte ein bleiches gesundes Gesicht und dicke braune Zöpfe zum Schopf auf dem Hinterkopf getürmt. Das gefiel ihm, und er ging ihr einige Zeit nach. Dann sprach er sie an und fragte, ob er sie begleiten dürfe. Da er sie sehr frech anschaute und ein großer hagerer Kerl mit brauner Haut war, erschrak sie zunächst und antwortete nicht, sondern ließ ihn in beschleunigter Gangart neben sich hergehen. Er sagte auch nichts mehr, und so gewann sie ihre Fassung allmählich wieder und entledigte sich seiner, indem sie scharf auf dem Absatz umkehrend seitwärts ab in ein Wäschegeschäft einbog, das sie nach einiger Zeit durch eine Hintertür wieder verließ. Sie sah Gair nicht mehr, denn dieser stand hinter einem Mauervorsprung. Dann folgte er ihr mit Gleichmut von weitem bis an ihre Wohnung. Darauf ging er zum Essen in ein etwas obskures Lokal und schlang ein Beafsteak halbroh hinunter, zu dem er drei Eier bestellt hatte. Nach dem Essen goß er ein kleines Glas Schnaps nach, bohrte mit dem Stocher in seinen schwarzen Zahnstumpfen und reinigte sich mit demselben Werkzeug die Fingernägel. Er bezahlte, mit fünf Prozent Trinkgeld, und verließ das Lokal. Als er die Glocke von Frau Marie Pfaffs Wohnung gezogen hatte, ging er an einem hübschen Dienstmädchen vorbei in den dunklen Flur und verlangte Frau Pfaff zu sprechen. Sie kam erstaunt heraus, erkannte ihn sofort wieder, sagte zu ihrem Mädchen an der Tür: »Ich bin für den Herrn nicht zu sprechen!« und ging ins Wohnzimmer zurück, wo das Abendessen halbverzehrt auf dem Tisch dampfte. »Wo ist der Herr?« sagte Gair. Das Dienstmädchen lehnte zitternd am Türpfosten und gedachte eilig an den letzten Lustmord in der Zeitung, der mit unerhörter Grausamkeit ausgeführt worden war. Endlich sagte sie: »Der Herr ist nicht da ... Frau Pfaff ist doch Witwe.« Das letztere entrissen ihr die schwarzen Augen des Eindringlings wider ihren Willen, sie warf es ihm in die Zähne, daß er sie schone, weil sie ehrlich war. Er trat an die Tür, öffnete und schritt ins Wohnzimmer. Dabei hielt er sich keinen Augenblick auf der Schwelle auf, sondern ging sofort aufs gegenüberliegende Fenster zu, vor dem weißer Musselin hing, und sagte: »Ich liebe Sie. Essen Sie aber ruhig zu Ende. Ich habe schon gegessen.« Die Witwe saß bereits wieder, sie hatte atemlos, mit wogender Brust auf den Auftritt im Flur gehorcht. Jetzt überwältigte sie eine kleine Schwäche. Sie hörte Gair sprechen: »Sie sind Witwe, der Rahm ist also abgeschöpft. Aber es ist noch einiges da, und ich werde es übernehmen können.« Frau Pfaff lehnte halb leblos an der Stuhllehne, erhob sich aber dann langsam, wenn auch wie hypnotisiert, und suchte zur Türe zu kommen. Jedoch kam Gair ihr zuvor und drückte auf die Klingel über dem Tisch. Das Dienstmädchen erschien und Gair sagte streng, mit Erzklang: »Es war ein Mißverständnis. Die gnädige Frau will, daß Sie abtragen und spülen.« Dabei sah er Marie Pfaff an: Er war ein großer, schwarzer Kerl, mit eckigen Zügen, aber weichem, massigem Körper. Frau Pfaff richtete sich auf, gab sich Haltung und sagte, leidlich beherrscht: »Räumen Sie ab, Anna!« Dann wandte sie sich gegen ihren Gast und wies ihm wortlos einen Sessel an. Er setzte sich sofort, schob aber den Sessel so, daß sein Gesicht im Dunklen lag. Das Mädchen räumte schweigend ab. Währenddem ging Marie Pfaff zum Spiegel und ordnete ihr Haar, auch nahm sie etwas aus einer kleinen Schatulle. Als das Mädchen draußen war, hatte sie ihre Stimme wieder nahezu völlig in der Gewalt. Sie sang fast, als sie, in einer Mischung von empörtem Ernst und vornehmer Ironie fragte, was der Herr wolle. Gair umspann ihre volle Gestalt mit seinen stechenden Blicken: »Sie«, sagte er. Ihre Antwort klang weniger sicher, obgleich er etwas gebückt und lässig, offenbar befriedigt im Ledersessel saß: »Ich verstehe Sie gar nicht.« Da stand er auf. Er stand, dunkel gegen den Musselin, breit, groß und stark. Hierauf setzte er sich wieder: das war seine Antwort. »Was wollen Sie denn eigentlich«, murmelte sie. »Sie haben wohl ein schlechtes Gedächtnis? Tun Sie den Revolver weg!« Sie legte ihn schweigend auf den Tisch. »Setzen Sie sich!« Sie gehorchte. »Ich habe freie Zeit und gute Muskeln. Ich werde bei Ihnen wohnen, und Sie werden mir den Haushalt führen.« Sie saß ganz vernichtet da und wagte nichts zu sagen als: »Aber ich kenne Sie ja gar nicht.« »Ich werde mich zuerst waschen«, entgegnete er; »dann können wir Bekanntschaft schließen.« Dabei stand er auf, ging auf sie zu und packte sie mit starken Armen. »Das Zittern macht nichts, sondern ist ein gutes Zeichen. Ich bin weder ein Lustmörder noch ein Heiratsschwindler. Ich bin ein Liebhaber.« Er küßte sie nicht, sondern ließ sie, die sich halb erhoben hatte, in ihren Stuhl zurücksinken. Als sie aber keine Anstalten traf aufzustehen, fiel er über die Halbentseelte her, trug sie schweigend auf die Chaiselongue und kreuzigte ihre Arme rücklings über ihren Kopf. Dann ließ er von der heftig Atmenden ab. Ohne ein Wort erhob sie sich, ging links zum Badezimmer und rüstete die Wanne. Er trug sie ins Bad und ins Bett, das sie ihm fiebernd wies, ohne seinen Namen zu kennen. In dem Halbdunkel des Alkovens lernte sie in Pein und Seligkeit seine harten Hände lieben und ergab sich mit Leib und Seele darein.

Als sie am andern Morgen die etwas verschwollenen Lider öffnete, fühlte sie sich dem fremden Kerl verwandt, und sie liebte ihn trotz seiner schmutzigen Wäsche. Sie stand leise auf, ohne ihn zu wecken. Sie summte beim Waschen, sie dachte an das Paradies der Nacht, in das er sie geführt hatte, als sie ihr Haar richtete. Aber dann ging die Arbeit an, als er erwachte. Er verlor nicht im Licht des Tages, er war so stark und hatte eine braune Haut und manches andere. Er duldete nicht, daß sie die gelben, schweren Vorhänge von den Fenstern zog, er fühlte sich wohl in dem goldenen Licht, der große, schwarze Kerl. Er war nachts wie ein bleicher fetter Fisch in seinem Teich gewesen, als er sich mit ihr wälzte, und jetzt lag er im Trockenen, in der goldenen Wärme und sonnte sich, stark und bös. Den Kaffee nahm er im Bett, dabei sah sie seine Knie und Schenkel unter der dünnen Decke, und es wurde ihr schwindlig. Aber er war faul und es genügte ihm. Sie durfte für ihn arbeiten. Ihr fiel nimmer auf, wie unwahrscheinlich die Art ihrer Bekanntschaft war, und sie dachte heute nicht daran, was morgen sein würde. Es begann ein neues Leben. Der Kerl ging keinen Schritt aus den

Zimmern, er lag herum, rauchte oder beschäftigte sich mit den Goldfischen, die in dem matt erhellten Raum nur sehr schwach leuchteten. Sie lief selbst um Zigarren, sie setzte ihm Likör vor, sie packte ihn in Zeitungen. Ihr Leben hatte einen Sinn bekommen, sie war tagsüber Mutter und nachts Geliebte. Er verstand sein Handwerk. Sie waren glücklich. Es gab keine Vergangenheit.

Es dauerte eine halbe Woche, drei Tage mit vier Nächten, dann hatte er es satt. Es handelte sich darum, Abwechslung zu haben. Die Wirtin war gut gebaut, aber es waren nur der gleiche Likör und die gleiche Zigarre, mit der er immer auskommen konnte – nicht die gleiche Frau. So kam es, daß er die Zeitung im Bett las und das Paradies mit Tabaksgeruch schwängerte. Bei ihr trat Furcht vor den kalten Augen an Stelle der Liebe zu der braunen Brust; sie arbeitete aus Angst, er wurde immer unerbittlicher. In der vierten Nacht, morgens, gegen fünf Uhr, es konnte noch nicht völlig hell sein, umarmte er sie zum letztenmal. Am Mittag nahm er noch einmal ein Bad, und nach dem Essen bot er ihren gequälten Augen den Rücken und verließ die Wohnung. Sie wartete am Fenster auf ihn, wagte nicht die Vorhänge wegzuziehen, aus Angst, er könne eintreten und zu helles Licht vorfinden, sondern hielt sie den halben Nachmittag mit den Händen. Er schlenderte in der Stadt herum, trank in einigen Bars (Geld hatte er eingesteckt), zahlte fürstlich und hielt am Abend ein Mädchen an, das nach sechs Uhr aus einem Laden herauslief. Sie war schüchtern und blaß. Er henkte gleich ein, sie gingen in ein Gasthaus dritten Rangs und aßen zu Abend, reichlich. Ihr Zutrauen wuchs, er redete fast gar nichts, hatte aber, zur Abwechslung, die er suchte, eine

schmeichelnde Art. Dann gingen sie zwei Stunden durch die Parks, wobei er sie in dunklem Laub einmal und im weißen Licht des Asphalts das andere Mal auf den bleichen Arm küßte, und dann nahm er sie mit nach Hause, als es neun Uhr war. Die Witwe Pfaff öffnete selbst die Tür, sie prallte zurück, aber ganz leicht, wie auf Federn. Er führte, die Hand an ihrem Arm, das Mädchen durch den Flur ins Zimmer. Darauf sah er die Witwe an, und sie ging hinaus. Er setzte sich mit dem Mädchen an den Tisch und brachte wiegenden Gangs Kognak und süßen Wein, sowie etwas Gebäck. Sie aßen, er sah immer scharf ihre Knie an, sie berauschte sich langsam, begann zu singen und zu lachen, schließlich schrie sie. Er führte sie zum Ledersofa und hieß sie, ihren Rausch ausschlafen. »Das Bett ist für dich zu fein«, sagte er. Hierauf legte er sich selbst mit den Stiefeln ins Bett. Inzwischen verbrachte die Witwe die Nacht in der Scham vor ihrem Dienstmädchen im Badezimmer.
Als der Morgen grau und milchig durch das farbige Glas schien, begann in ihrer Seele der Kampf auf Entscheidung zu drängen. Sie siegte. Sie erhob sich und ging in den Flur. Sie nahm Mantel und Hut, verließ das Haus. Als sie um zehn Uhr zurückkehrte, war das Mädchen fort, der Mann lag auf der Chaiselongue. Es war eine Unordnung im Zimmer wie nach einem Bacchanale. Er war schlecht gelaunt und empfing sie mit beißender Ironie. Ob sie gut geschlafen habe? Ob sie das Gespenst auf dem Ledersofa nicht gesehen habe? Es sei ein Tier auf dem Ledersofa gelegen und eines im Bett? Der Likör sei gar, aber seine Liebe fange erst an. Likör allerdings müsse sofort beschafft werden. Er hoffe sie im Besitz von Geldmitteln – widrigenfalls sie kein Mittel scheuen

möge, sich in Besitz zu setzen. Sie stand am Tisch und schaute ihn an. Er setzte sich aufrecht und bemerkte, daß sie ihn sah. Es war ein muskulöser, hagerer Kerl mit gemeinen Zügen. Seine Macht war aus. Es war ein Rausch gewesen. Sie hatte wohl Schnaps getrunken? Jetzt sah sie alles: Die beschmutzten Möbel, das Bett, den verwüsteten Anrichteschrank. Der Kopf war schwer, aber er saß ihr auf der Schulter. Sie sagte: »Stehen Sie auf und knöpfen Sie Ihre Hemdbrust zu!« Unwillkürlich gehorchte er. »Was hast du denn?« sagte er. »Nichts. Sie können gehen. Wenn Sie was brauchen, schellen Sie dem Dienstmädchen!« Er stand auf, in seiner ganzen Größe. Aber er hatte gut Platz im Zimmer. Er sagte: »Dageblieben!« mit Erzklang – und sie ging fort. Er fiel in den Sessel und lachte, aber die Revolution vernichtete er nicht damit. Sie ging zur Tür und dann ging sie hinaus, mit kräftigen Beinen. Er blieb eine Weile sitzen und sah das Meublement an. Es war manches hübsche Stück da. Dann ging er hinaus. Denn in seinem Schädel war ihm ein Licht aufgegangen. Ein Zigarrenkistchen nahm er mit, griff seinen steifen Hut vom Rechen und verließ die Wohnung pfeifend, das Kistchen unterm Arm, sonst nichts. So war er gekommen. (Ohne ein Kistchen, aber es war nur mehr halb voll.)

Die Witwe Marie Pfaff nahm ein Bad. Sie wusch sich kräftig, setzte sich zum Mittagessen in ihrem aufgeräumten Speisezimmer, schellte laut dem Mädchen, sah noch vor dem Essen das Wirtschaftsbuch durch. Dann ging die Glocke und der Mann kam wieder. Er wollte gleich brutal herein, aber diesmal hatte er nicht den großen Elan, er wich zurück, er schnupperte wohl in der Luft Faulichtes. Er hörte die Frau sagen: »Geben Sie ihm in der Küche Essen.« Dann pfiff er leise, als ihn das Mädchen in die Küche führte. Er hatte Hunger, und es fiel ihm etwas ein. Beim Kaffeetrinken fragte die Frau, ob der »Kerl« gegangen sei. Sie hatte keine Scham mehr. Das Dienstmädchen sagte ja, und die Witwe Pfaff ging aus. Sie ging in ein Café, wo sie befreundete Damen fand. Stille entstand, als sie an den Tisch trat. Es war ungemütlich, die Gesellschaft war unterrichtet, man roch an ihr. Sie war unter die Hunde gekommen. Sie blieb nicht lang, sie erhob sich bald, sie ging spazieren. Erst ging sie durch Läden, ohne etwas zu kaufen, dann in die Anlagen und dann noch weiter hinaus. Ihr war der Kerl eingefallen, und sie fühlte Schwäche in den Knien. Sie lief herum bis zum Abend. Es war September, laue Luft, hoher Himmel. Um neun Uhr sprach sie einer an. Es war ein junger Mensch, etwas schmal, mit guten Augen. Frech war er nicht. Sie erlaubte ihm, einzuhängen. Sie gingen noch eine Stunde im Park. Auf allen Bänken saßen Liebespaare, verquollen, das Laub deckte nicht immer ganz. Sie sprachen wenig. Er erzählte von germanistischen Studien. Die Sterne schimmerten feucht. Sie gingen nach Hause. Sie dachte: Ich kann die Nacht nicht allein bleiben. Aller Anfang ist schwer. Sie dachte an ihn. Ihre Knie dachten. Darum durfte der junge Mensch mit hinauf. Er weigerte sich nicht.

Sie tappten durch den Flur, traten in das Zimmer. Die Frau vermied es, Licht zu machen. Man war sich näher im Dunkeln. Sie nahm den jungen Menschen am Arm und führte ihn, dicht an ihn geschmiegt, zum Alkoven. Sie zog den Vorhang zurück und stieß einen kleinen schwachen Schrei aus: drinnen lag der schwarze Kerl mit dem Dienstmädchen. Der junge Mensch ging bis zur Mitte des Zimmers zurück. Die Frau sank in die Knie, senkte den Kopf auf das Bett und ließ sich schütteln vom Weinen. Der Kerl schlief.

Die Fahrt im Abteil

Einer stieg in einen vollen Zug, in dem die Reisenden gepfercht standen wie die Heringe, und öffnete ein Abteil. Die Türe wurde von innen zugeworfen. Der Mann schlug sie wieder zurück und sah einen dicken Mann mit zwei Frauen sitzen, die Kinder auf dem Schoß wiegten. Machen Sie zu, sagte der dicke Mann erbittert. Kriegsverletztenabteil. Der Reisende stand einige Zeit wie ein Hering im Gang, mit der Aussicht auf zwei Stunden, dann schob er mit angestrengter Hand die Tür wieder auf und sagte: Haben Sie Papiere? Hier sind leere Plätze. Entschuldigen Sie! Der dicke Mann stand immer auf, wenn die Tür aufging, warum, war nicht einzusehen. Hier können Sie nicht herein, sagte er. Der Reisende sah ihm ernst ins Gesicht, er war ein junger Mensch und sagte: Sehen Sie nicht ein, daß das eine Rücksichtslosigkeit ist? Der dicke Mann wollte die Tür schließen. Aber der junge klemmte seinen Fuß ein. Es war ihm nicht wichtig hineinzukommen, um zu sitzen, aber die Leute drinnen befanden sich im Unrecht und es sollte ihnen nicht hinausgehen. Das verlangte das Gerechtigkeitsgefühl des jungen Menschen. Ich setze mich hier, sagte er. Tun Sie den Karton weg! Der dicke Mann stand wieder: Er hatte geradezu Schweißperlen auf der Stirn. Haben Sie ein Mitleid mit den Frauen, sagte der dicke Mann. Es sind auch Kinder dabei, die gewiegt werden müssen! Soll ich hier stehen, fragte der junge? Ich kann ganz gut stehen, aber ich will nicht. Es ist nicht recht. Der Dicke machte einen letzten Versuch: Es wird Ihnen nicht so gefallen. Die Kinder weinen immer. Der junge Mann setzte sich. Es ward nicht gemütlicher. Das Abteil lag halbdunkel, die Frauen wiegten ihre Bälge und die schrieen wie am Pfahl. Aber der junge Mann frohlockte im Innern, weil das Recht gesiegt hatte. Er blieb sitzen, bequem sitzen bis zur Endstation. Drei Tage später erkrankte er an Scharlach und wurde nie mehr gesund. Die Leute im Abteil waren mit Kindern gefahren, die Scharlach hatten.

Und es geschah, daß ein Mann hinabging gen Babel, da sie ein Fest feierten zu Ehren des Götzen Stakugemu und tanzeten, und ein großer Lärm erhob sich um ihn, er fürchtete sich sehr: Siehe, da fiel sein Auge auf ein liebliches Mägdelein und ging hin zu ihr und tanzete mit ihr. Andern Tages aber verließ er diese Stadt und kehrete heim. Als er nun einige Zeit daheim war, siehe da kam ein Bote von Babel und brachte Grüße von dem Mägdlein, da er gerade über ein Haus nachdachte, das er wollte bauen, und Pfeffernüsse dazu knackte, und er freuete sich sehr. Da er aber einen Zahn ausgebissen hatte an den Pfeffernüssen, konnte er nicht lächeln, ohne daß er die Lücke zeigte, und sagte zum Boten: Du hast mir Grüße gebracht von dem Mägdlein. Sage ihr also von mir: »Warum hast du mir nicht mehr mitgegeben an den Mann, der Nüsse knackte, welches eine schwere Arbeit ist? Er will dich darum auf dem Rost braten, wenn er wieder gen Babel kömmt.« (Das meinete er aber im Scherz.)

Als nun einige Zeit um war, kam abermals ein Bote von Babel mit einer Nachricht von dem Mägdlein, da der Mann gerade einen Balken auf den Berg trug, denn er bauete sein Haus. Die Nachricht aber hieß: »Warum willst du mich auf dem Roste braten, da ich dich doch grüßen ließ? Und dennoch grüße ich dich abermals.« – Lachte der Mann, obwohl er einen Spreißel in der Schulter hatte von dem Balken, und dachte: Sie hat es für Ernst genommen, was Spaß war. Ich will es dicker machen. Und sprach zum Boten: Warum ist sie nicht selber gekommen? Darum will ich sie auffressen, wenn ich gen Babel komme. – Als nun einige Zeit um war, siehe da kam der Bote zum drittenmal von Babel. Und richtete aus von dem Mägdlein: »Ich bin sehr traurig und fürchte mich: Wolle mich doch nicht auffressen, weil ich nicht mehr habe als was ich dir schickete.« Dies hörete der Mann, da er gerade einen Balken den Berg hinabtrug, denn sein Haus war eingefallen, das er gebaut hatte, und der Spreißel stak zu tief im Fleisch und er konnte nicht lachen. Und er sagte: »Sage ihr, daß ich nichts verlangt habe, was sie nicht hat, denn ich bin ganz gesund im Kopf, und daß ich sie nicht braten wollte, sondern ich hatte mir den Zahn ausgebissen, und daß sie nicht gefressen wird, sondern der Spreißel schmerzt mich, und daß ich genug vom Spaß habe, denn mein Haus ist jetzt eingefallen.« Und da der Bote fort wollte, schrie er ihm nach, unter dem Balken heraus: »Sage ihr auch, daß ich sie liebhabe!«

Die Geschichte vom Mann in der andern Kammer

Es gibt in der Geschichte viele Beispiele von vergewaltigten Heiligen, sie füllen immer die Zeitungen und soundso viele von ihnen mögen buchstäblich wahr sein. Aber im Leben gibt es mehr davon, die unwahr sind. Ich weiß eine typische, kleine viehische Geschichte in zwei hölzernen Kammern mit zwei Männern und einer Heiligen.

Dem einen Mann gehörten die Kammern und die Heilige und er lud den andern Mann ein, um ihm zu beweisen, daß die Heilige keine Heilige war. Die Kammern mußten aus Holz sein, im fünften Stock eines alten Hauses, sonst hätte der andere Mann nichts durch die Wand gehört: denn er wurde in der andern Kammer verstaut, als die Geliebte kam. Sie kam gegen Abend und der eine Mann empfing sie in der Kammer, in der das Bett war, und hier verführte er sie gleich, denn der andere horchte nebenan. Sie war über mittelgroß, vollbusig und sie hatte sanfte Bewegungen und ein tugendhaftes Gesicht und es war leicht, sie zu verführen, da es nicht das erstemal war und weil es in der braunen Kammer dunkel war: man sah eigentlich nur die weißen Musselinvorhänge am kleinen Fenster und das Bett. Die Vorhänge waren zugezogen und auf das Bett setzten sie sich gleich. Sie redete nichts, sie sang nicht in der Oper, auch war sie atemlos vom Stiegensteigen. Aber sie half ihm beim Entkleiden, sie legte sich sanft und voll zurück in die Kissen, während er ihre Glieder sanfthändig von der Wäsche löste. Dann zog sie mit schmeichelnden Armen seine Brust auf sich nieder und er schob schon, leicht ächzend, ihre Knie auseinander, da ächzte der Mann in der andern Kammer und sie hörte es, du lieber Gott! Sie lag still wie eine Leiche und hörte hinüber und fühlte seine Arme nimmer und dachte über ihn. Aber der Mann in der andern Kammer wußte nicht, daß sie mit funkelnden Augen auf die braune Wand spähte, hinter der er saß, und ächzte noch einmal, es verschaffte ihm Erleichterung. Da hatte sie die Gewißheit und drängte wild den Mann zurück, der sie ausstellte, es war nicht leicht für sie, das einzusehen. Sie zog die Beine an sich, sie ordnete das Hemd darüber, sie saß zitternd hinten im Bett an der Wand, voll und hell in der dunklen Kammer und besann sich. Aber dann kam ihr ein Einfall. Der Mann hatte sie nicht begriffen, er war zu geil und er mußte nach ihr greifen wie ein Affe und er wußte nicht, was über ihn beschlossen wurde, und da sagte sie: Vieh! Sie sagte es laut, ihre Stimme vibrierte ordentlich; die Geliebte hatte große dunkle konvexe Augen wie eine Grille, die funkelten von Leben und ihre Stimme war danach: ihre Sätze waren wie Tiere, die sie springen ließ. Es ereignete sich nun nicht, daß der Mann sie verstand, nur der Ton irritierte ihn. Er richtete sich auf gestemmten Armen auf und sah ihr aufmerksam ins Gesicht. Was fällt dir ein, sagte sie und er sah ihre Zähne. Nun, was das betrifft: es fiel ihm nichts ein, es war ihm unverständlich, er hatte den Mann in der andern Kammer bei dem Geschäft vergessen. Aber nun änderte sie sich etwas, sie wollte ihn nicht abstoßen mit den Knieen, wozu hatte sie ihre Tiere, sie spreizte die Kniee und öffnete die weißen Arme und er durfte wieder zu ihr. Das verstand er und er begann sich ihrer zu bemächtigen, denn es sollte anscheinend ein Spiel sein, sie wehrte sich verzweifelt und er sollte sie besänftigen, das konnte er. Er sah sie nur, er hörte sie nicht. Sie beschäftigte seine Augen so gut sie konnte und sie konnte es gut und sie überhäufte ihn mit Beschimpfungen. Sie lag an seinem Leib und zermarterte sich nach neuen Beleidigungen, sie kreischte wie eine Jungfrau, während sich ihre Schenkel schamloser denn je spreizten, sie nannte ihn einen Schuft, der sie heraufgelockt und überfallen habe, sie drohte mit der Anzeige, während sie ihr Fleisch ihm zur Befriedigung übergab. Ihre Stimme verdoppelte sich, sie füllte die Kammer mit den Tieren, die ganze Kammer sang und der Mann in der andern Kammer fühlte sein Herz stillstehen vor Erregung. Schließlich, als alle ihre Sinne ihm entgegendrängten, preßte sie befreit ihren Leib an ihn und schrie, er vergewaltige sie, und als er sie schwängerte, beschimpfte sie ihn mit Worten, die aus der Bibel zu stammen schienen. Und als es vorbei war und er in den Kissen lag wie ihre Beute, denn es war für sie beide nie seliger gewesen, erhob sie sich eilig, streifte die Kleider über und ging, schwebend und voll und hell zur Tür, wortlos jetzt und mit Eile hinaus. Aber als der Mann sich herumwälzte und aufsah, sah er den andern Mann aus der Kammer kommen mit schweißblassem Gesicht, und als sie sich anstierten wie zwei Erscheinungen, sahen sie zwei bleiche Gesichter bedeckt mit Schmach und sie schämten sich beide.

Der Javameier

Wenn ich es recht bedenke, so war Samuel Kascher einer der eigenartigsten Menschen, die mir unter die Augen kamen. Er war Fischhändler von Beruf, aber das hatte, wie er bewies, wenig zu sagen, da sein Vater die Fischhandlung erheiratet hatte. Daß es ihm selber freigestanden wäre, sich einen Beruf zu wählen, kam ihm auch viele Jahre, nachdem dieser Einfall zu spät gekommen wäre, nicht in den Sinn. Übrigens hing über seinem kleinen, weißen, einstöckigen Haus immerfort der Bankerott. Trotzdem konnte man an ihm nur eine einzige Passion entdecken, die mich mit ihm auch zusammenführte; denn er hielt, und das bedeutete einen über seine Verhältnisse weit hinausgehenden Luxus, fast alle wichtigen deutschen Zeitungen, die er eingehend las. Die für ihn hohe Ausgabe dafür begründete er kurzerhand damit: er brauche im Geschäft Einwickelpapier für die Fische. Überhaupt hatte er gelegentlich interessante Anfälle offensichtlicher Gewissensqualen, in denen er nicht ohne Aufwendung von Scharfsinn jedermann bewies, alle seine scheinbaren Unterhaltungen betreibe er einzig und allein für sein Fischgeschäft (das sein Vater erheiratet hatte). Einzig und allein für sein Fischgeschäft befaßte er sich auch mit gewissen kriminalistischen Übungen; denn wie er eine gute Zeitung für eine gute Reklame für darin eingepackte Fische hielt, so glaubte er auch die Liebhaber von Fischen durch interessante Gespräche anlocken zu können. Wenigstens glaubte er das während seiner Gewissensanfälle. Einer seiner merkwürdigsten Fälle war die Geschichte mit dem Javameier.

Eines Abends saß ich bei ihm in dem braunen Bretterverschlag, hinter dem Laden, in dem es nach Tran und Fischen roch, zwischen alten Zeitungen und hinter einer weißen Gardine, die auf den Hof hinausging, Kascher malte Initialen in sein Hauptbuch sowie auf das Fließblatt und berichtete in seiner langsamen Art von dem Ereignis der letzten Nacht in der Brunnengasse (in der sein Laden sich befindet), das er von den Köchinnen der Nachbarschaft gehört hatte; denn er selber hatte wohl den Schuß gehört, war aber nicht »eigens« aufgestanden.

Die Sache war die, daß nachts zwischen zwölf und eins die Bewohner der Brunnengasse durch einen Revolverschuß auf der Straße geweckt und an die Fenster gelockt wurden. Mitten in der Gasse, vor der Hausnummer sieben, in dem der Ingenieur Meier wohnte, stand ein Mann mit einem Fahrrad und einem Revolver, und als, wie die Nachbarn von gegenüber sahen, Meier im Haus ans Fenster trat, schrie der Mann etwas hinauf.

Der Fischhändler, als er es erzählte, öffnete die Tür zum Laden und trat in den dunklen Raum hinaus, in dem die Fischleichen in den Bottichen schwammen. Er öffnete ein Fenster nach der Straße und sagte halblaut: »Er muß da vorn gestanden sein und sehr laut geschrieen haben in der Nacht.« Aber ich wollte nicht durch die Fische durch und konnte mir den Mann an der Ecke gut vorstellen und auch den Ingenieur, der jetzt schon steif in dem Haus davor lag, wahrscheinlich unter einem Leinentuch, wenigstens bis übers Kinn hinauf.

Der Mann hatte geschrieen: »Vergiß nicht Java, Hütte 17 und die arme Lizzie und reis nicht ab!« Der Mann hatte sein Rad bestiegen und war fortgefahren.

Den Ingenieur Meier aber hatte man heute vormittag er-

hängt im Wäldchen aufgefunden, wohin er täglich spazierenzugehen pflegte, aber etwas abseits vom Weg. Der Strick war zerrissen, mitten entzwei, ein Ende baumelte am Ast, der Ingenieur lag am Boden. In der Zeitung stand, die Gründe des Selbstmordes lägen im Dunkeln, »vielleicht in den unergründlichen Wäldern des fernen Java, wo Meier einmal bei einem Brückenbau gearbeitet hatte«.
Der Fischhändler zeichnete immerfort kunstvoll Initialen, während er diesen Bericht gab, den er in nichts ausschmückte. Dann sah er mich mit seinen Schildpattaugen an und sagte: »Im Grund liegen alle Argumente auf dem Tisch, wenn auch noch einiges fehlt. Ich könnte vielleicht noch hinzufügen, daß es heut vormittag nicht regnete, daß der Ast, an dem Javameier hing, ein dicker Ast war und daß Javameier ursprünglich, das heißt noch gestern abend beabsichtigt hatte, heute eine kleine Reise nach Frankfurt zu machen. Sie sehen aus all dem zweifellos sofort, daß es sich um einen soliden Mord handelt.« Damit stand Kascher auf und ging in seinem braunen Anzug wieder durch den Laden ans Fenster, um hinauszublicken. Er hatte eine gerissene Art, seine Schaudergeschichten zu inszenieren, verwendete umsichtig die stinkenden Fische, die Dunkelheit des unerhellten Raumes und die weiße Gardine und verschmähte keineswegs den brutalen Effekt, mich allein sitzen zu lassen.
»Ich sehe es nicht. Ziehen Sie mir den Skalp ab! Es ist glatter Selbstmord. Der Mann will reisen und reist nicht, hat also ein schlechtes Gewissen, geweckt durch den Alarmruf des Mannes vom Abend vorher. Das ist alles.«
Der Fischhändler wandte sich im Nebenraum halb um und sagte, etwas ausdruckslos: »Einige halten dafür, der Mann

habe ihn warnen wollen!« Ich merkte deutlich, wie meine Idee Oberwasser kriegte:

»So, und der Javameier, der genug Respekt hatte, um diese sogenannte Warnung, nicht abzureisen, zu beherzigen, hält zu wenig von ihr, um seinen gewohnten Spaziergang zu unterlassen?«

»Sie vergessen«, sagte der Fischhändler ungeduldig, »Sie scheinen zu vergessen, daß er gewarnt wurde, wegzufahren, daß er also, insofern er an die Warnung glaubte, hier ruhig ausmarschieren konnte.«

»Geben Sie das zu? He? Freut mich. Eine nette Warnung, nicht? Eine ganz ausgezeichnete Art von Warnung, hierzubleiben, und dann wird der Hiergebliebene aufgeknüpft ... Hm, wie ist das eigentlich, das meinen Sie doch nicht, wie?«

»Nun, die Mörder können hier gewesen sein, noch nicht in Frankfurt, von der Sache gehört oder in der Frühe auf dem Bahnhof umsonst gewartet haben. Außerdem kann der Mann im Komplott gewesen sein, nicht?«

»Was glauben Sie da, Kascher? Daß man glaubte, einen Mann weniger gut in seiner Heimat, die ein Interesse an ihm hat, mitten in seinen Gewohnheiten, die man studieren kann, als auf der Reise beseitigen zu können? Wenn er ihn aber wirklich warnen wollte, welch eine öffentliche, theatralische Art, wie unnütz, wie sehr den Mördern ins Ohr geschrieen! Und wie ungenau!« »Vergessen Sie nicht!« »Nein, mein lieber Schwan, es handelt sich um ein In-Schrecken-versetzen-Wollen, nichts sonst!«

»Das glaube ich auch«, sagte der Fischhändler tonlos. »Darum wird es sich wohl handeln.«

»Wenn man jemanden in Schrecken versetzt, dann ist es doch in der Regel schwieriger, ihn zu töten, nicht? Er gibt Obacht, er hört jedes Blatt rascheln, er geht nicht mehr in den Wald, wo die dicken Äste sind. Übrigens, woher wissen Sie, daß der Ast gerade dick war?«

»Ich habe den Milchhändler gefragt, der dort war.«

»Sie waren also nicht dort?«

»Dachten Sie? Ich bin doch kein Hund. Der Milchhändler gab mir eine Schilderung.«

»Aber Sie beschäftigen sich doch den ganzen Tag mit der Sache! Warum fragten Sie übrigens gerade danach?«

»Weil es nicht geregnet hat.«

»Ich verstehe Sie nicht. Sie sind, meine ich, zu sehr auf den Effekt aus. Wen halten Sie also für den Mörder?«

»Der Mörder ist der Mann mit dem Fahrrad.«

»Der Mann, dessen Warnung zu der Ermordung, wie Sie es nennen, führte? Und der sich, um seinen Mann hier zu halten, wo es zweifellos schwieriger war als irgend sonstwo, ihn zu töten, sich der ganzen Gasse präsentierte, und der doch durch sein Auftreten nicht bezwecken konnte, daß sein Opfer, das ihn kennen mußte, wenn es ein schlechtes Gewissen hatte, unterließ, in den Wald zu stapfen?«

»Ja, einige Punkte sind noch dunkel, das heißt nur einer. Er ist bei den von Ihnen angeführten nicht dabei. Aber lassen wir das. Die Sache ist ja auch noch nicht abgeschlossen. Es ist ein ausgezeichneter Fall, glauben Sie mir!«

Als mich Samuel Kascher hinausgeleitet hatte und ich die dunkle Gasse hinabging, kam ich am Haus des Javameier vorüber. Es lag dunkel da.

Als ich drei Tage später wieder in den Fischladen kam, war er

voll von Leuten, da frische Kabeljaus eingetroffen waren. Der Fischhändler holte mir rasch die gewünschte Zeitung und fragte dabei, etwas uninteressiert:
»Wissen Sie übrigens, daß Meier, der Ingenieur, Sie erinnern sich doch, Javameier? Daß Javameier von Geburt Italiener war? Ja, seine Mutter war Italienerin, wurde von einem deutschen Ingenieur geheiratet! Was das will? Ach so? Besuchen Sie mich doch wieder! Ich habe auch neue Ausschnitte!«
Kascher schnitt nämlich aus den Zeitungen interessante Fälle aus, und ich besuchte ihn auch schon am gleichen Abend.
Er räumte noch im Laden auf.
»Habe ich Ihnen schon erzählt, daß ich anfangs Soldat werden wollte?« begann er die Unterhaltung. »Es scheiterte einzig daran, daß ich keine besondere Stube zum Schlafen bekommen konnte, das hielt ich nicht aus. Hier stinkt es wenigstens nur nach Fischen!«
»Es erstaunt mich nicht übermäßig«, sagte ich interessiert. »Einen Zug zum Grausamen müssen Sie wohl haben, Ihr Gesicht ist auch so sanftmütig.«
»Nun, ich las zuviel Stendhal. Und die Welt ist zu unherrisch. Sie entschließt sich mehr und mehr für den Fischhandel.« Er schleifte ein Faß mit Kabeljaus in die Ecke.
Ich lachte und fragte ihn nach dem Javameier.
»Er ist schon begraben«, sagte er. »Und dabei war es der Falsche.«
»Sie sagten heute früh, er sei Italiener gewesen? Was macht das aus?«
»Es war dies der dunkle Punkt, wie mir scheint. Aber die Haushälterin selbst erzählte es mir.«

»Glauben Sie denn nicht, daß er sich durch seine Gewissensbisse verriet?« fragte ich etwas ungeduldig.
Der Fischhändler wurde etwas unruhig. Er schaute von seinem Faß auf und musterte mich.
»Doch, das glaube ich. Haben Sie es heraußen?« Es klang enttäuscht. Er war ein alter Effekthascher!
»Ich meine: Er hängte sich doch auch auf darnach. Er muß tüchtig erschrocken sein, nicht?«
»Gewiß.« Der Fischhändler atmete auf. »Er ist so gut erschrocken wie alle anderen Leute in der Gasse. Ich bin froh, daß ich nicht auch hinaussah. Ich wäre auch erschrocken.«
»Was heißt das? Er unterließ die Reise.«
»Ja. Und lief spazieren vor dem Essen. Übrigens hätte er Fische zu essen bekommen, Stockfisch von mir, der Idiot!«
»Was haben Sie eigentlich?«
»Oh, nichts. Es ärgert mich ein wenig, daß ihm so etwas passierte. Ein solcher Druckfehler!«
»Wem, dem Javameier?«
»Nein, dem Mörder!«
»Welcher Druckfehler?«
»Ihrer! Daß der Javameier Gewissensbisse haben mußte, um nicht abzureisen! Das ist idiotisch! Apropos, ich wollte Sie übrigens um eine Gefälligkeit bitten, es ist für einen anderen, das heißt eigentlich doch für mich. Ich wollte Sie bitten, in der Fachzeitung für Ingenieure zu annoncieren. Etwa so: Ingenieur Meier, seinerzeit beim Brückenbau auf Java tätig, gesucht. Wollen Sie das?«
»Ja, aber zum Teufel, wozu?«
»Er wird Ihnen schreiben, seine Adresse oder so. Sicherlich aber die Stadt, in der er sich aufhält.«

»Und was wollen Sie in der Stadt?«
»Die Zeitung abonnieren!«
»Sind Sie ... Soll das etwa eine Falle sein? Daß Sie nach dem toten Meier annoncieren? Das verstehe ich nicht.«
»Es ist auch der lebende. Der lebende Javameier! Keine Verwechslung! Der jetzt noch lebende, wahrscheinlich noch am Leben ›befindliche‹ Javameier!«
»Ja, zum Teufel mit Ihrer Geheimniskrämerei! Was wollen Sie eigentlich? Wollen Sie die Karten aufdecken oder nicht?«
»Nicht. Lieber nicht. Sie sind zu energisch. Zu willensstark. Sie sind etwas zu unternehmend, sagen wir: westlich. Etwas, eine Kleinigkeit zu westlich.«
»Was heißt das wieder? Wollen Sie wieder allein schlafen? Stinkt der Fisch besser als ich?«
»Sie mißverstehen mich. Es ist viel einfacher: Wollen Sie eine Geschichte haben oder nicht?«
»Ja doch, Sie wissen doch. Also los!«
»Nein. Eben wenn Sie eine Geschichte wollen, müssen Sie noch warten. Annoncieren Sie einstweilen!«
»Ich begreife Sie nicht, Kascher!«
»Ja, für Leute, die alles begreifen, gibt es keine Geschichten!«
Hol mich der Teufel, ich annoncierte in der Fachzeitschrift für Ingenieure. Das war am Dienstag, am Montag mußte die Annonce kommen, am Samstag winkte mir der Fischhändler.
»Ihre Geschichte ist fertig, alles in Ordnung, hier steht sie, fertig gedruckt. Sie wurde etwas früher druckreif, als ich annahm. Er war ein Idiot, aber das reißt ihn wieder heraus! Man darf hoffen, daß er entkommt.«

»Was ist es?«
Der Fischhändler führte mich in den Laden. Es war Dämmerung. Er zündete nicht das Gas, sondern er zündete eine Kerze an.
»Wenn Sie aufspringen«, sagte er, indem er einen Bottich mit Karpfen vor meinen Schemel stellte, »vergessen Sie den Bottich nicht!«
»Handelt es sich um Javameier«, fragte ich. »Ich habe noch keine Antwort.«
»Bekommen Sie auch nicht, mein Lieber. Die Stadt heißt Hamburg und die Zeitung von dort habe ich abonniert. Aber: Wollen Sie, daß wir die Geschichte von Anfang an nochmals durchgehen? Obgleich der Witz ganz einfach ist, nämlich: Daß der Strick gerissen war. Bläuen Sie sich das gefälligst ein. Warum riß er, was war sein Grund, he, da es nicht geregnet hatte? Ein Strick hält nicht, und dann kann man sich nicht damit aufhängen, oder er hält, und dann muß man ihn auseinanderreißen, wenn er gerissen sein soll. Und da er gerissen war, gab es keinen Selbstmord in der Sache. Sagen Sie nichts, noch nichts, ich weiß: Der Mörder benahm sich sehr auffallend, auch abgesehen davon, daß er sein Opfer wieder herunterriß – er konnte es, der Ast war dick, ein dicker Ast! –, er zeigte sich dem Publikum, er schrie in der offnen Gasse herum, damit ein Herr ans Fenster kam, der in Java gewesen war, nachts mit einer Kerze ans Fenster kam. Gewiß, er schrie ihn an, er solle gefälligst dableiben, Lizzies wegen, wegen einer gewissen Lizzie! Obwohl es besser gewesen wäre, der Herr wäre fortgegangen, nicht etwa, weil man ihn dann leichter um die Ecke hätte bringen können, sondern vielmehr, weil man ihn dann gar

nicht um die besagte Ecke hätte bringen müssen. Es handelte sich lediglich darum, ob der Herr Lizzies wegen gesonnen war, hierzubleiben. Und nun kommen wir zu einer großen Überraschung, mein Lieber, die darin besteht, daß der Herr wirklich blieb. Jawohl, er reiste nicht weg, sondern er ging spazieren, obwohl Lizzie damit nichts zu tun hatte, ich würde schwören, daß er sie gar nicht kannte, so wenig wie Sie und ich. Aber sein Verhalten ließ darauf schließen, daß er sie gekannt habe? Jawohl: Einen Idioten. Der Herr blieb daheim, weil er erschrocken war und sich wunderte und geweckt worden war, er war um seinen Schlaf gebracht worden. Zum Beweis dazu brauchen Sie nur zu benutzen, daß er ruhig in den Park geht und wehrlos abgeschlachtet wird. Ja, er hatte sich gezeigt, in einer ganz bestimmten Art, wie man ihn auf der Straße nicht sehen konnte, mit einer Kerze in der Hand am Fenster und mit etwas Schrecken. Und dann war er nicht abgereist, das genügte für den Mörder. Aber ich sage Ihnen, hängen Sie nie jemanden auf auf Grund solcher Beweise, solcher Schatten von Beweisen, Sie könnten ihn nimmer herunterkriegen, wenn Sie zurückgelaufen kommen, oder nur mehr tot. Ja, nichts, die nächtliche Komödie nicht und die Strafe für das scheinbar schlechte Gewissen des Javameier nicht, weist so deutlich auf die schreckliche, auf die ganz unglaubliche und lächerliche Unsicherheit des Mörders hin wie die Baumabnahme seines Opfers, nachdem es schon erhenkt war, eine Unsicherheit in bezug auf den Javameier. Es war der Falsche. Das ist der Witz, etwas blutig, wenn Sie wollen, aber ausgesucht jedenfalls, nicht ohne Gerissenheit ausgewählt. Sie fragen: Was hat der Mörder, der sich vor und während der Tat nicht

darüber unklar war, daß der Meier, den er hatte, der Meier war, den er suchte. Was hat ihn in der kurzen Zeit zwischen Mord und Rückkehr zu der Klarheit gebracht, der Meier sei falsch, der vom Gewissen scheinbar gebissene, im schwankenden Schein einer Kerze vorgeführte, nunmehr getötete Meier? Damit haben Sie den toten Punkt.«
Der Fischhändler ging in den dunklen Ladenraum, er ging drinnen auf und ab, ins Dunkle schauend. Dann fuhr er, etwas matter, fort: »Es scheint sicher, daß der gesuchte Meier schwer rekonstruierbar im Gehirn seines Jägers war, er war ihm wohl nur ganz ungenügend bekannt, er hatte nur eine schwache Vorstellung von ihm, so stark sein Haß gegen ihn war ... Java liegt weit weg. Und doch mußte er in der viel zu kurzen Zeit seiner ehemaligen Erscheinung etwas getan haben, was sich dem Jäger eingegraben hatte, etwas, das unverwischbar war, deutlicher als ein Gesicht, unverkennbarer als eine Handbewegung im Schrecken, etwas, das man in ganz kurzer Zeit tun konnte, in einer ganz großen Erregung tat und was, hören Sie zu, was man im Moment seines Todes wieder tut, so daß es dem Mörder nicht gleich auffällt, nicht im Moment des Mordes, der schweren Arbeit ... knüpfen Sie einmal einen schweren Mann an einen Baum! ... Aber doch bald darnach, schon auf dem Weg durchs Gebüsch, gleich darnach, fast noch zur rechten Zeit! Nun, ich habe Ihnen gesagt, daß dies ein dunkler Punkt war, so lange, bis ich hörte, daß Javameier ein Italiener von Geburt war, seine Muttersprache also italienisch. Verstehen Sie? Er schrie, bevor er starb! Er sagte irgend etwas zur Sache, er sprach zum Projekt, er ereiferte sich wohl. Und er sprach italienisch. Er hatte den natürlichen Einfall, seine Muttersprache zu wäh-

len, als er fühlte, daß er erwürgt werden sollte, das heißt ich denke mir das so. Und der andere Meier, der wirkliche Javameier, der die Lizzie kannte und die Hütte 17, der hatte in einer anderen Sprache geschrieen, als er seinerzeit so sehr in Erregung geriet und am Fenster auftauchte!«

Der Fischhändler schwieg wieder, aber er schnaufte etwas; sein Atem zitterte ein wenig. Er sah wohl alles ziemlich deutlich. Er war nicht aus seinem Laden herausgekommen und hatte doch alles gesehen im Dunkel, während der Arbeit!

Ich wollte etwas sagen, gegen die Stille, aus keinem andern Grund.

»Wie stellen Sie sich die Geschichte auf Java eigentlich vor?«

Er fuhr sich mit der Hand über die Stirn:

»Es wurde eine Brücke gebaut. Es waren Brückenbauingenieure drunten, eine ganze Anzahl, es gab über 17 Hütten, und ich nehme an, daß Meier eine Frau gehabt hat, oder der Mörder, vielleicht hat auch der Mörder eine Frau gehabt. Sicher scheint mir, daß Lizzie dabei etwas zustieß: War es, daß sie Meiers Frau war und in Hütte 17 wohnte und der Mörder bei ihr war, als Meier heimkam, oder war es umgekehrt, es ist ziemlich das gleiche: jedenfalls stand der Mörder unten und erblickte, ob anstürmend oder fliehend, wahrscheinlich fliehend, Meier oben am Fenster, zum ersten Mal in seinem Leben auf alle Fälle, und jedenfalls geschah dann Lizzie irgend etwas, ich möchte annehmen, sie erhängte sich oder sie wurde aufgehängt, das ist gleich. Jedenfalls sollte Meier auch hängen, das ergab sich aus den Umständen anscheinend.«

»Sagen Sie mir«, sagte ich nach einer Weile, »warum sahen

Sie sich eigentlich die Leiche und den Tatort nicht an, wenn Sie sich so mit der Sache befaßten?«
»Wozu? Vielleicht bin ich zu östlich, vielleicht fühlte ich mich doch noch zu westlich. Leichname erbittern einen. Sie schaden der Objektivität. Ich habe Lizzie nicht hängen sehen. Wenn ich ihren Mörder hängen gesehen hätte, wäre ich gegen den seinen leicht ungerecht geworden. Und damals war Javameier noch unter den Lebenden, die Sonne beschien ihn noch.«
»So ist er jetzt tot?«
Der Fischhändler gab mir die Zeitung. Ich fand drinnen, daß ein Ingenieur namens Meier in einem Hotel auf eigenartige Weise erhängt aufgefunden worden war. Und ich hörte den Fischhändler sagen in seiner sanften Art:
»Sollten Sie aufspringen, vergessen Sie, bitte, den Bottich nicht, es ist mein Geschäft. Mein Geschäft ist es, Fische zu verkaufen.«

Geschichte auf einem Schiff

Vier Tage war es schon gegangen, daß wir unter einem graugrünen, verseiften Himmel herumkullerten, und er wollte uns gleich auffressen, ausrotten mit Haut und Haar, und es war eine dicke Haut, und es waren die letzten Haare, die wir hatten, so viele hatten wir schon gelassen. Aber am Abend des vierten Tages, den ich nie vergesse, mit seiner Gleichgültigkeit in den Wassern und dem schwindenden Licht über den Luken, bereiteten wir uns für die Nacht vor wie Witwer, die zum letztenmal heiraten wollen, aber es ist ihnen nicht ganz angenehm, besonders das Drum und Dran. Wir tranken den letzten Whisky aus und steckten die letzten Kerzen an und setzten die besten Visagen auf, die wir finden konnten, und überredeten uns, nicht Wasser zu pumpen in unserer letzten Stunde, weil dies unwürdig sei und außerdem: nicht der Mühe wert.

Also war über alles Licht verbreitet, ein ganz besonders gutes und teures Licht, es gab keinen dunklen Winkel mehr in uns, noch in dem alten Segelkasten, welcher eine Niete war, die wir gezogen hatten, und auch wir waren wahrscheinlich Nieten gewesen, das Licht ging auch dahin. Aber als wir dann in dem Speisesalon zusammensaßen mit unseren Kerzen und unserem Whisky und unserm ganz besonderen Licht, da wurde es wieder anders, und es war nimmer nötig, so besonderes Licht zu haben, so ausnehmend teueres Licht für ein paar Leichname, und wir machten wieder etwas Dunkelheit und sahen von den Winkeln ab, denn es war nicht mehr der Mühe wert, sich Mühe zu geben. Und wir sprachen nicht mehr so roh und täppisch wie Grünlinge, die meinen, man müsse über alle Dinge das letzte Wort sagen, und die Wahrheit sagen, sei immer erlaubt, was doch nur eine Entschuldigung für die Rohlinge und Schullehrer ist. Darum sprachen wir in einer feinen Weise, wie es uns eben möglich war, denn geflucht wurde unmenschlich, das könnt ihr glauben, aber ganz enorm vorsichtig und zartfühlend. »Dicki« hin und »gute alte Haut« her, und nichts von einem Wind, der nach uns aufhörte, und einem Segelkasten, der mit uns aufhörte, und einem Wasser, das nie aufhörte.

Ja, es gelang uns sogar mit etwas Whisky, den wir nimmer zu sparen brauchten, eine ganz besonders dicke Dunkelheit über diese gewissen Dinge zu breiten, und obwohl wir mit keiner Silbe von morgen oder so was daherschwatzten, entstand doch so eine Art stillschweigende Annahme, als ob wir übermorgen darüber reden könnten, und es versuchte jeder nach Kräften, den andern darin zu bestärken, daß es nichts gebe, was so Bestand habe wie er, und daß es in einem Speisesalon urgemütlich sei. So sagte zum Beispiel Manky, wir sollten den Whisky absolut nicht sparen, weil wir an Bord keine Kinder und Leibeserben in die Welt setzen könnten. Und das war alles in allem, und wenn man die besonderen Umstände berücksichtigt, ein guter Satz von Manky.

Aber jetzt komme ich zu der Sache, von der ich reden wollte und wegen der ich soviel schwatzte, ihr werdet gleich sehen, daß es nötig war. Denn einer von uns, sein Name hat keinen Wert mehr auf diesem Planeten, er bezeichnet nichts – und hatte einmal einen nicht zu dicken Mann vorgestellt, mit roten Haaren und zwei Zahnlücken und einer geringen Fähigkeit im Kochen –, einer von uns, sage ich, sagte jetzt etwas, das wir uns merkten und jetzt noch wissen, viele Jahre nachher, und ich gedenke nicht, es heut zu vergessen. Ich erinnere mich vielmehr noch daran, daß er aufgestanden war mit seinem Glas und an die Wand gegangen war und sein Glas mitgenommen und auf ein Tischchen gestellt hatte, als er es sagte, und zwar so, daß es nicht ganz klar war, ob er viel darüber nachdachte. Jedenfalls, was er sagte, war dies: »Also, ich hab es satt. Ich habe das Herumkollern satt. Ich gehe heim.« Ja, das war alles.

Es mag euch jetzt nicht viel scheinen, und es ist keiner blässer geworden, wie ich es sagte, obwohl ich einen Kniff machte und solches Gewicht darauf legte, aber ihr seid hier in keinem Speisesalon, und es geht nicht dieser Wind usw., und ihr könnt wohl kaum begreifen, daß es auf das hin damals stille wurde, wie wenn ein Mann oder zehn Männer ein Licht sehen in der Dunkelheit, es erlischt dann und war ein Zigarrenstummel. Ferry freilich, jetzt habe ich seinen Namen doch noch gesagt, begriff es ziemlich gut, ihm ging gleich die Luft aus vom bloßen Ansehen, man konnte gut bemerken, wie er gleich bleich wurde, bleicher als die Wand, vor der er stand. Und dann ging er auch gleich hinaus aus dem gemütlichen Salon, was doch eine hellichte Hirnverbranntheit war bei dem Seegang, und er kam auch nimmer herein, und bis heute hat niemand von uns gefragt, wo er hinging.

Er hatte ein Heim, ein kleines Haus im Staat Arkansas, mit einer Frau drin, aber dort ging er nicht hin, und wir wußten es genau, als er das sagte, so genau wie: daß wir selber niemals wieder irgendwohin gehen würden auf diesem Planeten, wir, die wir kein »Heim« hatten. Und obwohl wir also wußten, daß weder er noch wir noch einmal irgendwohin gehen würden und das Wasser allen gleich naß ist, war unser Haß doch so groß, daß er ihn gleich fühlte und hinausging in das Wasser, denn wir wußten nicht, daß der Wind aufhören würde gegen Morgen zu, und das Wasser wurde still in wenigen Stunden, und wir machten die Fahrt zu Ende ohne den Koch und den Whisky.

Ein Mann versucht, sein Leben anzubringen, und stürzt sich in halsbrecherische Abenteuer. Sportsgeist (elende Eitelkeit) stachelt ihn jedesmal zum Sieg und der Tod mißlingt. Aber einmal, an einer Straßenecke, gegen Abend, er wartet auf eine Tram, um zu einer Frau zu fahren, steigt ihm der Eckel in den Hals und er erschießt sich.
»Wie einen Hund!« fiel ihm ein. »Sonst geht es nicht; anders geht es nicht.«

Der Blinde

Ein einfacher Mann lebte dreißig Jahre lang gut und ohne Ausschweifung, und dann wurde er blind. Er konnte seine Kleider nicht mehr ordentlich anziehen, und auch das Waschen machte ihm Schwierigkeit. Es stand so mit ihm, daß der Tod nicht nur für ihn eine Erlösung gewesen wäre.
Dennoch ertrug er die erste Zeit mit einer gewissen Fassung. Das ging ungefähr so lang, als er nachts im Traum noch sah. Dann wurde es aber schlimmer mit ihm.
Er hatte zwei Brüder, die ließen ihn bei sich wohnen und sahen nach ihm. Am Tage gingen sie zur Arbeit; dann war der Blinde allein daheim. Es waren acht Stunden am Tage oder mehr. Acht Stunden lang saß der Mann, der dreißig Jahre lang gesehen hatte, ohne daß er es wußte, im Dunklen auf seinem Bett oder ging im Zimmer herum. Am Anfang besuchten ihn einige Männer, mit denen er Karten gespielt hatte zu niederen Einsätzen. Sie sprachen von der Politik, von Weibern, von der Zukunft. Der Mann vor ihnen hatte nichts von diesen drei Dingen, auch keine Arbeit. Die Männer erzählten, was sie

wußten, und kamen nie wieder. Etliche Menschen sterben früher als andere.
Mindestens acht Stunden im Tag, wenn er Glück hatte, ging der Blinde im Zimmer spazieren. Nach drei Tagen stieß er nirgends mehr an. Er dachte an alles, was er je erlebt hatte, nur zu seiner Unterhaltung. Sogar an die Schläge erinnerte er sich mit Genuß, die er als Kind von seinen Eltern bekommen hatte, damit er ein guter Mensch würde. Dies alles ging nun eine bestimmte Zeit lang. Aber dann wurden ihm die acht Stunden zu lang. Dieser Mensch zählte dreißig Jahre und einige Monate. Wenn ein Mensch Glück hat, dann kann er siebenzig Jahre alt werden. Das gab Hoffnung auf vierzig weitere Jahre. Seine Brüder verrieten ihm, daß er zusehends dicker würde. Das kam von dem bequemen Leben. Wenn es so weiterging, dann konnte er mit der Zeit so dick werden, daß er durch keine Tür mehr hindurchging. Dann mußte sein Leichnam zerschnitten werden, wenn man dereinst die Tür nicht beschädigen wollte. Mit ähnlichen Gedanken vergnügte er sich viel zu lange Zeit. Am Abend erzählte er seinen Brüdern, er sei im Varieté gewesen. Dann lachten sie.
Sie waren sehr gutmütig und liebten ihn, wie Männer sich lieben, weil er ein braver Mensch war. Es fiel ihnen nicht leicht, ihn zu verhalten, aber sie dachten nie darüber nach. Am Anfang nahmen sie ihn mitunter mit ins Theater, das machte ihm Vergnügen. Aber dann machte es ihn nur mehr traurig, als er die Klapprigkeit der Worte entdeckte. Gott wollte, daß er nichts von Musik verstehen sollte.
Nach einiger Zeit erinnerten sich seine Brüder, daß er nun schon viele Wochen nimmer im Freien war. Sie nahmen ihn

einmal mit, da wurde er schwach. Als ihn ein Kind ausführte, lief es weg zum Spielen, und er geriet in große Angst und wurde spät nachts erst heimgeschafft. Da lachten die Brüder, die in Sorge geschwebt hatten, und sagten: Du bist wohl bei einer Frau gewesen? und: Du siehst: wir sollen dich nicht verlieren. Das meinten sie ganz im Spaß, froh darüber, daß sie ihn wieder dahatten.
Auf diesen Tag hin konnte er in der Nacht lange nicht mehr schlafen. In seinem Gehirn, das für lichte Gedanken so unwohnlich geworden war wie ein Haus ohne Fenster für fröhliche Mieter, nisteten sich die beiden Sätze ein und machten es sich behaglich. Die Gesichter hatte er nicht gesehen, und die Reden waren bös. Als er lang darüber nachgedacht hatte, ohne daß er damit fertig geworden wäre, legte er diese Gedanken weg wie ausgekaute Traubenhäute, die dann auf dem schmierigen Boden herumliegen, daß die Füße leicht ausgleiten.
Einmal sagte einer der Brüder zu ihm beim Essen: Du solltest nicht mit der Hand aufschieben. Nimm lieber zwei Löffel! Da legte er, tief erschrocken, die Gabel weg und sah in der Luft Kinder essen. Sie beruhigten ihn sofort wieder, aber nach einiger Zeit ließ sich der eine Bruder das Essen in die Fabrik geben. Es geschah dies wegen des weiten Weges. Der Blinde, der mindestens acht Stunden im Tag allein spazierenging, war mit seinen Gedanken darüber dennoch noch nicht zu Ende gekommen, als der andere Bruder ihn gelegentlich fragte, ob er sich mit dem Waschen sehr schwer tue. Von dem Tage an hatte der Blinde vor dem Wasser eine Scheu wie ein toller Hund. Denn nun dünkte es ihm, daß die Zeit seiner Geduld lange genug gedauert hätte und seine

Brüder nicht in Freude zu leben brauchten, wenn er in Elend und Alleinsein verkomme.

Er ließ sich den Bart wachsen und kannte sich nicht mehr. Seine Kleider wurden von den Brüdern gereinigt, aber nun wurden die Flecken der Speisen, die er verschüttete, auf seinen Hemden ärger und ärger. Zu dieser Zeit nahm er auch die unerklärliche Gewohnheit an, wie ein Tier auf dem Boden liegen zu wollen.

Er wurde so schmutzig, daß ihn die Brüder nirgendhin mehr mitnehmen konnten. Nun mußte er auch die Sonntage über allein sein und spazierengehen. An solchen Sonntagen passierten ihm mannigfache Mißgeschicke. Einmal fiel er mit der Waschschüssel und schüttete sie über das Bett seines Bruders, das lange nicht mehr trocken wurde. Ein andermal zog er die Hosen seines Bruders an und beschmutzte sie. Als die Brüder darauf kamen, daß er dies mit Fleiß tue, hatten sie zunächst Mitleid mit ihm, und dann baten sie ihn, solches nimmer zu tun, ihr Unglück sei groß genug. Er hörte still, mit gesenktem Kopf, zu und bewahrte den Satz in seinem Herzen auf.

Sie versuchten auch, ihn zum Arbeiten zu bringen. Damit hatten sie gar keinen Erfolg. Er stellte sich so ungeschickt, daß er das Material verdarb. Sie sahen immer mehr, daß er von Tag zu Tag bösartiger wurde, konnten aber nichts dagegen tun.

So ging der blinde Mann herum in der Finsternis und besann sich, wie er seine Leiden vergrößern könnte, um sie besser auszuhalten. Denn ihm schien es, als sei große Qual leichter zu tragen als kleine.

Er, der immer sehr reinlich gewesen war, so daß ihn seine

Mutter, als sie noch lebte, den Brüdern als Beispiel hingestellt hatte, fing nun an, sich zu beschmutzen, indem er sein Wasser in die Kleider abließ.
Dadurch veranlaßte er die Brüder, darüber zu beraten, wie man ihn in eine Anstalt bringen könnte. Dieser Beratung hörte er vom Nebenzimmer aus zu. Und als er an die Anstalt dachte, da kam ihm sein ganzes vergangenes Leiden noch schön und hell vor, so haßte er diese Aussicht. Dort sind mehr Leute wie ich, dachte er, solche, die sich mit ihrem Elend abgefunden haben, solche, die es besser tragen; dort werden wir versucht, Gott zu verzeihen, dort gehe ich nicht hin.
Als die Brüder fortgegangen waren, saß er noch lange in tiefem Sinnen, und fünf Minuten, ehe er sie zurückerwartete, öffnete er den Gashahn. Er machte ihn noch einmal zu, als sie sich verspäteten. Aber als er sie auf der Treppe hörte, öffnete er wieder und legte sich auf sein Bett. So fanden sie ihn und gerieten in große Angst. Sie bemühten sich einen Abend lang um ihn und versuchten, ihn dem Leben wieder zu gewinnen, wozu er sich störrisch verhielt. Das war einer der schönsten Tage seines Lebens.
Aber nun wurde die Überführung in die Blindenanstalt beschleunigt.
Am Vorabend des festgesetzten Tages war der Blinde allein in der Wohnung und legte Feuer. Da kamen die Brüder unerwartet früh zurück und löschten den Zimmerbrand. Dabei lief einem von ihnen der Zorn über, und er schrie auf den Blinden ein. Er zählte ihm alle Leiden auf, die sie durch ihn erdulden mußten, er vergaß keine Schmach, er ging an keiner Sorge vorüber, ja, er vergrößerte alles noch in seiner

Darstellung. Der Blinde hörte ihm geduldig zu und hatte ein bedrücktes Gesicht. Dann suchte ihn der andere Bruder, der immer noch Mitleid mit ihm hatte, zu trösten, so gut es ging. Er saß bei ihm die halbe Nacht und hielt ihn umfangen. Aber sein blinder Bruder sagte kein Wort.

Am anderen Tage mußten die Brüder in die Arbeit, und sie gingen mit Sorge. Und am Abend, als sie wiederkamen, um ihn in die Anstalt zu führen, war der Blinde fort.

Der Blinde war gegen Abend, als er die Turmuhren schlagen hörte, die Treppen hinuntergegangen. Wohin? In den Tod. Er hatte sich mühsam durch die Straßen getastet, war gefallen und verlacht worden, angestoßen worden, zur Rede gestellt worden. Dann kam er hinaus aus der Stadt.

Es war ein sehr kalter Wintertag. Der Blinde freute sich noch darüber, daß er fror. Er war aus dem Hause gejagt worden. Alle hatten sich gegen ihn gestellt. Es war ihm gleichgültig. Er verwendete den kalten Himmel zu seinem Untergang.

Gott wurde nicht verziehen.

Er fand sich nicht ab. Ihm war Unrecht geschehen. Er war blind geworden, unschuldig blind, und dann war er noch in Eis und Schneewind gejagt worden. Das hatten seine eigenen Brüder getan, die sehen durften.

Der Blinde ging über eine Wiese bis zu einem Bach, in den tauchte er den Fuß. Er dachte: Jetzt sterbe ich. Jetzt werde ich in den Fluß da getrieben. Hiob war nicht blind. Nie hat irgend jemand Schwereres getragen.

Dann schwamm er hinunter.

Der Vizewachtmeister

Karl Borg war Vizewachtmeister bei der Artillerie, und in seiner Batterie saß das ganze Gesindel des Regiments beisammen. Sie tranken dort immer, und wenn nirgendwo Schnaps aufzutreiben war, gab es dort Betrunkene, die in Arrest gehörten. Sie hätten noch auf einem zerschossenen Kirchhof Schnaps requiriert.

Der bleiche Mayer war dort, der bei St. Quentin ein französisches Damenhemd erbeutet hatte und in Seide und Spitzen am Geschütze stand, mit einer Art Busen, ein lächerliches Gespenst, das aber gut schoß. Außerdem hatte er einen kleinen Zwicker, den er aufsetzte wie ein Chemieprofessor, der in die Retorte guckt. Aber Mayer setzte ihn auf, wenn er das Geschütz einstellte.

Auch Bernauer gehörte in die Batterie, mit seinem schwermäuligen Idealismus, der, wenn er getrunken hatte, immer für Kaiser und Reich ins Feld zog und »Ich bin ein Preuße, kennt ihr meine Farben« sang, vorzüglich nachts, daß niemand schlafen konnte, bis er fertig war.

Es gab noch einige von der Sorte, und unter einem anderen Hauptmann als Hauptmann Memming hätte es Schimpf und Schande gehagelt. Aber so ging alles leidlich, die Batterie trug ihr Elend mit Würde.

Der Vizewachtmeister Borg selbst war der Schlimmste, mit ihm nahm es kein gutes Ende, der Herr erbarme sich seiner. Er sagte, er sei ein Feigling, und darum trinke er. Was soll ich anders tun, fragte er, Gott wird mir verzeihen, ich muß für den Kaiser kämpfen und kann es nicht. Er hat Schweine erschaffen, er kann sich nicht über sie beschweren. – Wenn er getrunken hatte, dann war der Himmel ganz blau, es gab keine Wolken, alles war schön, so schön und mild, man trabte wie ein Schimmel vorwärts, man war mit allem zufrieden, auch mit dem Tod.

Ob Gott ihm verzieh, das ist ganz ungewiß, denn es passierte manches im Quartier; aber der Hauptmann tat es, und das war ein pflichtbewußter Mann. Er war breit und klein, ein tadelloser Herrenreiter, er hielt sich ausgezeichnet und kleidete sich mit verblüffender Eleganz. Im ärgsten Feuer ging er mit einem kleinen Stöckchen spazieren und prunkte mit dem Gleichmut seines Gesichts zwischen den Geschützen herum. Man sagte von ihm, er sei kugelfest, und die Tommis träfen eher eine Mücke als ihn. Aber er war der Mörder vieler Leute, die er auf seine Gänge mitnahm und nicht zurückbrachte, wenn er mit Gleichmut und ohne Begleiter in den Unterstand zurückkam. Er kannte keine Rücksicht und Schonung, aber gegen die Besoffenen um Borg herum schritt er nicht ein.

Manchmal wurde es ihm nicht leicht. So etwa, wenn er in aller Frühe herausgetrommelt wurde, weil Borg und Mayer sich »totschössen«, in aller Frühe und unter den blinzelnden Augen der ganzen Batterie. Und dann standen sie, wenn der Hauptmann kam, im Abstand von 50 Meter auf einem freien Platz, jeder einen Karabiner angelegt an der Schulter, und schossen in der Dämmerung scharf aufeinander. Es bestand keine Gefahr für die beiden, denn sie waren schändlich besoffen. Aber alle übrigen waren in Lebensgefahr, denn die beiden schossen mit Inbrunst und zitternden Händen Löcher in den Morgen.

Wenn der Hauptmann unfähig gewesen wäre, hätte er gebrüllt und bestraft, aber er sagte nur: »Ihr trefft nichts, aber wenn Ihr Euch hauen würdet, das würde sich lohnen.« Und dann hauten sich die beiden im Rausch, daß es eine Freude war.

Diese Geschichte hat übrigens ein Anhängsel. Denn der bleiche Mayer war schwächer als Borg, aber Borg war betrunkener als Mayer, und darum bekam Borg Prügel, mehr, als er vertragen konnte. Er erhob sich also und schrie, jetzt gehe er zur Infanterie, es sei ihm zu bunt. Alle lachten, und er ging zur Infanterie vor, im Feuer über das Gelände vor zur Infanterie. Er erwachte in einem Graben, und weil er nüchtern war, zitterte er sofort mit allen Gliedern und erschrak furchtbar und mußte zurückgeschafft werden wie ein Verwundeter. Denn er fürchtete sich wie ein Kind, allein zurückzugehen, und Schnaps hatten sie nicht bei der Hand für einen feigen Artillerievizewachtmeister.

Er und der bleiche Mayer steckten immer beisammen, sie tranken und konnten zusammen schweigen, und dann hatten sie eine große Kunst darinnen erlangt, Duette zu pfeifen, und zwar mit Melodien, die keiner von ihnen je gehört hatte, und das ohne Probe. Damit unterhielten sie sich in der trüben Zeit im Unterstand; es unterhielt auch die andern.

Die beiden hatten merkwürdig Glück lange Zeit, sie waren den ganzen Winter beisammen und tranken sich durch alles durch. Jedoch im Frühjahr siebzehn fiel der bleiche Mayer im Trommelfeuer. Es traf ihn in die Brust, an diesem Tage hatte er sein Damenhemd nicht an, er fiel als Mann und benahm sich danach. Er sank schweigend nach vorn, sein Zwicker fiel herunter, und bevor Mayer starb, lag er noch

eine Stunde lang bei vollem Bewußtsein, ohne etwas zu sagen. Er hatte nichts weiter zu bemerken. Er war sozusagen nur etwas erblaßt, und das fiel bei ihm nicht auf.
Borg war an diesem Tag nicht bei der Batterie, weil er sich einen Fuß verstaucht hatte. Er kam erst am Abend des andern Tages, da war der bleiche Mayer schon eingescharrt. Borg merkte das Ganze zuerst daran, daß Bernauer ihm nicht ins Gesicht schaute, sondern sich fortschlich. Als man es ihm dann sagte, nahm er es ruhig auf. Aber am Abend trank er mehr, als man selbst bei ihm gewohnt war, und gegen zwei Uhr morgens wachten die andern auf, weil der Wachtmeister aus vollem Halse sang. Er sang: »So wohl ist's mir noch nie gewesen!«, und es klang nicht gut.
Die Tage nach diesem Trommelfeuer waren sehr still, es ging ein warmer, dunkler Wind, der Himmel stand voll nasser Wolken, es war alles kahl und der Krieg ging nie aus auf diese Weise. Außerdem hatte man nichts zu trinken, nur Borg hatte was, weil er Beziehungen hatte, die streng geheim liefen. Mit Borg stand es schlimmer denn je, er schwankte und fluchte den ganzen Tag und hatte eine neue Marotte: er verlangte, alle sollten ihn grüßen, wie auf dem Kasernenhof, wo man doch heraußen nicht einmal die Offiziere grüßte! Damals machte er sich sehr verhaßt, auch weil er äußerlich verkam. Nachts lag er ruhig und studierte die Sterne, und dann pfiff er wohl zuweilen, aber immer nur ganz kurz und wie aus Vergeßlichkeit. Darum sagte der schwermäulige Bernauer, Borg trauere um seinen Busenfreund.
Und dann kam der Tag, wo es mit Borg schiefging. Er ging eines Nachts aus dem Unterstand und fiel in betrunkenem Zustande in einen Granattrichter. Darinnen blieb er wohl,

weil er bewußtlos war, liegen bis zum Morgen. In der grauen Frühe wurde er gefunden und hereingebracht. Er war zu schwer innerlich verletzt, als daß man ihn hätte zurückschaffen können.

Er lag den ganzen Tag, an dem nicht ein Schuß fiel, im Unterstand und redete kein Wort. Bei Besinnung war er, seine Augen wanderten ruhelos über das Gebälk. Nachts saß Bernauer bei ihm und wachte. Aber gegen Mitternacht schlief er ein, weil Borg nichts brauchte und stillag. Er erwachte durch ein schrilles und feines Pfeifen. Borg lag, flach ausgestreckt, mit gedunsenem, rotem Gesicht und unordentlichem Schnauzbart da und pfiff. »Willst du was?« fragte Bernauer und wunderte sich. Es brannte nur eine Ölfunsel, und der Vizewachtmeister sah wie ein Bündel zusammengerollter Kleider aus in der Beleuchtung. Er verzog das ganze Gesicht und sperrte den Mund auf, und als man glauben konnte, es käme ein Brüllen heraus, kam ein Gemurmel, das hörte man kaum, und es hieß: »Gib her, Mayer!« Da begriff Bernauer, daß Mayer bei ihm war und von ihm eine Flasche verlangt wurde, die nicht da war. Immerhin dachte er, es sei Unsinn, eine Unterhaltung zwischen Freunden zu stören, von denen der eine extra weit hergekommen war, aber schließlich seien es die letzten Stunden, und man könnte nie wissen. Darum sagte er zu Borg: »Wenn du Schnaps willst, so ist keiner da, aber vielleicht hättest du anderes zu ordnen. Denn man kann nie wissen.« Aber Borg hatte ein schlechtes Gehör und verstand nicht gut und redete überhaupt mit Mayer, der ihm greifbarer war und in dem dunklen, warmen Frühjahrswind eigens gekommen war und den Schnaps doch vergessen hatte. Genau so war es wohl, denn er sagte schwach: »Laß das und gib ihn her!« Nun war es sicher, daß Mayer schlechte Witze machte und Borg sich nicht darauf einlassen konnte, denn er wußte seinen Zustand. Als Bernauer das herausbrachte, horchte er mit einer eigentümlichen Drehung des Kopfes auf und hörte für einen Moment den Wind im Gebälk und fühlte das Elend in seinem Herzen, und er war ein roher Mensch. Er sah hinüber auf das Gesicht des Säufers, auf dem eine Qual lag, die nicht untergebracht werden konnte. Da lag der Vizewachtmeister wie ein Bündel und war nicht gefragt worden und im unklaren gelassen worden, und nun sollte er auch keinen Schnaps bekommen, den er notwendig brauchte, um im unklaren zu bleiben, was eine große Kunst war.

So und nicht anders sah es Bernauer. Und der Vizewachtmeister Borg mußte ohne Schnaps sterben, und der Gefreite Mayer mußte ihm dabei zusehen.

Die dumme Frau

Ein Mann hatte eine Frau, die war wie das Meer. Das Meer verändert sich unter jedem Windhauch, aber es wird nicht größer noch kleiner, auch ändert die Farbe sich nicht, noch der Geschmack, auch wird es nicht härter davon noch weicher, wenn aber der Wind vorbei ist, dann liegt es wieder still und es ist nicht anders geworden. Und der Mann mußte über Land.

Und da er fortging, gab er der Frau alles, was er hatte, sein Haus und seine Werkstatt und den Garten um sein Haus und das Geld, das er sich verdient hatte. Dies alles ist mein

Eigen und es gehört auch dir. Du mußt darauf achthaben. Da hing sie an seinem Hals und weinte und sagte zu ihm: Wie soll ich das? Denn ich bin ein dummes Weib. Aber er sah sie an und sprach: Wenn du mich lieb hast, dann kannst du es. Und dann nahm er von ihr Abschied.

Da nun die Frau allein zurückgeblieben war, bekam sie sehr Angst um alles, was in ihren schwachen Händen lag, und sie ängstigte sich sehr. Deshalb hing sie sich an ihren Bruder, welcher ein schlechter Mensch war, und er betrog sie. Darum wurde ihr Gut immer geringer, und als sie es merkte, war sie ganz verzweifelt und wollte nichts mehr essen, daß es nicht weniger wurde, und schlief nicht des Nachts und davon wurde sie krank.

Da lag sie in ihrer Kammer und konnte nicht mehr umsehen im Hause und es verfiel und der Bruder verkaufte davon, die Gärten und die Werkstatt, und sagte es nicht zu der Frau. Die Frau lag in ihren Kissen, sagte nichts und dachte: Wenn ich nichts sage, ist es nichts Dummes, und wenn ich nicht esse, dann wird es nicht weniger.

So geschah es, daß eines Tages das Haus versteigert werden mußte. Dazu kamen viele Leute von überall her, denn es war ein schönes Haus. Und die Frau lag in ihrer Kammer und hörte die Leute und wie der Hammer fiel und wie die Leute lachten und sagten: Es regnet durch das Dach und die Mauer fällt ein. Und dann wurde sie schwach und schlief ein.

Als sie wieder aufwachte, lag sie in einer hölzernen Kammer in einem harten Bette. Auch gab es nur ein ganz kleines Fenster in großer Höhe und es ging kalter Wind durch alles. Und eine alte Frau kam herein und fuhr sie bös an und sagte ihr, daß ihr Haus verkauft sei, aber die Schuld sei noch nicht gedeckt und sie nähre sich von Mitleid und das Mitleid sei für ihren Mann. Denn der habe nun gar nichts mehr. Da ward die Frau, als sie das hörte, im Kopfe wirr und ein wenig irre und sie stand auf und fing an zu arbeiten von dem Tag an, im Hause herum und auf den Feldern. Und sie lief in schlechten Kleidern und aß fast nichts und verdiente doch auch nichts, weil sie nichts verlangte. Und da hörte sie einmal, ihr Mann sei gekommen.

Da bekam sie aber eine große Angst. Und ging rasch hinein und zauste ihr Haar und suchte ein frisches Hemd und es war keins da. Und sie strich über die Brust, daß sie's verberge, und da war sie ganz dürr. Und ging hinaus durch eine kleine Tür hinten und lief fort, irgendwohin.

Da sie nun eine Zeitlang gelaufen war, fiel es ihr ein, daß es ihr Mann sei, und sie waren zusammengetan und nun lief sie ihm fort. Da kehrte sie gleich um und lief zurück, *dachte* nicht mehr an das Haus und die Werkstatt und das Hemde und sah ihn von weitem und lief auf ihn zu und da hing sie an seinem Hals.

Der Mann aber stand mitten in der Straße, und die Leute lachten über ihn unter den Türen. Und er war sehr zornig. Er hatte aber die Frau am Halse, sie tat den Kopf nicht weg von seinem Hals und nicht die Arme von seinem Nacken. Und er fühlte, wie sie zitterte, und meinte, es sei ihre Angst, da sie alles vertan hatte. Aber sieh, da hob sie endlich ihr Gesicht und sah ihn an und da sah er, daß es nicht ihre Angst, sondern ihre Freude war, und weil sie sich so freute, zitterte sie. Da kam ihm etwas in den Sinn und er schwankte auch und legte den Arm um sie, fühlte gut, daß sie mager geworden war in den Schultern und küßte sie mitten auf ihren Mund.

Die Erleuchtung

Ein Mann in mittleren Jahren ging eines Abends in der Pappelallee spazieren, als er beim Anblick eines großen Hundes, der entlang eines schwarzen Baches Tauben jagte, merkte, daß er nicht erwünscht sei. Er ging sofort heim.
Es war an dem Tag nichts Besonderes geschehen. Seine Geschäfte standen gut, seine Geliebte war das einzige Mädchen seiner Bekanntschaft, das nicht dumm war. Jemand hatte vormittags beim Friseur die Geschichte von dem dreizehnjährigen Apfelböck erzählt, der seine Eltern erschossen hatte. Jetzt zitterten die Kniee des Mannes, als er die Stiege emporstieg.
Als er sich wieder mit dem Studium des Falles Apfelböck beschäftigte (der Knabe hatte seine Elternleichname sieben Tage in einer Kiste aufbewahrt), fiel ihm ein, daß er morgen den Zahnarzt ohne weiteres töten könne, etwa mit einem Messer. Der Zahnarzt hatte einen weißen vollen Hals. Aber er konnte ihn auch nicht töten.
Er wollte sich ans Klavier setzen und Haydn spielen; aber Apfelböck hatte sieben Tage gewartet und in der Zeit war er (des Geruches wegen) zuerst auf das Kanapee des Wohnzimmers und dann auf den Balkon gezogen. Darüber konnte Haydn nicht hinwegtäuschen.
Der Mann ging im dunklen Zimmer umher, von Fenster zu Fenster, schaute ins Leere, auf die blauen Dächer in der Tiefe

und rang die Hände. Das konnte man nicht aushalten. Jetzt waren es sieben Tage.
Dann legte er sich ins Bett. Man hat keine Verantwortung, dachte er. Das Gestirn ist rein vorläufig. Es saust mit allerlei andern, einer Reihe von Gestirnzeug, auf einen Stern der Milchstraße zu. Auf einem solchen Gestirn hat man keine Verantwortung, dachte er. Aber dann wurde es zu dunkel im Bett.
Er mußte aufstehen und Kerzen anzünden, er fand fünf; die nahm er und entzündete sie und tat sie an die Ecken des Bettes, zwei zu Häupten und zwei zu Füßen, eine aber auf den Nachttisch. Es waren fünf Lichter. Das muß eine Bedeutung haben, dachte er.
Dann, nachdem er eine solche Mühe gehabt hatte, roch er den Geruch der beiden Elternleichname. Er sollte wohl auf den Balkon ziehen? Das tat er auf keinen Fall. Es handelte sich um Hirngespinste. Auch war kein Balkon da.
Wenn ich stürbe, sagte sich der Mann, aber aus dem Kreis kommt man nicht heraus. Ich bin ausgeliefert. Die Fußdecke ist rot, auch wenn ich nicht will, auch wenn ich gestorben bin, bleibt sie rot. Die Fußdecke ist stärker als ich. Sie hat sicher keinen Wunsch. Sie kann nicht albern werden.
Die Fliegen summten. Er fing eine. Dazu kniete er im Bett auf und fuhr über die Wand mit fliegenden Hemdärmeln. Bei fünf Lichtern. Als er sie hatte, dachte er: Eine nützliche Beschäftigung in der Sterbestunde.
Wenn ich stürbe, dachte er. Ich möchte ein Kind haben. Vielleicht habe ich ein Kind. Wenn ich sterbe, kräht kein Hahn danach. Wenn ich leben bleibe, kräht auch kein Hahn. Ich kann tun, was ich mag, es *kräht* keiner.

Der Mann stand beunruhigt auf und zog einen Soldatenmantel über das Hemd. So ging er auf die Straße. Es war nicht allzu dunkel, Wolken zogen sichtbar, feucht, geballt. Die schwarzen Kamine standen steif in den Himmel.
Der Mann ging weiter, die Hände in den Taschen. Er summte: Wie lieblich ist die Träne einer Braut, wenn ihr der Bräutigam ins Auge haut. Dann ging er schneller, an den andern Menschen vorbei, schließlich laut singend, im Hemd; denn er warf den Mantel ab; auf einem solchen Gestirn brauchte man keinen Mantel.
Er lief laut psalmodierend durch die Straßen und wußte von nichts mehr.

Die Hilfe

In einem rauhen Land lebte einmal ein böser Mensch mit Namen Lorge, der hatte eine schwere Hand und wo er hinschlug, wuchs kein Gras mehr. Er würgte die Bauern am Hals und schlief mit Gewalt bei ihren Frauen, er fraß vom Gute der Waisen; er soff Branntwein aus einem Bottich, wie ein Stier das Wasser sauft, und im Rausche redete er nachts mit den Bäumen. Niemand konnte ihm ein Haar krümmen, obwohl er eine schwere Prüfung war, denn er war sehr stark.
Dieser Mensch wurde eines Tages im Kampfe über die Augen geschlagen und davon wurde er blind. Er stand mitten in einer Wiese, im hellen Mittag und nun ging eilend die Sonne für ihn unter und der Wind wurde sehr laut um ihn. Seine Knechte verjagten den Feind, aber Lorge saß den ganzen Tag auf einem Baumstumpf und dachte nach.

Als die Kunde hievon in die Dörfer kam, entstand überall eine große Freude. Die Leute glaubten, Gott habe eingegriffen; denn sie wußten noch nicht, daß Lorges Widersacher noch schlimmer war wie er.
Dieser Mann hielt nun seine Hand über den besiegten Lorge und ließ bekannt machen: er würde jeden so zurichten wie Lorge selbst, der diesem etwas antue, wodurch sein Leben verkürzt würde. Als Lorge das hörte, lachte er zum erstenmal wieder.
Er saß auf seinem Hof und niemand tat ihm was zuleid. Die Knechte lebten von seinem Gut in Saus und Braus und ließen den blinden Mann in seiner Kammer sitzen. Jedoch stellten sie ihm seinen Bottich mit Branntwein hin.
Lorge rührte den Bottich mit Branntwein nicht an, und als die Knechte sahen, daß er fromm geworden war und nur darüber zu Fall kam, nahm man ihn ihm wieder weg. Lorge sagte nichts. Er wartete auf etwas.
Lorge wartete drei Wochen und es kam nichts. Da fing er an zu begreifen, daß von nun an niemals wieder irgend etwas zu ihm kommen würde. In der Wand war ein Loch; durch dieses kam ein schwacher kalter Wind oder eine schwache, warme Sonne. Der Tisch vor ihm besaß eine Anzahl von Mulden und Striemen, die sich gleichblieb. Manchmal sangen die Knechte draußen. Wenn man herumging, fiel man leicht hin. Es war schwierig zu schlafen. Das waren die Erlebnisse Lorges von nun an bis in Ewigkeit. Vielleicht kam später einmal noch das Amen dazu.
Einmal ging er aus seiner Kammer hinaus und lehnte sich an eine Linde an, die er sehr liebte, besonders den Wipfel davon. Wenn er seine Wange an den Stamm drückte, fühlte er

den Baum zittern, und er konnte sich den Wipfel wieder vorstellen, der im Wind schaukelte. Der Baum konnte auch nicht sehen und lebte Jahrhunderte lang. Er hatte eine *andere* Art zu leben. Lorge ging viele Male zu ihm, obwohl er viel verlacht wurde, weil er eine neue Geliebte hatte.

Aber nach drei Wochen ließ er einen Wagen anspannen und sich zu seinem Nachbarn fahren. Der Nachbar war sein Freund. Zu der Zeit, als Lorge sein Augenlicht verloren hatte, war er nicht dagewesen. Als er nun den bleichen fetten Kloß in dem Leiterwagen sah, wurde er sehr verwirrt und bekam Angst vor dem Schicksal. Er trat an den Wagen und begrüßte Lorge und Lorge stand taumelnd auf und sein spärliches helles Haar wehte auf seinem großen Kopf und er riß die Augen auf und sagte: Du mußt mir helfen, Bruder. Ich kann nicht mehr sehen.

Da lud ihn der in sein Haus ein und gab ihm darauf die Hand, daß er ihm helfen wolle. Sie saßen nachts zusammen und der Nachbar trank. Aber Lorge trank keinen Schluck, denn wenn er getrunken hatte, dann überkam ihn jedesmal eine solche Lust, hinauszugehn und Böses zu tun, daß er nichts dagegen machen konnte. Dies erschütterte den Nachbar sehr, daß Lorge nun nichts Böses mehr tun konnte.

Am Morgen übergab er Lorge seinem besten Knecht und zog mit seinem übrigen Gesinde aus, Lorge zu rächen. Und am Abend war er schon eine Leiche und brauchte selbst keine Hilfe mehr.

Lorge erfuhr das niemals. Denn als er hörte, daß sein Freund ihn rächen wollte, war er bitter enttäuscht und sagte zu dem Knecht: Knechtlein, ich habe ein Geschäft. Da mußt du mir helfen. Der Knecht sagte zu.

Da machten sie, diesmal zu Fuß, den Weg zu Lorges Hof zurück und gingen den ganzen Tag. Aber eine kleine Wegstunde vor Lorges Gehöft bog er von der Straße ab und ließ sich an den Hof seines größten Feindes unter den Bauern bringen. Er wußte, daß dieser in der Nacht bei einem Johannisfest sein mußte. Also tappte er sich in das Haus hinein, wobei ihm der Knecht half, und zu zweit versuchten sie, das Weib des Bauern zu vergewaltigen. Aber dies gelang ihnen nicht, sondern das Weib lief im Hemd fort und zu ihrem Mann und der Mann kam zurück noch vor Morgen. Da saß in seiner Kammer der blinde Lorge und wartete auf ihn. Und wie der Bauer hereintrat und ihn erschlagen wollte, sagte er: Ich habe dein Weib nicht haben wollen, solange ich sehen konnte, wie sie aussieht. Aber jetzt will sie mich nimmer, weil ich das

Da merkte der Bauer, was für eine Mühe Lorge sich gab, ihn aufzureizen, und ließ ihn nur durch zwei Knechte aus seinem Haus schaffen. Und Lorge tappte sich heim. Es stand nicht gut auf seinem Hofe, das merkte er auch blind, aber das machte nichts. Es war auf jeden Fall besser, als wenn alles seinen Gang gegangen wäre. Man gab auf Lorge nicht acht, oft vergaßen sie, ihm das Essen hinzustellen, und manchmal riegelten sie die Kammer zu, so daß er seine Notdurft neben dem Bett verrichten mußte. Auch regnete es durch das Dach und der Wind pfiff durch die Ritzen. Die Äcker blieben unbestellt, die Tiere wurden geschlachtet oder gingen in den schmutzigen Ställen ein. Die Knechte lärmten und soffen den ganzen Vorfrühling und die Leute der Nachbarschaft machten einen großen Bogen um dieses Haus. Sie sahen von weitem in diese Hölle, wo der Blinde saß und verkommen mußte, und freuten sich.

Aber im März, eben als die großen Stürme anfingen, brach Lorge eines Tages auf und ging allein fort in einer Frühe. Er lief über sumpfige Straßen, vom schwarzen Regen zerfressen, vom Sturmwind gepeitscht, und mit den Füßen mußte er die Straße betasten, aber oft geriet er in sumpfige Wiesen. In Gegenden, wo man ihn nicht kannte, nahm man ihn mitunter für eine Nacht auf und das waren seine letzten guten Tage.

Zuletzt ging er Tag und Nacht und im April kam er auf den Hof seines Bruders. Als sein Bruder von der Jagd kam, stand er am Abend unter dem Gesinde. Aber sein Bruder erkannte ihn sofort und hielt sein Pferd an. Und Lorge, den sie anstießen, mitten unter den Leuten, sagte in die Luft hinein: Ich kann nicht mehr sehen. Du mußt mir helfen. Da stieg sein Bruder vom Pferde und sah, daß er sehr schmutzig war und dürr geworden und dazu blind, und fiel ihm um den Hals und weinte um ihn.

Aber am Abend saßen sie beisammen und tranken und Lorge trank auch; denn nun wurde er nicht mehr böse. Er erzählt seinem Bruder alles, was ihm geschehen war, und als er zu der Stelle kam, wo der Bauer ihm zwei Knechte mitgab in seinen Hof, stand sein Bruder auf und machte die Fenster zu an den Wänden. Danach gingen sie auf den Hof Arm in Arm.

Und Lorge hub an zu erzählen und erzählte, wie ihn alle geschont hätten und um ihn herumgegangen seien und ihm nicht hätten helfen wollen. Da führte sein Bruder ihn an eine Stelle auf der Mauer, wo es in den Burggraben hinabging an die 20 Fuß, und sagte zu ihm: Paß auf, wenn du hier fehltrittst, fällst du dir die Knochen ein. Da ließ Lorge seinen Arm los.

Aber sein Bruder sah, wie Lorges Beine behutsam den Weg auf der Mauer suchten, und Lorge trat nicht fehl. Er sagte nichts mehr, sondern hatte ein finsteres Gesicht und Schweiß auf der Stirn und trat vorsichtig auf.

Als sie nun beide wieder in der Kammer saßen und ihren Atem spürten, denn sie waren beide groß und stark und die Kammer zu klein, und wieder zu trinken anfingen, beschwerte sich der Bruder über die Welt und nannte sie ein bös Jammertal. Da stand Lorge auf und beugte sich vor und schnupperte nach seinem Bruder und sie standen sich gegenüber wie in ihrer Jugend und Lorge war der Jüngere gewesen, aber jetzt sagte er: Ich sage dir, sie ist schöner als irgend sonstwas, widersprich mir nicht!

Da setzte sich sein Bruder hin und redete nichts mehr, aber er trank viel. Lorge selber setzte sich nach einiger Zeit wieder hin.

Als es nun frühe ward, gingen sie hinaus aus der Kammer und der Bruder gab Lorge ein Schwert in die Hand. Sie hatten aber seit Lorges Wort von der Welt nichts mehr zueinander geredet. Wie Lorge das Ding prüfte und merkte, daß es ein Schwert war, zögerte er und holte tief Atem und schaute aus den blinden Augen in die Luft und blinzelte nicht.

Dann gingen sie beide fort, nebeneinander, und sein Bruder stützte Lorge, weil er blind war.

Sie kamen an eine Stelle im Wald, wo eine Linde stand, und standen da mit nackten Schultern, mächtig beide mit dem Schwert in den Händen. Lorge aber führte selber den ersten Streich.

Darauf schlug sein Bruder und jetzt kämpften sie lange Zeit und Lorge verteidigte sich gut und führte eine mächtige

Waffe und bedrängte seinen Bruder, daß er an der Linde stand und konnte nicht rechts noch links. Da faßte sein Bruder, als er schon in Leibesgefahr schwebte, das Schwert mit beiden Händen und machte die Augen zu und schlug zu.

Die Flaschenpost

Ich bin vierundzwanzig Jahre alt. Man sagt, dieses Alter sei der Schwermut sehr zugänglich. Gleichwohl glaube ich nicht, daß es eine Erscheinung der Jahre ist, was meine Schwermut ausmacht. Meine Geschichte ist diese:
Mit 20 Jahren lernte ich einen jungen Mann kennen, in dessen Nähe ich mich leichter fühlte; da auch er in meiner Gegenwart froh schien, hing unsere Vereinigung nur noch von der Einwilligung unserer Eltern ab, die ohne viel Bedenken zusagten. Am Abend der Entscheidung erzählte er mir, er wolle vor unserer Vereinigung eine mehrjährige Reise in die Tropen unternehmen. Außerstande, mich ihm aufzudrängen, hielt ich ihn nicht, ja in einem bitterlichen Stolz versprach ich ihm mit aller Ruhe, die ich aufbrachte, auf ihn zu warten. Er teilte mir am anderen Tag mit, seine Reise würde ihn länger festhalten, als er gedacht, meine Geduld würde nicht ausreichen, sein Ehrgefühl verbiete es, mir solches zuzumuten, und er gebe mir also mein Wort zurück. Tief erschrocken, nicht aber ohne Fassung, nahm ich einen Brief aus seinen Händen entgegen, den nicht vor drei Jahren zu öffnen ich ihm mit der letzten Kraft meiner Stimme versprach. Wir trennten uns kühl. Er verließ nach wenigen Tagen abschiedslos die Stadt, wir sahen uns nicht wieder. Ich

weiß wohl, daß die Geschichte meiner Liebe alltäglich, ja banal ist, sie ist dadurch nicht weniger bitterlich. Drei Jahre lang hielt ich den Brief von mir fern, wie sein Schreiber es gewünscht hatte, denn was einem nicht gehört, kann man sich nicht nehmen. Ich öffnete nach drei Jahren, und ich fand ein leeres Blatt. Es ist weiß und dünn und völlig geruchlos, ohne einen Flecken. Ich bin sehr unglücklich darüber.

Natürlich habe ich zuerst nur das Gefühl eines leeren Papiers in mir gehabt. Aber seither habe ich viel nachgedacht und erst allmählich wurde ich so sehr beunruhigt. Des Gedankens, irgendein Mensch könne eine Trauernde verhöhnen wollen, schäme ich mich noch jetzt. An einen Zufall glaube ich nicht, da er mich lächerlich machen würde. Eine Zeitlang beruhigte mich folgender Gedanke: Schiffer, die an der chilenischen Küste untergehen, übergeben in einer Flasche dem Meer Aufzeichnungen über ihre letzten Stunden und chilenische Fischer entkorken vielleicht nach 20 Jahren die Flasche, und obwohl sie in keiner Weise die fremden Schriftzeichen verstehen, erleben sie doch einen Untergang auf fremden Meeren nach. Wasser und Gischt haben die Schreiber vertan, aber die Schriftzeichen, frisch wie am ersten Tag, verraten nicht, wie lange es her ist. Wie lächerlich wäre die Botschaft, wäre sie lesbar; denn wie unmöglich ist es, in einem Leben ein Wort zu finden, das die Stille nicht stört, die nach Untergegangenem entsteht und irgend etwas sagt, das nicht böse ist!

Aber dieser Gedanke befriedigte mich nicht auf die Dauer, da er zu ausgesucht beruhigend war, um wahr scheinen zu können. Bald ergriff mich die Idee, die Schriftzeichen könnten verblaßt sein innerhalb der drei Jahre: die Zeit heilt Wunden. Aber man verzeihe mir, wenn ich hier einen Gedanken erwähne, der etwas romanhaft wirkt, mich aber nicht ausläßt, seit ich ihn hatte: Wie Sie wissen, gibt es sympathetische Tinten, die eine ganz bestimmte Zeit lang lesbar sind, dann verschwinden. Zweifellos sollte dasjenige, was aufzuschreiben sich lohnt, mit solcher Tinte geschrieben werden. Ich erwähne nur noch, daß mein Geliebter vor etwa einem Jahr, also etwa zwei Jahre nach Übergabe des Briefes, der nur ein weißes Blatt ist, aus meinem Gesichtskreis vollkommen und, wie ich annehme, für immer verschwand. Ich, die ich die Geduld hatte, drei Jahre lang auf eine Botschaft zu warten, die immer weniger für mich bestimmt war, kann mich einzig darauf berufen, daß ich immer glaubte, die Liebe sei ein Schicksal, das nicht ins Belieben des Liebenden gestellt ist, und sie sei einzig die Sache des Liebenden allein.

Geschichten von St. Patriks Weihnachtskrippe

In den kleinen Kneipen in Chile, unter einem markerschütternden Lärm, der von Singen, Fluchen, Kartenspielen, Messerstechereien herrührt, erzählen Leute mit Eidechsen- und anderen Gesichtern tagtäglich ergreifende und vergrinste Geschichten von Gäulen, Weibern, Männern mit Affenaugen, Silberminen, Seeschlangen und St. Patriks Weihnachtskrippe; und es gibt davon solche für alle Tages- und Nachtzeiten, alle Arten, solche, die vom bloßen Tabakrauchen bis zu solchen, die vom Whiskytrinken kommen. Und zwei oder drei wahre.

Eine berühmte Geschichte ist die von Bargan mit den Spiegeln.
Sie geht an in einer Whiskykneipe.
Man hatte einen ganzen Tag über getrunken, dann war es Nacht geworden und man hatte weiter getrunken. Aber schon gegen Abend waren die Geschichten ausgegangen und die Gefühle der Trinkenden hatten sich verändert; das grüne Licht war zu grün, das Gesicht gegenüber zu nackt, der Whisky zu warm. Als zur Zeit des Nachtessens neue Mannschaft einer am Vormittag eingelaufenen Maisbrigg in den Saloon kam, war es gut. Es war eine Höhle mit besoffenen Haien, in die junge Heringe kamen, aber sie brachten eine Neuigkeit mit.
Die Horsesqueen schwamm vor den Inseln.
Es war dies ein nicht sehr beliebter Riesenkasten mit einem Wäldchen von Masten und einer Armee blutrünstiger, messerstechender Insekten, die die Flaggen von Kaperschiffen sammelten wie Schmetterlinge.
Und die Leute von der Maisbrigg erzählten von ihr, sie gebe im Kampf nicht einen Schuß ab, teils aus Geiz, teils aus Hochnäsigkeit, sie ramme nur in Grund oder entere, mit dem Messer.
Bargan ißt eben sein Abendessen, als sie das alles erzählen, und er ißt es zu Ende und fragt dann, wer von den Leuten mit wolle, die Horsesqueen anzusehen.
Die Maisleute lachen und fragen, ob er nicht wisse, wie roh gehacktes Fleisch aussehe, aber seine eigenen Leute lachen nicht. Sie haben ein enges Gefühl im Hals und versprechen sich nicht viel von dem Anblick der Horsesqueen.
Es sind noch drei oder vier andere Kaperkapitäne da, sie

kennen Bargan und wollen gern mit ihm zusammen jagen, Getreideschiffe oder auch Seehunde in Grönland; von dem Anblick der Horsesqueen, zu deutsch Pferdekönigin, erwarten sie sich nichts, es ist ein Vergnügen, gewiß, aber die Zeit ist nicht nach Vergnügungen.
Und auch Edward Glunny hält nichts von der Horsesqueen.
Bargan ißt inzwischen weiter, er hat noch eine zweite Portion bestellt, er hat also noch Appetit. Einige rauchen, alle trinken, einer von St. Patriks Leuten fängt eine neue Geschichte an, die alle kennen und alle noch einmal hören wollen, und auf einmal sagt Bargan, der mit essen fertig ist: Gehen wir also!
Und er steht gleich auf, wirft Münzen auf den Tisch und winkt den St. Patriksleuten. Aber die St. Patriksleute haben zufällig heute nacht dicke Trommelhäute, rote Köpfe und dicke Trommelhäute und sie hören kaum die neue Geschichte und Bargan steht an einem andern Tisch.
Bargan steht an dem Tisch, an dem er steht, und blickt etwas schief über seine Leute hin nach oben und zählt wohl die Zeche zusammen. Er hat zweimal zur Nacht gegessen. Da zwischendrin fragt er die Kapitäne, ob sie nicht Lust hätten. Nein, die Kapitäne, was sie betrifft, haben keine Lust.
Da geht Bargan ruhig zur Tür und sagt, er für sein Teil hätte Lust. Die St. Patriksleute standen auf und die Maisleute lachten und Bargan sagte nur noch: es sei ihm freilich etwas zu einsam auf der Weihnachtskrippe und ob er die Spiegel haben könnte, für einen oder zwei Tage. Und er nahm die drei Spiegel von der Wand, die es in dem Saloon gab, der mitunter ein Bordell war.

Und mit den Spiegeln unterm Arm ging er hinaus. Es folgte ihm aber nur Edward Glunny allein, der nicht gern verlassen unter den Patriksleuten weilte.

Die Geschichte des Machandelbaums

Es war ein Mann, der hatte eine Frau, die sehr gut war, aber er war kein guter Mann. Er wälzte sich im Schmutz und log und betrank sich und er betrog sie auch.
Und sooft er ihr einen Kummer machte, ging sie hinaus und zu einem Machandelbaum, der im Hofe stand, und weinte auf ihn. Es war ein schöner Baum und der Mann stand im Fenster und sah ihr zu und er liebte den Baum. Und eines Tages lief die Frau fort.
Nun ging der Mann oft zu dem Baum hin und setzte sich darunter. Aber eines Tages bemerkte er, daß der Baum anfing zu welken, und das war nicht aufzuhalten. In Regen und Sonne stand der Baum und welkte dahin.
Oft setzte sich der Mann an das Klavier und ließ das Fenster offen stehen, daß der Baum ihn hören konnte, aber der Baum hörte nicht auf ihn.
Mochte es nun sein, was es wollte, aber der Mann konnte keine Nacht mehr schlafen und sosehr er sich betrank, es half nichts und der Baum war am Verderben.
Da ging der Mann eines Tages zu ihm hin und sagte zu ihm höre auf. Und ich bin ein böser Mensch und meine Frau ist auch weggegangen, höre auf, Machandel, und da der Baum das hörte, raschelten seine Blätter und konnte ihm nicht helfen. Aber der Himmel hörte es auch und sah

wohl, daß der Mann nicht weinen konnte, und fing an zu regnen an seiner Statt.
Und es regnete die ganze Nacht.
Aber am Morgen, da es noch frühe war, saß der Mann noch unter dem Baum und der Regen ging durch ihn durch und floß zu dem Baum hin.
Und frühe gegen sieben Uhr blühte der Baum und war doch dürre.
Denn zu dieser Stunde gebar die Frau in der Fremde ein Kind, welches böse und gut war, weinen konnte und unter dem Regen sitzen konnte, sie konnte es nicht hindern.
Das ist die Geschichte vom Machandelbaum.

Der Tiger
Ein Brief

Ich weiß nicht, ob das, was du hier vielleicht lesen wirst, das gleiche sein wird, was zu schreiben ich mich hier anschicke, jedoch richte ich deine Aufmerksamkeit darauf, daß ich, selbst mißtrauisch, zeit meines Lebens jedermann als einen mißtrauischen behandeln mußte. Das ist für meine Ehrlichkeit nicht von Vorteil gewesen.
Ich bin es mir schuldig, zu erwähnen, daß ich in Erwägung der unvergleichlichen Feindseligkeit, die an dem Zusammenleben der Menschen vielleicht das Hervorstechendste ist, auch einer so oberflächlichen und sonst weit überschätzten Bindung, wie jener, die zwischen Sohn und Vater angenommen werden kann, genügend Wert zumesse, um meine Scheu vor jeder Äußerung zu unterdrücken. Unter den we-

nigen Gefühlen, die nach einem angewandten Leben einem übrigbleiben, ist das, aufdringlich zu sein, vielleicht eines der unerträglichsten.

Wie du weißt, habe ich mich um dich nie gekümmert; da ich keine Notwendigkeit dazu verspürte. Gleichwohl spielte eine Art Interesse für dich, neben vielen ähnlichen Interessen und wie jene schließlich im Dunkel bleibend, eine gewisse Rolle. Von der Philosophie bleibt die Physiologie übrig. Solltest du durch gewisse Erfahrungen deiner Kindheit zu dem Entschluß kommen, dich mit deinen Kindern befassen zu wollen, so gebe ich dir zu bedenken, daß ich selbst durch die Erfahrungen meiner Kindheit zu dem entgegengesetzten Entschluß kam (wenn es ein Entschluß war).

Ich schicke noch voraus, daß ich jetzt, wo ich dies diktiere, auf einem Lager liege, das ich, wenn dich dieser Bericht überhaupt erreicht, gewiß nicht mehr werde verlassen haben. Das Wasserbett, auf dem ich meine Tage beschließen werde, wird mir keine nennenswerte Erschwerung mehr bringen können. Auch habe ich vom Beginn meiner Krankheit an auf jede Weise versucht, Geld in die Hände zu bekommen, und bin hier weder vor Schurkenstreichen noch vor Taktlosigkeiten zurückgeschreckt; denn es ist eine Todsünde, sich in die Hände der Menschen zu begeben. Es ist eine Wohltat, daß ihre Käuflichkeit noch größer ist als ihre Grausamkeit, und ich warne dich vor dem verhängnisvollen Irrtum, Freunde für ebenso gut zu halten wie Lakaien. Die Gemeinheit der Menschen ist eine ihrer wenigen verläßlichen Eigenschaften. Freilich hat sie so viele Formen …

Jedoch ich wollte dir einiges von meinem Leben mitteilen, das heißt von jener willkürlichen Auswahl von Augenblicken, die der Mensch als sein Leben bezeichnet. Vielleicht liegt es also im Griff meiner Hände, daß ich das meinige gutheiße. Allerdings wird niemand behaupten wollen, er erkennte, erschienen sie ihm als Skelette, seine Freunde oder Freundinnen wieder. In meinem Falle aber erinnere ich mich, zu fast allen Zeiten im Einverständnis mit meinen Erlebnissen gewesen zu sein. Das Unglück habe ich immer verachtet. Ich habe frei gejagt.

Seit meinen frühesten Tagen habe ich mich für jeden Exzeß frisch gehalten und, ohne allzu großen Schweißverlust einzusetzen, habe ich mir immer vor Augen gehalten, daß das Laster den Weichling flieht.

Von der Beute, die mir zufiel, habe ich nichts unzerfleischt aus den Klauen gelassen. Durch meine unerbittlichen Forderungen habe ich Gottes Natur allzeit als makellos anerkannt.

Einige Frauen, die mir begegnet sind, werden dir vielleicht als bejammernswerte Opfer meiner kaltblütigen Selbstsucht gezeigt werden. Ich habe das meiste meiner Wollust aus ihrer Wollust genossen. Vielleicht gab ich auf etwa mir zugedachte Gefühle wirklich nicht allzuviel. Aber meine unerschöpfliche Gier nach Passion in reinster, ja geradezu tragischer Essenz bei allen Menschen, mit denen ich in Berührung kam, Passion also, die einem Schicksal gleichkam und sich selbst genug und auf jeden Fall unbeeinflußbar war, machte mich fest gegen das entnervende Mitleid mit Erschöpften. Ich brauche wohl nicht hervorzuheben, daß ich zwischen Männern und Frauen hierbei keinen Unterschied mache.

Obwohl es damit nichts zu tun hat, stelle ich hier fest, daß auch ich jene scharfe Trennung zwischen Mensch und Orang, die ein französischer Schriftsteller mit Recht als unbillig bezeichnet, nicht vollziehe. Was sollte auch der Orang, kalt und ohne Witzelei und Bitterkeit betrachtet, dem Menschen voraushaben?

Tod des Cesare Malatesta

Cesare Malatesta beherrschte die kleine Stadt Caserta schon in einem Alter von vierzehn Jahren und die Geschichtsschreibung der Campagna verlegt den Mord, den er an seinem um zwei Jahre jüngeren Bruder verübte, in sein siebzehntes Lebensjahr. Zwanzig Jahre lang mehrte er ständig durch Kühnheit und Witz Ruhm und Besitztum und sein Name erweckte Furcht auch bei denen, die ihn liebten – nicht einmal so sehr der Schläge wegen, die er austeilen, sondern mehr noch der Schläge wegen, die er aushalten konnte. Aber in seinem einunddreißigsten Lebensjahr verwickelte er sich in eine kleine, peinliche Angelegenheit, an der er wenige Jahre später zugrunde ging. Heute gilt er in der ganzen Campagna als der Schandfleck Italiens, der Kummer und der Dreck Roms.

Dies trug sich auf folgende Art zu.

Im Laufe einer Unterhaltung mit Francesco Gaja, der ebenso durch seine feine Lebensart als durch seine abgründige Gemeinheit berühmt war, machte der Malatesta unter anderen Scherzen, die seinen Gast höchlichst belustigten, auch eine witzige Bemerkung über einen entfernten Verwandten des Papstes, ohne zu ahnen, daß es auch ein entfernter Verwandter der Gajas war. Nichts an dem Verhalten des Gastes deutete auf diese Tatsache hin. Die beiden schieden in großer Freundschaft unter Austausch feiner Höflichkeiten und indem sie sich für den Herbst zu einer Jagd zusammenbestellten. Nach dieser Unterhaltung hatte Cesare Malatesta noch drei Jahre zu leben.

Sei es, daß der Gaja, der inzwischen Kardinal geworden war, durch Geldgeschäfte in Anspruch genommen wurde, sei es, daß er keine Lust verspürte, einige Zeit im Freien zuzubringen: Cesare Malatesta hörte zwei Jahre nichts mehr von ihm – mit Ausnahme einiger höflicher, aber kühler Briefzeilen, die eine Bitte um Entschuldigung enthielten, weil es ihm unmöglich war, jene Vereinbarung zur Jagd einzuhalten. Zweiundeinhalbes Jahr aber nach jener Unterredung fing Francesco an, ein Heer zu sammeln. Niemand in der Campagna hatte eine Mutmaßung, wem diese Rüstung gelte, und er selber verriet nichts von seinen Absichten; da der Papst nicht Einhalt tat, mußte es den Türken oder den Deutschen gelten.

Cesare Malatesta schickte ihm, als er erfuhr, daß der Heereszug des Kardinals seine Stadt Caserta berühren würde, einige Leute mit höflichen Einladungen entgegen. Diese Leute kamen nicht zurück. Cesare hatte zu dieser Zeit mit einem unverschämten Mönch zu schaffen, der in einem kleinen Ort unweit Casertas in unziemlicher und stilistisch barbarischer Weise von ihm zu den herbeigelaufenen Casertanern redete. Er hatte den Mönch ergreifen und in den Kerker werfen lassen, aber einige Tage darauf schon war er geflohen und mit ihm seine Wächter. Das Gerede der Leute von seinem Brudermord, das der Mönch wieder in Schwung ge-

bracht hatte, verstummte in Zukunft nicht mehr in Caserta. Das Erstaunen darüber, daß vier seiner besten Leute zusammen mit einem Verhafteten, der ihn beschimpft hatte, weggelaufen waren, vermehrte sich, als eines Morgens drei weitere Diener, darunter einer, der schon seinen Vater angekleidet hatte, fehlten. Wenn er abends vom Kastell herab auf der Mauer ging, sah er häufig Leute beisammen stehen und über ihn reden. Erst als das Heer des Gaja schon nur mehr zwei Stunden von Caserta entfernt lagerte, erfuhr Cesare anläßlich eines Gesprächs mit einem Bauern der Umgegend, daß der Feldzug des Gaja ihm selber gelte. Er glaubte es nicht, bis ihm Gesindel nachts ein Papier ans Tor des Kastells nagelte, auf dem Francesco Gaja alle Söldner und Diener des Malatesta aufforderte, diesen unverzüglich zu verlassen. Auch erfuhr Cesare aus diesem Zettel, daß der Papst ihn exkommuniziert und zum Tode verurteilt habe. Am Vormittag dieser Lektüre verschwanden die letzten Leute aus dem Kastell.
Und nun begann jene grauenvolle und eigentümliche Belagerung eines einzelnen Mannes, die jene Zeit als einen gelungenen Witz empfand und belachte.
Auf einem Rundgang durch Caserta, den der Verstörte mittags antrat, entdeckte er, daß sich in keinem einzigen der Häuser noch ein Mensch aufhielt. Einzig eine Menge herrenloser Hunde schloß sich ihm an, als er, von einem Gefühl völliger Fremdheit seiner Vaterstadt gegenüber befallen, eiliger als sonst gehend in das verwaiste Kastell zurückkehrte. Abends konnte er vom Turm aus den Ring sehen, den das Heer des Gaja um die verlassene Stadt zu legen anfing.
Er schloß das schwere Holztor des Kastells eigenhändig mit dem Riegel zu und legte sich, ohne gegessen zu haben (es

war seit Mittag niemand mehr da, ihm ein Essen vorzusetzen), schlafen. Er schlief schlecht und erhob sich kurz nach Mitternacht unruhig, um nach dem unverhältnismäßig großen Aufgebot zu schauen, das er auf den Hals bekommen hatte wie eine Krankheit, ohne zu wissen warum. Er sah trotz der vorgeschrittenen Nachtzeit noch Lagerfeuer brennen und hörte den Gesang von Betrunkenen herüber.

Am Morgen kochte er sich etwas Mais, den er halb verbrannt hungrig aufaß. Damals konnte er noch nicht kochen. Er lernte es jedoch noch, bevor er starb.

Er verwendete den Tag dazu, sich zu verschanzen. Er schleppte Felsbrocken auf die Mauer und legte sie so, daß er, an ihr entlanglaufend, sie mit wenig Mühe hinabschmeißen konnte. Die breite Zugbrücke, die er allein nicht hochbringen konnte, zog er zusammen mit den zwei Pferden, die ihm geblieben waren, hoch; es blieb noch eine schmale Planke stehen, die mit einem Fußtritt zu entfernen war. Er ging am Abend nicht mehr in die Stadt, da er von nun an Überfälle befürchtete. Alle die nächsten Tage lag er oben auf seinem Turm auf der Lauer; er bemerkte nichts Auffälliges. Die Stadt blieb ausgestorben und der Feind vor ihren Toren richtete sich anscheinend auf eine lange Belagerung ein. Einmal, als Cesare auf der Mauer spazierte, denn die Zeit begann ihm lang zu werden, schossen einige Scharfschützen auf ihn. Er lachte, da er glaubte, sie träfen ihn nicht – es war ihm noch nicht klar geworden, daß sie sich übten, ihn *nicht* zu treffen.

Es war dies alles zur Herbstzeit. Auf den Feldern der Campagna wurde schon eingeerntet und er konnte gut sehen, wie sie auf den gegenüberliegenden Höhen den Wein einbrachten. Die Lieder der Erntenden mischten sich mit denen der Soldaten und niemand von den Leuten, die noch vor einer Woche in Caserta gewohnt hatten, kehrte je wieder dorthin zurück. Es hatte sich in einer Nacht eine Pest aufgemacht und alle gefressen außer einen.

Die Belagerung dauerte drei Wochen. Gajas Absicht und Witz war es, so lange zu warten, bis der Belagerte Zeit gehabt hätte, sein ganzes Leben in Gedanken noch einmal durchzugehen, um die Stelle zu finden, die faul gewesen war. Außerdem wollte er warten, bis alle Leute der ganzen Campagna eingetroffen waren, das Schauspiel der Ermordung Cesare Malatestas zu sehen. (Die Leute kamen, oft mit Weib und Kind, bis von Florenz und Neapel her.)

All die drei Wochen standen Haufen herbeigeströmter Landleute und Städter gegenüber dem Mauerhügel von Caserta, mit Fingern zeigend und wartend, und all die drei Wochen ging morgens und abends der Belagerte auf der Mauer spazieren. Mählich erschien seine Kleidung vernachlässigt; er schien in den Kleidern zu schlafen und sein Gang wurde schleppender, welches von seiner schlechten Nahrung herrührte. Sein Gesicht war wegen der weiten Entfernung nicht erkennbar.

Am Ende der dritten Woche sahen ihn die außen seine Zugbrücke herablassen und drei Tage lang und einen halben schrie er auf dem Turm seines Kastells in alle Richtungen Unverständliches wegen der allzu großen Entfernung. Aber alle die Zeit setzte er keinen Fuß aus dem Bereich der Mauern und kam nicht heraus.

Die letzten Tage seiner Belagerung, welche in die vierte Woche fielen, als schon die ganze Campagna und viele Menschen allerlei Standes im Lager vor Caserta angekommen waren, ritt Cesare auf seinen Pferden stundenlang die Mauer entlang. Man nahm wohl nicht ohne Grund im Lager an, daß er bereits zu schwach war, zu gehen.

Viele erzählten später, als alles herum war und die Leute wieder zu Hause waren: Einige, die nachts trotz strengen Verbots Francescos sich an die Mauer herangeschlichen hätten, hätten ihn auf der Mauer stehen sehen und Gott und dem Teufel schreien hören, sie möchten ihn doch töten. Sicher scheint, daß er bis in seine letzte Stunde und auch da nicht wußte, warum dies alles sei, und sicher, daß er nicht danach gefragt hatte.

Am sechsundzwanzigsten Tag der Belagerung ließ er mit großer Mühe die Zugbrücke herab. Zwei Tage später verrichtete er unter den Augen des ganzen feindlichen Lagers auf der Mauer seine Notdurft.

Seine Ermordung geschah durch drei Henkersknechte am neunundzwanzigsten Tage der Belagerung, mittags gegen elf Uhr, ohne Widerstand von seiner Seite. Der Gaja, der übrigens diese letzte und etwas billige Wendung seines Spaßes nicht abwartend, weggeritten war, ließ auf dem Marktplatz von Caserta eine Denksäule errichten, auf der stand: »Hier ließ Francesco Gaja den Cesare Malatesta erschlagen, den Schandfleck Italiens, den Kummer und den Dreck Roms!«

So gelang es ihm, seinen entfernten Verwandten dadurch zu ehren, daß er seinen Verhöhner, einen Mann nicht ohne Verdienste, dem Angedenken Italiens lediglich als Verfasser eines einzigen Witzes einprägte, den der Gaja zwar seiner Pointe nach vergessen zu haben vorgab, den er aber nicht hatte hingehen lassen können.

Brief über eine Dogge

Zu den wenigen Ereignissen meines ereignisarmen Lebens, die auf mich Eindruck machten, gehört wegen eines Hundes das Erdbeben von San Franzisko.
Ich war zweiunddreißig Jahre alt und stand allein in der Welt, als ich in San Franzisko eine Dogge kennenlernte. Ich wohnte im sechsten Stockwerk eines baufälligen Häuserkomplexes und benutzte mit anderen Mietern zusammen einen schlecht geweißten und riechenden Flur. Dort war es, wo ich der Dogge einige Male am Tage begegnete. Sie gehörte einer fünfköpfigen Familie, die in einem einzigen Zimmer hauste, das nicht größer als meines war. Es waren schlecht aussehende Leute mit unreinlichen Gewohnheiten, die ihren Kübel mit Abfall tagelang vor der Tür herumstehen ließen. Den Hund zu beschreiben widersteht mir.
An meine erste Begegnung mit dieser Dogge erinnere ich mich nicht. Wie bei den meisten später wesentlich werdenden Erlebnissen unseres Lebens überblickte ich am Anfang die Tragweite dieser Begegnung nicht. Ich nehme aber an, daß die erste Empfindung der Dogge bei meinem Anblick Angst gewesen sein wird, und daß auch ich (wahrscheinlich deswegen) ein unangenehmes Gefühl hatte. Jedenfalls zog erst die offenkundige und durch nichts begründete Abneigung des Tieres meine Aufmerksamkeit auf dasselbe. Der Hund zog, mich erblickend, mochte er auch noch so wild mit den übrigens unglaublich schmutzigen Kindern tollen, sofort den Schwanz ein und verzog sich begossen um die Ecke oder noch lieber durch eine offenstehende Tür. Ja einmal, als ich ihn, um ihm seine törichte Furcht, wegen der

mich, wie ich zu beobachten glaubte, die Kinder schon scheu anstierten, zu nehmen, zu streicheln versuchte, zitterte er sogar und, ich schildere dies nur mit Widerwillen, sein Haar muß sich gesträubt haben, denn ich wunderte mich im ersten Moment über sein steifes Fell, und es fiel mir erst später ein, daß man in diesem Fall sagt: das Haar sträubt sich.

Hätte ein Mensch mir gegenüber eine solche Haltung eingenommen, wäre die Vermutung nahe gelegen, er verwechsle mich mit einem anderen; aber ein Hund! Ich erinnere mich, daß ich von allem Anfang an die Angelegenheit keineswegs unterschätzte. In den nächsten Tagen brachte ich der Dogge mitunter etwas mit, Freßbares, Knochen. Sie beschnupperte das Fleisch nicht einmal, sie wich scheu aus und verdrückte sich mit einem unbeschreiblich hinterhältigen und dabei fassungslosen Blick von unten herauf. Fast immer war sie in einem Haufen von skrofulösen Kindern versteckt, sichtbarlich der trostlosen Brut des Abschaums. Ich konnte der Dogge nur selten allein habhaft werden, und ich hütete mich natürlich, ihr in Gegenwart von Augenzeugen gegenüberzutreten. Dennoch spürten die Kinder auf irgendeine verdammte Weise meine doch gewiß harmlosen Annäherungsversuche auf, und die Folge davon war nicht etwa, daß sie meine Gutmütigkeit anerkannten, sondern daß sie mit den Fingern nach mir zeigten. Dabei war ich überzeugt, daß die Dogge von ihren Leuten nicht genug zum Fressen erhielt, wahrscheinlich nicht einmal das Nötigste. Natürlich fehlte es mir auch an Zeit zum Studium des Hundes. Ich konnte, da ich tagsüber in der Automobilfabrik zu arbeiten hatte, nur abends meinen Unterhaltungen nachgehen. Immerhin beobachtete ich eine Anzahl von Leuten in ihrem Verkehr mit der Dogge. Da war zum Beispiel ein Mieter von nebenan, der mit ihr, wenn auch nicht gerade ausgezeichnet, so doch ausreichend auskam. Er benützte, um sie anzulokken, einen bekannten Schnalzer mit dem Daumen- und Mittelfinger. Er erreichte dadurch nicht selten, daß sie sich unbedenklich an seinem schmutzigen Hosenbein rieb. Ich übte den übrigens leicht erlernbaren Kunstgriff sogar ein, besaß aber doch noch genügend Schamgefühl, ihn nicht zu verwenden. Einer alten Frau aus dem Haus lief der Hund nach, wann immer er sie erblickte. Die Alte, eine unangenehme Person mit einer Fistelstimme, die durch Mark und Bein ging, konnte den Hund nicht einmal leiden, sie verscheuchte ihn immer mit einer Einkaufstasche, und ganz ohne Erfolg. Er wich zu ihrem Ärger nicht von ihr. Ein geschminktes Mädchen der Nachbarschaft unterhielt sich oft mit der Dogge, indem es ihr die Halsfalten kraulte. Als ich diesem Mädchen, dessen Gewerbe übrigens ihre Sache ist, einmal auf dem Autobus gegenüberstand, merkte ich, daß ihr Atem unangenehm war. Solche, vielleicht an und für sich gleichgültige oder harmlose Eigenschaften lassen, nach meiner festen Überzeugung, immer auf eine tiefere Mißbildung schließen. Es wunderte mich, daß die Dogge, die anscheinend doch äußerst instinktsicher war, von diesem Umstand bei dem Mädchen keine Notiz nahm. Diese Wahrnehmung ließ mich denn auch eine kurze Zeit an dem Instinkt des Tieres zweifeln; ich dachte, es seien vielleicht doch ganz äußerliche Eigentümlichkeiten an mir, die die Dogge abstießen. Es schien mir unwahrscheinlich, aber ich wollte in diesem Fall nichts versäumen. Ich wechselte sowohl meine Anzüge als meine Kopfbedeckung, und ich ließ meinen Stock weg. Alles das tat ich, wie man sich denken kann, nur äußerst ungern, ich übersah keinen Augenblick das Beschämende darin, aber es schien für mich nichts anderes übrigzubleiben. Ein einschneidendes Ereignis in der Sache belehrte mich, wie nahe mir das alles ging. Leider mußte ich in diesen Tagen eine beschwerliche Reise nach Boston antreten, da ich begründeten Verdacht hatte, daß mein jüngerer Bruder sich durch merkwürdig geschickte Manipulationen aus dem Erbteil unserer Mutter einen Vorteil verschaffen wollte. Als ich übrigens, ohne daß ich etwas ausrichten konnte, da es auch bei offenkundigem Unrecht auf der Welt immer an Beweisen fehlt, zurückkehrte, war die Dogge verschwunden.

In der ersten Erregung darüber traf es mich besonders schwer, daß sie einfach entlaufen war, ich dachte, es würde mich weniger enttäuscht haben, wenn ein Packauto sie entzweigefahren hätte. Es bewies mir von neuem die mir nur allzu bekannte unfaire Haltung des Planeten seinen Geschöpfen gegenüber, daß ein Hund, der für mich von Interesse war, seinem Herrn entlief. Er, dessen Äußerungen meiner Person gegenüber mir so lächerlich wichtig erschienen, war selbst natürlich von schlechter Rasse. Um so peinlicher empfand ich meine Unruhe, als er ausblieb. Meine Nachforschungen, verbunden mit einer hohen Belohnung, schafften ihn wieder herbei, aber mein Mißtrauen verfolgte ihn von nun an bis an sein unrühmliches Ende.

Natürlich betrachtete ich die Dogge nach der Mühe, die mir ihre Wiedererlangung verursacht hatte, als mein Eigentum. Daß die Familie, der sie offiziell gehörte, tat, als wisse sie nichts davon, wieviel ihre Dogge mich gekostet hatte, war in

meinen Augen nur um so schlimmer für sie. Ich hatte nicht Lust, länger als Luft behandelt zu werden.
Kurze Zeit nach ihrer Rückkehr sah ich die Dogge wieder einmal neben dem Mieter von nebenan an dem Korridor entlanggehen. Als er am Fenster zum Lichthof stehenblieb, um seine Pfeife zu stopfen, rieb sie sich wieder einmal an seinem Bein. Der Mann nahm keine Notiz davon. Dies berührte mich sehr unsympathisch. Auf meine Erkundigung erfuhr ich, daß er in dem Zimmer gegenüber als Aftermieter der fünfköpfigen Familie wohnte. Im Laufe der nächsten Tage fragte ich, allerdings ohne den geringsten Nachdruck darauf zu legen, den Hausmeister, ob es seines Wissens erlaubt sei, daß Mieter in ihren Zimmern weitere Mieter beherbergten. Er gab mir etwas verlegen die Auskunft, er wisse es nicht, wolle aber, wenn ich es für richtig hielte, einen Brief an die Gesellschaft schreiben. Ich stellte es ihm frei, da mich die ganze Sache nichts anging.
Acht Tage später erblickte ich, als ich abends müde heimkam, einen Handkarren mit Möbeln vor unserm Haus. Auf der Treppe begegnete ich einem hustenden Mädchen mit zerstörter Brust, welches eine Kommode heruntertrug. Ich sah daraus, daß der Brief des Hausmeisters gewirkt hatte; es war demnach doch verboten, Aftermieter zu halten.
Ich fand es nach einigem Nachdenken und Zuschauen hart für die Leute, zu allen übrigen Schwierigkeiten, an denen es ihnen sicherlich nicht fehlte (man brauchte nur ihre Kleider zu sehen), auch noch die Kosten eines Umzuges zu haben. Auch hatten sie bestimmt nicht zu ihrem Vergnügen oder aus Übermut ihr nicht allzu geräumiges Zimmer mit einem Fremden geteilt. Als ich sie daher, unter meiner Tür stehend

und meine abendliche Pfeife rauchend, darüber reden hörte, was sie mit dem Hund anfangen sollten, hörte ich nicht nur meines Interesses an der Dogge wegen vielleicht etwas zu teilnehmend zu, und auf diese Weise ins Gespräch gezogen und um meinen Rat angegangen, erklärte ich mich bereit, die Dogge zu mir zu nehmen. Es schien, daß sie sich unter den jetzigen Umständen einen so kostspieligen Luxus, wie ihn eine Dogge immerhin darstellt, nicht mehr leisten konnten: sie willigten ein, sie mir zu übergeben.

Ich gebe zu, daß ich mit der Entwicklung der Dinge, trotzdem sie einige Grausamkeiten in sich barg, nicht unzufrieden war, besonders weil ich immer der Überzeugung gewesen bin, daß die Dinge, wenn man sie mit einer gewissen Lässigkeit und ohne etwas Direktes zu tun, allerdings auch ohne etwas zu versäumen, laufen läßt, von selber am besten sich für einen anlassen.

Es war nicht ganz leicht, die Dogge in mein Zimmer zu transportieren. Sie stemmte sich mit großer Kraft dagegen, übrigens ohne einen Laut von sich zu geben und ohne ein Auge von mir zu lassen. Ein starker Lederriemen, den ich mir schon vor acht Tagen gekauft hatte, leistete mir jetzt gute Dienste.

Der Anblick des Hundes war nicht erfreulich. Ich hielt ihn an ein Bein meines Bettes gebunden, und solange ich im Zimmer weilte, blieb er stets unter das Bett zurückgezogen, und wenn ich mich ihm näherte, oder auch wenn ich nur zum Bett ging, zitterte er am ganzen Leibe. Wenn ich aber fort war, das heißt, wenn ich durchs Schlüsselloch nach ihm schaute, trabte er rastlos vor dem Bett herum, indem er sich so weit davon entfernt hielt, als der nicht allzu lange Lederriemen ihm erlaubte. Für Hundeliebhaber füge ich meine Beobachtung hinzu, daß es mit der Hunden hartnäckig nachgesagten Trauer um entschwundene Herren Essig zu sein scheint. Es ist dieses allzu gern geglaubte Gerücht eine von den lächerlichen Ausgeburten menschlichen Eigendünkels. Ich konnte an meiner Dogge keine Spur von Traurigkeit entdecken.

Die Tatsache, daß sie nichts fraß, hatte eine ganz andere und, wie ich glaube, für mich nicht schmeichelhafte Begründung. Sie nahm nichts aus meiner Hand. Drei Tage lang weigerte sie sich stumm, die Knochen anzunehmen, die ich für sie kaufte, ja, sie verschmähte sogar das reine Fleisch am dritten Tage, und sie nahm auch keinen Bissen von dem, was ich ihr hinstellte: sie fraß auch nichts, was in meiner Hand gewesen war.

Ich gestehe, ich geriet dadurch (sie wurde sichtlich magerer und fing an, beim Herumtrotten zu schleppen) in Verlegenheit. In Augenblicken des Zornes dachte ich daran, sie auf diese Weise, einfach dadurch, daß ich ihr Essen reichte, das sie nicht fraß, *hinzurichten*. Aber ich sah in kaltblütigeren Stunden ein, daß durch rohe Gewalt nichts bewiesen werden kann.

Deshalb lud ich einen mir oberflächlich bekannten jungen Mann, der in einer Autohalle Schlosser war, zu mir ein, damit er ihr zu fressen gäbe. Als ich ihn aber in meinem Zimmer hatte, schien es mir plötzlich ungemein schwierig, ihn einzuweihen, und die Unterhaltung ging trotz Zigaretten und Limonade nur stockend vorwärts. Es war ein schlechtrassiger ungepflegter Mensch mit zu weichen Zähnen und wäßrig rotem Haar. Dabei hatte er die Gewohnheit, mich beim Reden fortgesetzt anzufassen, was ich nicht aushalten kann. Und dann spürte er auf, daß etwas nicht in Ordnung war bei mir, und wurde maßlos in seiner Bosheit. Er stieß arglistig nach der Dogge mit dem Fuß, redete lange Zeit scheinheilig und als verstünde er nichts, merkte aber meine Betretenheit und erpreßte mir am Schluß, ohne mir selbst die ganze Aufklärung zu ersparen, die Bitte, der Dogge zu fressen zu geben. (Übrigens ist es auch möglich, daß er nichts gemerkt hat.)

Er tat es, und zwar in der taktlosesten Weise, indem er sie fortgesetzt beschimpfte und ihr liebloses Verhalten gegen mich vorwarf. So wurde die Dogge zwei Wochen hindurch allabendlich gefüttert.

Merkwürdigerweise wollte ich eine unbestimmte Hoffnung nie aufgeben und ein Erdbeben war nötig, mich über die endgültige und unkorrigierbare Haltung des Planeten mir gegenüber zu belehren. Am 23. Juni 1912 fand das Erdbeben von San Franzisko statt. An diesem Tage verloren viele Menschen in der schwankenden Stadt ihr Leben. Ich aber verlor nur einen Anzug, einige Paar Stiefel und andere Utensilien, und ich hätte also dieses Unglück vergessen können wie wenige andere, aber es war mir dies nicht bestimmt. Unter den sich mit immer größerer Wucht wiederholenden Erdstößen, in einem brennenden Haus, stand ich im Hemd der unerbittlichen Dogge gegenüber, deren Hinterteil durch eine geborstene Wand eingeklemmt war, so daß sie dem sichern Tod verfallen war, wenn nicht einer ihr beistand und sie befreite, und auf sie zutretend, um ihr beizustehen, las ich eine unbeschreibliche Angst vor mir, ihrem Retter, in ihren stumpfen Augen und zulangend, sie zu befreien, schnappte sie nach mir.

Seit diesem Morgen sind mir zwei Jahre vergangen. Ich wohne jetzt in Boston. Meine Untersuchungen über die Dogge sind nach ihrem Tode noch nicht zum Abschluß gekommen. Was ist es, das sie bewegte, meine Hand von sich zu weisen? Ist es mein Auge, dessen Blick, wie ich gehört habe, mir bei einigen Menschen schon Erfolge verschafft hat, das aber das empfindlichere Tier abstieß? Ist es eine gewisse schlendernde Bewegung der Hände beim Gehen, die mir seit einiger Zeit in den Schaufensterscheiben an mir auffällt? Seit der Haltung jenes Tieres mir gegenüber denke ich unaufhörlich darüber nach, was für eine Art Mißbildung, denn eine solche muß es ja wohl sein, mich von anderen Menschen unterscheidet. Ja, seit einigen Monaten fange ich sogar an, zu glauben, daß es innere, tiefer gelegene Mißbildungen in mir sein könnten, und das Schlimmste ist, daß ich, je weiter ich meine Untersuchungen ausdehne und je mehr ich Abweichungen von der Norm an mir entdecke und dann eine zu der andern lege, desto fester zu glauben beginne, daß ich den eigentlichen Grund niemals entdecken kann; denn gerade mein Geist ist es ja vielleicht, der unnormal ist und überhaupt nicht mehr Abstoßendes als abstoßend erkennen kann. Ohne irgendeine Sympathie für so lächerliche Erscheinungen wie etwa die Heilsarmee mit ihren billigen Erweckungen, kann ich doch sagen, daß eine tiefgehende Veränderung meines ganzen Wesens, ob zum Guten oder Schlechten hin, nicht mehr geleugnet werden kann.

Die Antwort

Es war ein reicher Mann, der hatte eine junge Frau, die war mehr wert als all sein Gut, und das war nicht wenig. Sie war nicht mehr sehr jung und er auch nicht. Aber sie lebten zusammen wie zwei Tauben, und er hatte zwei gute Hände, das waren ihre Hände, und sie hatte einen guten Kopf, das war sein Kopf. Sie sagte oft zu ihm: »Ich kann nicht gut denken, lieber Mann, ich sage alles nur so heraus.« Er aber besaß einen scharfen Verstand, und darum wurde sein Besitztum immer schöner. Da geschah es nun eines Tages, daß er einen Schuldner in die Hände bekam, dessen Gut er notwendig brauchte, auch war es kein guter Mensch. Deshalb machte er nicht viel Federlesens mit ihm und pfändete ihn aus. Der Mensch sollte noch eine Nacht in seinem Hause schlafen, in dem er alle seine Jahre so gelebt hatte, daß er nun in die Fremde ziehen mußte, am Morgen danach sollte ihm alles genommen werden.

In dieser Nacht nun konnte seine Frau nicht schlafen. Sie lag neben ihrem Manne da und dachte nach und stand auf. Sie stand auf und ging zu dem Nachbar hinüber, den ihr Mann pfänden wollte, mitten in der Nacht. Denn sie dachte, daß sie ihren eigenen Mann nicht kränken durfte, indem sie mit seinem Wissen dem Nachbar half. Und sie konnte den Menschen auch nicht leiden sehen. Der Mensch war auch wach, da hatte sie recht geraten, er saß in seinen vier Wänden und genoß die Stunden aus. Als er sie sah, erschrak er, sie aber wollte ihm nur recht schnell ihren Schmuck geben.

Weil sie nun dazu Zeit brauchte oder weil ihr Mann im Schlaf spürte, daß sie nicht bei ihm war, erwachte er und stand ebenfalls auf und ging im Hause herum, rief sie und ängstigte sich und ging auf die Straße. Da sah er Licht in seines Nachbars Hause und ging hinüber, um zu sehen, ob er was vergrabe, das ihm nicht mehr gehörte, und dabei, als er durchs Fenster sah, erblickte er seine Frau bei dem Nachbar, mitten in der Nacht. Er hörte sie nicht und sah auch das Kästchen in ihrer Hand nicht, darum stieg ihm das Blut in den Kopf, und er zweifelte an seiner Frau. Zugleich faßte er sein Messer in der Tasche und überlegte sich, wie er die beiden töten könnte. Da hörte er seine Frau sagen: »Nimm es nur; ich will nicht, daß mein Mann eine solche Sünde auf sich lädt, und ich will auch nicht, daß ich ihm wehe tue, indem ich dir helfe; denn du bist ein schlechter Mensch.« Damit ging sie zur Tür, und der Mann hatte Eile, sich zu verstecken, da sie schnell heraustrat und in ihr Haus hinüberlief.

Er ging stumm hinter ihr her, und drinnen sagte er ihr, er hätte nicht schlafen können und sei aufs Feld gegangen, weil ihn sein Gewissen bedränge darüber, daß er dem Nachbar sein Haus nehmen wolle. Da fiel ihm die Frau an die Brust und weinte, eine solche Freude hatte sie. Aber als sie nun wieder zusammenschliefen, schlug des Mannes Gewissen erst recht, und er hatte eine große Scham, denn nun war er zweimal zu klein gewesen, einmal, als er ihr mißtraute, und zum andernmal, als er sie anlog. Seine Scham war so groß, daß er sich einredete, er sei ihrer nicht mehr wert, und wieder aufstand und in die Stube hinunterging und lange dasaß, so wie der Nachbar drüben in seinem Haus. Dann aber ward es schlimmer bei ihm, denn ihm half niemand, weil er so gar versagt hatte. Darum ging er gegen Morgen von sei-

nem Hause, als es noch dunkel war, und lief fort mit dem Wind, ohne eine Richtung.
Er lief den ganzen Tag, ohne etwas zu essen, auf einer Straße, die in eine leere Gegend führte, und wenn sie durch Dörfer kam, machte er einen Bogen. Am Abend kam er an einen schwarzen Fluß, an dem fand er eine zerfallene Hütte, in der niemand war, und da um sie herum in den Auen fette Kräuter wuchsen und der Fluß fischreich war, so blieb er dort drei Jahre lang und vertrieb sich die Zeit mit Kräutersammeln und indem er Fische fing. Dann wurde es ihm zu einsam dort, das heißt: die Stimmen der Wasser wurden zu laut für ihn, und die Gedanken wuchsen zu zahlreich, von denen es heißt: sie sind wie Vögel, die das Essen bedrecken. Darum ging er in eine Stadt, und dann in viele Städte, ohne Richtung, und bettelte dort und kniete in den Kirchen.
Aber mit der Zeit wurden seine Gedanken mächtiger über ihn und sie quälten ihn sehr. So begann er zu trinken und herumzulaufen wie ein Hund, der für die Kette zu schlecht ist. Es vergingen aber unterdem viele Jahre. Da geschah es einmal zu der Zeit, wo er seinen Namen schon vergessen hatte, daß er, der halb blind geworden war, wieder zu der Stadt zurückkehrte, in der er einmal gewohnt hatte, das war viele Jahre her. Er erkannte sie auch nicht wieder und kam nicht weiter als bis zu der Vorstadt, da lag er im Hof einer Schenke.
Nun kam eines Tages um die Mittagszeit eine Frau des Weges in den Hof und redete mit dem Wirt. Als der Bettler aber die Stimme hörte, durchfuhr es ihn, und sein Herz ging schneller, wie das eines geht, der versehentlich in einen Saal gekommen ist, in dem es schöne Musik gibt, aber er hat kein

Recht dazu. Und der Mann sah, daß es seine Frau war, die da redete, und brachte kein Wort heraus. Nur die Hand streckte er aus, als sie vorüberging. Aber die Frau erkannte ihn nicht, denn er sah sich nicht mehr ähnlich, in keinem Zug, ja, man sah ihm nicht einmal mehr an, daß er eine solche Qual hatte, so war sein Gesicht geworden. Also wollte die Frau vorübergehen, denn es gab so viele Bettler, und dieser schien unverschämt. Da aber brachte der Mann den Mund auseinander, und es gelang ihm, etwas zu sagen, das klang, als hieße es: Frau!

Da beugte sich die Frau nieder und sah ihn an und ihre Kniee begannen zu wanken, und sie erblaßte sehr. Und als er schon nicht mehr sein Herz hörte, da hörte er sie, und sie sagte: »Mein lieber Mann, wie hast du mich doch lange warten lassen, bis daß ich nun häßlich geworden bin, dieweil sieben Jahre mir wie Schmerzen vergangen sind und ich *fast* an dir gezweifelt hätte.«

Die höflichen Chinesen

Wenigen bekannt in unserer Zeit ist es, wie sehr ein der Allgemeinheit geleisteter Dienst der Entschuldigung bedarf. So ehrten die höflichen Chinesen ihren großen Weisen Laotse, mehr als meines Wissens irgendein anderes Volk seinen Lehrer, durch die Erfindung folgender Geschichte. Laotse hatte von Jugend auf die Chinesen in der Kunst zu leben unterrichtet und verließ als Greis das Land, weil die immer stärker werdende Unvernunft der Leute dem Weisen das Leben erschwerte. Vor die Wahl gestellt, die Unvernunft der Leute zu ertragen oder etwas dagegen zu tun, verließ er das Land. Da trat ihm an der Grenze des Landes ein Zollwächter entgegen und bat ihn, seine Lehren für ihn, den Zollwächter aufzuschreiben, und Laotse, aus Furcht, unhöflich zu erscheinen, willfahrte ihm. Er schrieb die Erfahrungen seines Lebens in einem dünnen Buche für den Zollwächter auf und verließ erst, als es geschrieben war, das Land seiner Geburt. Mit dieser Geschichte entschuldigen die Chinesen das Zustandekommen des Buches Taoteking, nach dessen Lehren sie bis heute leben.

Von der Sintflut

Betrachtungen bei Regen

Meine Großmutter sagte oft, wenn es längere Zeit regnete: »Heute regnet es. Ob es je wieder aufhört? Das ist doch ganz fraglich. In der Zeit der Sintflut hat es auch nicht mehr aufgehört.« Meine Großmutter sagte immer: »Was einmal war, das kann wieder sein – und: was nie war.« Sie war vierundsiebzig Jahre alt und ungeheuer unlogisch.

Damals sind alle in die Arche gegangen, sämtliche Tiere einträchtig. Das war die einzige Zeit, wo die Geschöpfe der Erde einträchtig waren. Es sind wirklich alle gekommen. Aber der Ichthyosaurus ist nicht gekommen. Man sagte ihm allgemein, er solle einsteigen, aber er hatte keine Zeit an diesen Tagen. Noah selber machte ihn darauf aufmerksam, daß die Flut kommen würde. Aber er sagte ruhig: »Ich glaub's nicht.« Er war allgemein unbeliebt, als er ersoff.

»Ja, ja«, sagten alle, als Noah schon die Lampe in der Arche

anzündete und sagte: »Es regnet immer noch«, »ja, ja, der Ichthyosaurus, der kommt nicht.« Dieses Tier war das älteste unter allen Tieren und auf Grund seiner großen Erfahrung durchaus imstande auszusagen, ob so etwas wie eine Sintflut möglich sei oder nicht.
Es ist leicht möglich, daß ich selber einmal in einem ähnlichen Fall auch nicht einsteige. Ich glaube, daß der Ichthyosaurus an dem Abend und in der hereinbrechenden Nacht seines Untergangs die Durchstecherei und Schiebung der Vorsehung und die unsägliche Dummheit der irdischen Geschöpfe durchschaut hat, als er erkannte, wie nötig sie waren.

Der dicke Ham

Von den *Eseln* heißt es, daß sie die Sintflut noch nicht erlebt haben, sie sollen erst viel später und nach allen anderen Tieren vom lieben Gott gemacht worden sein, weil er in seiner Schöpfung doch noch eine Lücke erkannte. Diese Lücke soll von den Eseln ausgefüllt worden sein. Dieser Anschauung widerspricht allerdings, daß es eine Geschichte über die Sintflut gibt, die sich gerade unter den Eseln bis auf den heutigen Tag fortgepflanzt hat und die folgendermaßen lautet:
Unter den Söhnen Noahs war besonders wichtig der dicke Ham. Er hieß der dicke Ham, obwohl er nur an einer Stelle dick war, und das kam so: wie man auch aus anderen Berichten weiß, war die ganze Arche aus reinem Zedernholz gebaut. Und zwar mußten die Holzstämme so dick sein wie ein Mann.

Einige Wochen lang während des Baues stellte sich, wie bekannt, Japhet neben die Bäume hin, bevor sie gefällt wurden. Bäume, die dünner waren als Japhet, wurden zum Bau der Arche einfach nicht benutzt. Aber dann in den letzten Tagen, als es schon furchtbar regnete, wollte Japhet nicht mehr im Zedernwald herumstehen und bat seinen Bruder Ham, an seiner Statt sich neben die Zedern zu stellen.

Ham aber war der dünnste unter den Söhnen Noahs.

Dann kam die Sintflut und die Arche kam ins Schwimmen. Noah bemerkte gleich, daß die Arche ganz ausgezeichnet schwamm, aber an einer Stelle, da war sie zu dünn. Die Arche war ungeheuer lang und breit, und sie hatte auch einen gewaltigen Tiefgang, und die eine Stelle, die zu dünn war, war nur so groß wie die Sonnenscheibe am Mittag. Aber durch diese Stelle drang eben das Wasser ein.

Da sagte Noah zu seinen Söhnen: »Welcher war das?«

Da sagten die Söhne zu Noah: »Das war Ham.«

Darauf sagte Noah zu Ham: »Stehe auf, Ham, und komme her zu der Stelle, die zu dünn ist, und lasse Dich nieder und setze Dich darauf.« Ham setzte sich nieder, da war das Loch zu.

Es steht genau in der Bibel verzeichnet, wie lange Ham auf dieser Stelle saß; denn er saß so lange, bis die Sintflut aus war. Als die Sintflut dann aus war und Ham aufstand, war die Stelle an Ham, die auf der dünnen Stelle an der Arche lag, sehr dick geworden. Ham selber aber war dünn wie zuvor. Durch diese Eigentümlichkeit seines Leibes war Ham für viele Dinge ziemlich unbrauchbar geworden, aber wann immer eine Sintflut kommt, und eine Arche gebaut wird, und eine Stelle davon zu dünn ist, dann ist Ham unentbehrlich.

Das ist die Geschichte, die den Eseln von der Sintflut besonders in der Erinnerung geblieben ist.

Das Kreuzwort

Unter den zahlreichen Existenzen, die die Kreuzwortepidemie in den Vereinigten Staaten hinwegraffte, stellen die Mitglieder der Familie C. Archer einen besonders grauenvollen Fall dar. Es waren ihrer fünf. Vater, Mutter, Sohn und zwei Töchter, jedoch kam später noch das Dienstmädchen dazu, so daß die Zahl der Opfer alles in allem sechs betrug.

Das Unglück begann Ende Februar. Um diese Zeit, genauer präzisiert, an einem Dienstag, bekam C. Archer in der Wochenbeilage des »Littleriver Herald« jenes zähe und, wie sich bald herausstellen sollte, gänzlich unverdauliche Kreuzworträtsel zu Gesicht, das von nun an seine Tage verbitterte und seine Nächte schlaflos machte. Es war ihm im ersten Anlauf gelungen, von den achtzehn Wörtern des Rätsels zehn zu lösen, aber dann stak er fest. Zwei weitere Wörter löste seine ältere Tochter Jane in den nächsten Tagen (denn von nun an beteiligten sich immer mehr Mitglieder der Familie an der nervenaufpeitschenden Jagd), aber ein drittes angeblich von ihr gelöstes Wort, und zwar Nummer dreizehn, vertraute Jane Archer nicht mehr ihrem Vater an. Von einem unseligen Hang zum Wettstreit erfaßt, verbarg sie es vor ihrem Ernährer.

Über den Kämpfen, die C. Archer mit ihr wegen der aus ihrem Verhalten klar ersichtlichen niederen Gesinnung als Vater zu führen hatte, verging der Sonntag. Trotz des Tumultes gelang es Freddy, dem Sohne, nachmittags gegen 3 Uhr, die Wörter 15 und 17 zu finden. Vor die Wahl gestellt, sie entweder seinem Vater oder seiner Schwester abzutreten, entschied er sich, wegen der körperlichen Überlegenheit des ersteren, gegen die Schwester, die dafür auf den Tisch des Hauses einige von Freddys Geheimnissen legte, die sein weiteres Verbleiben in diesem Hause und bei dieser Familie völlig unmöglich machten.

Das Wort 16 beherrschte den Montag. Erst Dienstag früh fiel es C. Archer in die Hände, und zwar nicht ohne schweres Opfer: Dienstag früh wurde C. Archer, der dreiundzwanzig Jahre bei der Florida Elektic Company beschäftigt war, fristlos entlassen. Er hatte nach einer langen und schlummerlosen Nacht gegen Morgen, durch zwei Stunden unruhigen Schlafes ein wenig erquickt, immerhin um acht Uhr vormittags das Wort 16 soweit eingekreist, daß es nur mehr eine Frage von Minuten bildete, erreichte jedoch die Tram nicht mehr rechtzeitig und lief mit elf Minuten Verspätung in seinem Bureau ein. Er verließ es sofort wieder mit wenig mehr als dem Wort 16 in der Tasche.

Etwas verstört zu ungewohnter Zeit nach Hause kommend, traf er seine jüngste Tochter Mabel auf der Treppe im trauten Zwiegespräch mit einem jungen, wenig Vertrauen erweckenden Mann vor. An jedem anderen Tage hätte C. Archer dieses junge Bürschchen zweifellos zum Inhalt einer Konservendose verarbeitet, heute mußte er wortlos und beschämt an der doch wirklich empörenden Szene, deren Folgen noch nicht abzusehen waren, vorbeigehen. In den nächsten Tagen, allerdings stark durch reichlichen verzweifelten Whiskygenuß beeinträchtigt, sank er so tief, daß er sich

nicht mehr beherrschen konnte, das Wort 14 von Mabel, die er wenigstens bisher keines Blickes mehr gewürdigt hatte, entgegenzunehmen.
Von jetzt ab nahm das Unglück ungehemmt seinen unerbittlichen Lauf. Immer noch stand das Wort 18 unlösbar vor den schon getrübten Augen der zusammengeschmolzenen und durch Kämpfe im Innern zermürbten Familie. Es bewegte sich gegen das Ende der Woche zu, etwa zwischen Roosevelt und Lappland unruhig irrlichterierend hin und her.
All das spielte sich unter den Augen der unglücklichen Mrs. R. Archer ab. Als Frau und Mutter, als fromme Schwester der Christian Science gewahrte sie, ohne eingreifen zu können, wie sich durch das blinde Toben der Leidenschaft das Glück der Familie in Elend verkehrte, und all das machte sie hinschwinden wie die Fleischfliege im Herbststurm. Dabei war es Mitte März. Nur mehr ein einziges Wort: Nummer 18, das fehlte.
Um diese Zeit (Mitte März) entdeckte Mrs. R. Archer nicht nur die untrüglichen Zeichen sittlichen Niederganges bei ihrer Tochter Mabel, die unter dem Vorwand, Mr. Greenhouse sei ihr bei der Bearbeitung des Wortes 18 von außerordentlichem Nutzen, wahrscheinlich ganz andere Dinge trieb, sondern auch ein sträfliches Verhältnis des Dienstmädchens, der Negerin Kitty Traveller, mit dem ohnehin schon schwer kompromittierten Freddy, den die Negerin mit Essen versorgte und, diese Angelegenheit beim Schopf ergreifend, verführte.
Dennoch führte das Ende der vierten Woche nach dem Erscheinen des mörderischen Rätsels in der lustigen Ecke des

»Littleriver Herald« noch einmal alle Mitglieder der untergehenden Familie in den Wänden ihres einstigen Heims zusammen. Den Anlaß bot die seit Monaten geplante silberne Hochzeit des Elternpaares Archer. Zwei Minuten nach Beginn der unter begreiflicherweise höchst trüben Sternen stattfindenden Feier stellte es sich heraus, daß die ganze Familie gleichsam um das Wort Nummer 18 versammelt war. Alle übrigen Wörter stellten die Kinder, welche nicht zuletzt durch den erschütternden Anblick ihres nun fast ganz verheerten Vaters weicher als sonst gestimmt waren, ihren Eltern zur Verfügung. Das Wort 18 blieb bis zum Abend in Dunkel gehüllt.
Dieser Abend war ein Abend, der in der Geschichte der Staaten durch einen der schrecklichsten Hurrikane aller Zeiten mit ehernem Griffel eingegraben ist. Dieser Wirbelwind zermalmte für unzählige Millionen Dollar Häuser, Telegraphenleitungen, Eisenbahnstränge, Menschenleben usw., er verwüstete ganz Florida von Miami bis Littleriver. Er brachte der Familie C. Archer den Tod und durch eine eigentümliche und eines gewissen grauenvollen Beigeschmacks nicht entbehrende, wenn auch wohl nur zufällige Schicksalsfügung Klärung und Lösung ihres Kreuzworträtsels, denn im Luftkatarakt des Wirbelwindes, unter sich schon neigenden Wänden, erkannte C. Archer, daß es sich bei dem Wort Nummer 18, das sich am längsten und zähesten von allen diesen Wörtern gehalten hatte, um das einfache Wort Hurricane gehandelt hatte.

Der Kinnhaken

Nach einem Großkampfabend im Sportpalast saßen einige Leute, mit mir im ganzen vier, immer noch in relativ blutrünstiger Stimmung, bei einem Glase Bier in einer Bierquelle Potsdamer Straße, Ecke Bülowstraße, und einer, ein Professionalboxer, erzählte die lehrreiche Geschichte vom Untergang Freddy Meinkes, des »Kinnhaken«.

»Freddy«, erzählte der Mann, heftig schielend und mit einem Ellenbogen in einer Bierlache ausruhend, »Freddy stand vor zwei Jahren vor der Chance seines Lebens. Freddy hieß natürlich Friedrich. Aber er war ein halbes Jahr drüben gewesen, übrigens ein ziemlich dunkles halbes Jährchen, über das er auf gar keinen Fall sprechen wollte, und da hatte er außer einigen völlig unbekannten Namen auf seinem Rekord und zwei bis drei Dollarnoten, die er mitunter wie aus purer Vergeßlichkeit aus seiner Hosentasche zog, hauptsächlich den Vornamen Freddy mitgebracht.

Er boxte unter diesem Kosenamen als Freddy einige Monate in kleineren Städten wie Köln und so in der Provinz herum, und dann hieß er plötzlich ›der Kinnhaken‹ und hatte einen erstklassigen Namen.

Als wir ihn hier zum ersten Male in Sicht bekamen, grinsten wir zuerst nicht wenig über die Art, wie er seinen Start aufzog, sich photographieren ließ und ein direktes Damenhöschen anhatte, lila. Es war das Koketteste, was Sie je in einem Ring sehen konnten, Herr. Er ging herum wie auf dem Theater. Aber dann machte er seinen Mann in der ersten Runde k.o., und zwar vermittels eines Kinnhakens, der sich gewaschen hatte. Sie wissen übrigens doch, daß er Bantam

war? Diese Leute haben im allgemeinen keinen Schlag, und Freddy war noch dazu eine ganz besonders windige Erscheinung, wenn man ihn so sah. Aber dann hatte er plötzlich ein Tempo wie ein Propeller, und dazu ein Hineingehen wie mit fünfzig Pferdekräften, und am Schluß war der ganze Mann wirklich ein einziger Kinnhaken.
Als wir danach beisammensaßen und ihm die Schulter und den Rücken fast kaputt klopften, sagte er, es sei lediglich eine Folge von Sichzusammennehmen. Man könne nur dann wirklich ungemütlich werden, wenn man genau wüßte, daß man sich auf jeden Fall in der Hand hätte. Er selbst müsse von Anfang an das Gefühl haben, daß er nicht an einen Mann hinschlage, sondern durch ihn durch, und daß also die Hand durch so eine Sache wie ein Kinn überhaupt nicht aufgehalten werden kann. Solche Sachen sagte er noch mehr, und jedenfalls war es gut für ihn, sie zu glauben, wie wir ja gesehen hatten. Er hatte an diesem Abend einen ausgewachsenen Erfolg und steuerte direkt auf den Meisterschaftskampf zu.
Uns allen schien es reichlich früh, als wir dann das Datum hörten, es war kaum acht Wochen später. Freddy schwamm flott in seiner Glückssträhne, er trainierte mit Wucht. Unter anderen suchte er als Trainingspartner sogar mich aus. Die Schnelligkeit schien er sowieso gepachtet zu haben, und meine dreißig Pfund Mehrgewicht waren ihm gerade genug, seinen unnatürlichen Schlag auszuprobieren. Trotzdem war er beim Training eine Enttäuschung. Es kam wahrscheinlich davon, weil er sich eben nicht so ›zusammennahm‹ und man ja auch nicht mehrere Wochen lang durch Leute ›hindurchschlagen‹ kann. Das hatte also nicht sonderlich viel zu

bedeuten. Wichtiger aber war, daß er überhaupt soviel Sums machte. Es ging mich natürlich gar nichts an, wenn er sich ein Motorrad auf Abzahlung hinstellte und ausgerechnet in diesen Tagen das Motorradfahren lernen wollte. Ich dachte mir, er hätte damit noch ruhig warten können. Aber wenn er sich auch noch eine Braut zulegte mit solider Verlobung und einem regelrechten Hausstand am Horizont, womöglich noch mit Nußbaumbetten und Bücherschrank, eine ganz dicke Sache, dann war das zweifellos zu weit gegangen. So einer, der in ein solches Riesenunternehmen wie eine Verlobung hineinstiefelt in einem Moment, wo seine Existenz doch einfach an einem Faden hängt, bringt es dann glücklich zustande, daß eine Unmasse und womöglich sein ganzes Lebensglück von irgend etwas abhängt, was doch immerhin noch erst kommen muß. So einer darf dann eben einfach nicht mehr verlieren. Aber ich sage Ihnen, Herr, wenn von etwas zuviel abhängt, dann ist die Sache schon faul. In einen Meisterschaftskampf sollte einer hineingehen wie ein Verkäufer in seinen Laden. Verkauft er was, gut. Verkauft er nichts, gibt es noch einen Ladenbesitzer für die schlaflosen Nächte. Nun, der Kampf war am 12. September.
Freddy war am 10. fertig mit dem Training, und am 12. abends 7 Uhr saßen wir in diesem Lokal, Freddy, ich und sein Manager, der dicke Kampe, Sie kennen ihn, dort drüben, da, wo der Mann mit dem Zahnstocher sitzt. In einer Stunde sollte die Sache steigen. Es war natürlich falsch, sich hier hereinzusetzen, Sie sehen ja, wie rauchig und dumpf diese Budike ist, aber Freddy hatte Lust dazu, und er hielt gar nichts von Leuten, die ihrer Lunge wegen auf jedes Märzlüftchen aufpassen mußten. Kurz und gut, wir saßen da in einem

Dunst, durch den man mit einer Dampfsäge nicht gekommen wäre, und Kampe und ich bestellten ein Glas Bier, und daraus entwickelte sich in den fünfzehn Minuten, die uns noch blieben, jetzt eine höchst scheußliche Angelegenheit, die übrigens nur ich merkte. Freddy bekam Lust, ein Glas Bier zu trinken.

Er rief auch tatsächlich den Ober. Aber da fuhr Kampe dazwischen und sagte energisch, das sei heller Wahnsinn, jetzt vor dem Kampf; er könne eher Schuhnägel essen als Bier trinken.

Freddy murmelte ›Unsinn‹, ließ aber den Ober wieder weggehen. Für Kampe war damit die Sache erledigt, aber für Freddy war sie es nicht. Kampe sprach noch einmal alles, was er über Freddys Gegner Ungünstiges und Günstiges wußte, durch. Freddy las in einem Abendblatt. Ich hatte den Eindruck, daß er hinter seinem Anzeigenteil sich immer noch mit dem Bier beschäftigte, genauer gesagt, mit seinem Wunsch nach Bier.

Gleich darauf stand er auf und schlenderte an den Schenktisch hinter, Kampe bemerkte es gar nicht. Dort stand er eine Zeitlang, ohne sich übermäßig vorzudrängen, ein-, zweimal ließ er einen anderen und einmal einen Kellner vor. Dann nahm er mit einem ziemlich blöden Ausdruck einige Zigaretten, die er in die Westentasche steckte.

Als er an den Tisch zurückkam, sah er irgendwie verändert aus, er spielte mit den Zigaretten in der Westentasche und sah entsetzlich mürrisch aus. Er setzte sich aber wieder ganz ruhig hinter sein Achtuhr-Abendblatt. Jetzt fing ich an, ohne auf Kampes Redefluß zu achten, auf das Bier zu schimpfen. Ich weiß noch, ich sagte, es sei ein lauwarmes, ekelerregen-

des Gesöff, dem man seine zweifelhafte Herkunft aus irgendeiner Mistlache direkt anschmecke und in dem ein solider kleiner Typhus stecke. Freddy grinste.
Ich glaube, er war mit seinem Kampf gegen sich selbst ziemlich zu Ende. Es war ihm ganz unerträglich, daß er hier sitzen sollte und nichts trinken durfte, weil irgend etwas davon abhing, daß er nicht schlapp machte, und daß er doch Lust hatte, diese Typhuslake in sich hineinzubekommen, und zu schwach war, es einfach zu tun, wonach ihn unvernünftigerweise gelüstete, und daß er sich vor allem ärgerte, daß er diese Unvernunft hatte. Gleichzeitig sah er wahrscheinlich das Mädchen mit dem Verlobungsgesicht, die Nußbaumbetten und den Bücherschrank, und er stand auf und zahlte.
Wir fuhren in einer Autotaxe schweigend zum Sportpalast.«
Als der Boxer mit seiner Erzählung so weit gekommen war, bemerkte er, daß sein Ärmel in einer Bierlache lag, und trocknete ihn mit dem Taschentuch. Obwohl wir uns alle schon über den Ausgang des Kampfes ziemlich klar waren, fragte ich dennoch der Vollständigkeit halber:
»Ja, und –?«
»Er wurde in der zweiten Runde k.o. geschlagen. Hatten Sie etwas anderes erwartet?«
»Nein, aber warum glauben Sie also, daß er k.o. geschlagen wurde?«
»Ganz einfach. Als wir das Lokal verließen, wußte ich, daß Freddy eine schlechte Meinung von sich bekommen hatte.«
»Das ist ziemlich klar«, sagte ich, »aber was sollte nach Ihrer Ansicht ein Mann in Freddys Lage machen?«

Der Mann trank sein Glas aus und sagte:
»Ein Mann soll immer das tun, wozu er Lust hat. Nach meiner Ansicht. Wissen Sie, Vorsicht ist die Mutter des k.o.«

Kurzer Besuch im Deutschen Museum

»Guten Tag.«
»Hm?«
»Ich möchte in die astronomische Abteilung.«
»So. Können S' net lesen?«
»Doch.«
»Sehen S' nit, daß da steht, daß die astronomische Abteilung heute geschlossen ist?«
»Ja, wissen Sie, ich bin nur einen Tag hier.«
»Und da müssen S' grad in die astronomische Abteilung.«
»Ja.«
»Die wo heute geschlossen ist?!«
»Gut. Ich möchte zum Direktor.«
»Zum Herrn Direktor wollen S'? So, was wollen S' nachher beim Herrn Direktor?«
»Sehen, ob da der Herr Direktor nichts machen kann.«
»Den Gang können S' sich sparn. Dös kann ich Ihnen glei sagn, daß der Herr Direktor da nix machen kann.«

»Guten Tag.«
»Hm?«
»Bitteschön, sind Sie der Herr Direktor?«
»Ja, und?«

»Entschuldigen Sie, ich möchte gern in die heute geschlossene astronomische Abteilung.«
»So. Und wozu?«
»Ich habe eine Arbeit zu machen. Ich bin Schriftsteller.«
»So. Sie sind Schriftsteller. Wie heißen Sie denn?«
»Brecht.«
»So.«
»Ich kann nur einen Tag hier sein.«
»Woher kommen Sie denn?«
»Aus Berlin, entschuldigen Sie.«
»So. Und da wollen Sie die astronomische Abteilung sehen.«
»Ja, bitte.«
»Heute, wo sie geschlossen ist.«
»Ja. Wieso ist das eigentlich nicht möglich? Ich brauche doch nur einen der Wärter mitzubekommen. Ausnahmefälle müssen doch möglich sein. Besonders wenn es sich nicht um Touristen, sondern um Leute handelt, die etwas für ihre Arbeit brauchen.«
»Aber warum schauen Sie sich die Sache denn nicht in Berlin an?«
»Ich dachte, es sei sehr gut hier.«
»Woanders ist es gerade so gut. Viel besser.«
»Tatsächlich?«
»Wenn ich es Ihnen sage!«

»Geht es hier hinaus?«
»Können Sie nit lesen?«
»Doch.«
»Sehen Sie nicht, daß da Ausgang steht?«

»Sind Sie der Herr Portier?«
»Ja. Und?«

Der Lebenslauf des Boxers Samson-Körner Erzählt von ihm selber, aufgeschrieben von Bert Brecht

Wenn man etwas über sein eigenes Leben aufschreiben soll, ist es wirklich schwierig, alles unter einen Hut zu bringen. Aber das Schlimmste ist es, daß jedes Ding, wenn man es genau betrachtet, seine zwei Seiten hat, und zwar ist es meistens eine Seite, die mehr oder weniger bezahlt wird, und eine Seite, die einen Haufen Geld kosten kann. Aus diesem Grunde ist es sehr wichtig, daß man jedes Ding nach dieser Seite hin betrachtet.

Ich will es daher gleich bemerken, daß ich in Beaver im Staate Utah, U.S.A., geboren bin, im Mormonendistrikt, fast am Großen Salzsee. Ich kann auch andeuten, warum ich dort geboren bin: es ist, weil Beaver im Staate Utah, U.S.A., an keiner Eisenbahnlinie liegt. Sie können dort zwölf Frauen ehelichen, aber Sie können, wenn Sie nach meinem Geburtshaus schauen wollen, nicht anders als zu Fuß hinkommen.

Das ist die eine Seite von dem Ding. Sie ist sehr wichtig, weil ich nur dadurch ein richtiger Yankee war und nicht hinter einem Stacheldrahtverhau vier Jahre lang Poker spielen mußte.

Andererseits bin ich in Zwickau in Sachsen geboren, weil ich dort das Licht der Welt erblickte. In Zwickau hielt ich mich ungefähr dreizehn Jahre auf, und zwar vorwiegend im Hotel »Deutscher Kaiser«. Dieses Hotel gehörte einem Onkel von mir. Ich lernte dort spielend Tür aufmachen, Koffer tragen und Stiefel wichsen. Das war mir gelegentlich sehr nützlich, als mir in England, ein kleines Jahr später, das Wasser ziemlich an den Hals ging; ich konnte dadurch eine Stelle in Cardiff in einem Hotel bekommen, denn alles das ist überall gleich, was ich immer gesagt habe. Zwischen London und Hamburg ist der Unterschied nicht so groß, und wenn es Leute gibt, die andere Dinge für wichtiger halten, als daß einem die Tür aufgemacht, der Koffer geschleppt und das Schuhzeug geputzt wird, so sitzen diese Leute auf einem falschen Ast.

Zunächst wollte ich vier Monate lang in Zwickau Elektrotechniker werden, und ich wäre es auch ebensogut geworden wie irgendein anderer, wenn nicht mein Vater zum zweiten Male geheiratet hätte. Das war der Hauptgrund, daß ich aus Zwikkau wegging und den Elektrotechnikerberuf an den Nagel hängte.

An diesem Nagel hing bald noch eine hübsche Auswahl anderer Berufe.

In Aue, wo ich zunächst hinging, übrigens, ohne daß mein Vater ein Wort sagte, weil ich ihn lieber nicht um Rat gefragt hatte, wurde ich Hausdiener in einem Restaurant. Dort traf ich jemand, durch den ich als Knecht auf ein Gut bei Altenburg kam. Dieses Gut ist der Hauptgrund dazu, daß ich mich bald darauf mit vierzehn Jahren auf dem Wege nach England befand. Dort bei Altenburg las ich nämlich zum ersten Male von Hamburg.

Ich richtete von nun an mein Hauptaugenmerk auf Ham-

burg. Ich kam zwar zuerst noch nach Eisenach, wo ich einen Herrn kennenlernte, der ein Biergeschäft hatte. Er ließ mich seinen Bierwagen kutschieren; aber dafür wollte er, daß ich die Fortbildungsschule besuchte. Und das brach sozusagen dem Bierfaß den Boden durch: ich ging nach Hamburg.
Ich machte die Strecke übrigens keineswegs mit dem Zug, obwohl ich von meinem Vater für Eisenach nachträglich 200 Mark bekommen hatte. Ich glaubte, daß ich sie in Hamburg sehr gut brauchen könnte, und »tippelte«.
Als ich in Hamburg ankam, waren wir etwa zu dritt. Es gab auf den Landstraßen immer Burschen in meinem Alter, deren Ziel Hamburg war. In Hamburg war ich sehr überrascht, daß es dort nicht gleich so viel Wasser gab, wie ich gebraucht hätte, statt dessen aber eine Menge Etablissements, wo man sein Geld loswurde. Ich wohnte für zwanzig Pfennig die Nacht in einer Herberge in St. Pauli, in der Dalbude. Wir suchten immer ein Schiff, auf dem wir ankommen konnten, aber sie waren furchtbar scharf nach Papieren und wollten einen außerdem nur als Segeljungen mitfahren lassen, was ein sehr unangenehmer Beruf gewesen wäre. Ich versuchte, mein Geld immer auf einer gewissen Höhe zu halten, indem ich allerhand kaufte und verkaufte, hauptsächlich angehende alte Schuhe, Sachen, die jeder braucht, bei denen man ein paar Groschen verdienen kann; aber das Geld ging direkt weg wie Butter in der Sonne, und außerdem wurde es jetzt »heiß«. Ich meine mit »heiß«, daß die Polizei ihre Blicke auf uns richtete. Diesen Polizisten hingen die Augen wie an Kirschenstielen aus dem Kopf, wenn sie einen Jungen sahen, der keine Papiere hatte. Ich wandte mich nach Bremerhaven.
Ich hatte jetzt in Bremerhaven schon die Erfahrung, daß

man sich zunächst eine Schlafstelle suchen muß, damit das Geld nicht so schnell weggeht; denn in einem Hotel können Sie die Geldstücke nicht an einen Bindfaden anbinden wie in einer Schlafstube. Aber auch in Bremerhaven legten die Schiffe auf mich keinen Wert, und ich mußte die meiste Zeit in den Bierbuden herumsitzen, um wenigstens von der See erzählen zu hören. Und ich hatte unmenschlich viel Zeit. Ich war groß und stark wie mindestens ein Zwanzigjähriger und so frech, wie man nur sein konnte. Aber ich konnte nicht auf diese verfluchten Schiffe kommen, und mein Geld schwand wieder wie die Butter in der Sonne, das heißt, es war nur mehr ein Fettfleck in der Sonne. Ich lernte da noch einen Jungen aus Sachsen kennen, der in einer ähnlichen Lage drin war, und wir fingen an, uns hauptsächlich zu den englischen Matrosen an den Tisch zu setzen. Die gingen nämlich lieber an Land, als daß sie ihr Schiff in Ordnung brachten. Aber dafür waren ja jetzt wir da, und sie zahlten uns gern etwas dafür, daß wir den Maschinenraum aufwuschen. Da kam mir die Idee, in dem Schiff, wo ich den Maschinenraum aufwusch, auch zu bleiben, wenn die Maschinen losliefen, und mal ein bißchen mit rüber nach London zu fahren, ob es ihnen nun paßte oder nicht.

Eines Abends sagte ich zu dem kleinen Sachsen: »Wir verstauen uns.«

Wie das Schiff nachts abging, saßen wir unten im Kohlenbunker und fuhren nach London. Es war zunächst ganz hübsch, obwohl es ziemlich dunkel und eng war; aber dann kam der erste gewaltige Haken zum Vorschein, den die Sache hatte. Gegen morgen zu wurde ich seekrank. Es ging immer herauf und herunter, und mein Magen machte alles das

mit, und zwar so, daß ich sagte: »Ich bleibe nicht unten, ich gehe rauf.«
Sie machten keine große Sache daraus, als sie uns zu Gesicht bekamen. Ich sagte: »Ick mit!« Und das konnten sie verstehen, weil auf Englisch with das gleiche heißt. Sie gaben uns zu essen und ließen uns in der frischen Luft arbeiten.
Um 9 Uhr kam der erste Steuermann, und das erste, was wir hörten, war, daß das Schiff nicht nach London, sondern nach Antwerpen ging.
»Gut«, sagte ich, »gehn wir nach Antwerpen.«
Es wurde bald sehr nett. Das Wetter wurde auch besser. Wir saßen auf Deck und schälten Kartoffeln. Wir sahen viele Schiffe. Das ging drei Tage lang. Dann kam die Schelde, die etwas langweiliger war, und am dritten Tage am Nachmittag kamen wir richtig nach Antwerpen. Da schmissen sie uns sofort runter.
Wir kannten Antwerpen nicht im geringsten und hatten Mühe, uns vier Tage lang durchzubringen. Es war gut, daß der Schiffszimmermann, der an meinem kleinen Sachsen einen Narren gefressen hatte, uns ein paar Schillinge gegeben hatte, bevor sie uns runterschmissen. Außerdem gingen wir immer pünktlich zum »Abkochen«, das heißt, wir stellten uns zur Essenszeit auf verschiedenen Schiffen ein und streckten unseren Teller hin. Wir hatten jetzt schon etwas Erfahrung.
Am vierten Tage sagte der Schiffszimmermann: »Heute nacht gehen wir ab; ich werde euch da wohl nicht wiedersehen.«
Am Abend steckten wir wieder im Kohlenbunker. Es ist besser, wenn man die Leute, mit denen man es zu tun hat, nicht

zu oft wechselt. Bald darauf liefen wir wieder im Kanal, und ich wurde wieder seekrank. Ich ging wieder rauf, und sie waren froh, daß wir wieder da waren und Kartoffeln schälten. In Cardiff (England) schmissen sie uns wieder runter.
Der Schiffszimmermann gab uns wieder einige Schillinge und sagte: »Auf Wiedersehn.«
Aber wir wollten nach London. London lag zwar auf der anderen Seite der Insel; aber es war *eine große Stadt mit vielen Möglichkeiten*. Wir verstauten wieder.
Diesmal waren die Leute nicht so nett. Als sie uns herauszogen, mußten wir furchtbar arbeiten, und trotzdem setzten sie uns auf das Lotsenboot ab, und zwar mit einem Brief, auf dem »Police« stand. Sie sagten, wir sollten uns dorthin wenden. Wir dachten aber, daß die Polizisten nicht die richtigen Leute für uns wären, und warfen den Brief lieber ins Wasser. Auf dem Lotsenboot wurde ich fürchterlich seekrank. Der Lotse schmiß uns in Landsend raus, und wir tippelten niedergedrückt zurück nach Cardiff. London war so nicht zu erreichen. Wir erreichten es später über Alexandrien.
In Cardiff war wieder nichts los. Es war Zeit, daß wir jetzt einmal ernstere Maßnahmen ergriffen. Wir gingen nach Bristol zum deutschen Konsul. Er sah aber gleich, daß kein Geld hinter uns stand, und schmiß uns mit ein paar Schillingen raus. Darauf wollten wir wieder nach Cardiff.
Es lagen eine Menge Boote am Strand herum und kein Mensch darauf. Wir stiegen auf eins hinauf. Als wir loswollten, war überhaupt kein Wasser mehr da. Es war Ebbe. Außerdem aber war es sehr kalt. Mein Freund, … aber die Sache, die jetzt kommt, hat natürlich ihre zwei Seiten. Auf der einen Seite war es sehr kalt, und wir hatten nur ganz

dünnes Zeug am Leibe, andererseits hätte der Mann, dem das Boot und die Jacke wie die Stiefel, die drin waren, gehörten, diese warmen Sachen sicher von selber meinem Freund geliehen, wenn er dagewesen wäre. Und wir wieder konnten nichts dafür, daß der Mann nicht den ganzen Tag in seinem Boot herumsaß. Wir nahmen also die Jacke und die Stiefel so mit. Dann erinnere ich mich, daß wir über eine lange Brücke marschierten, etwa eine halbe Stunde lang. Und dann wurde es ganz Nacht. Wir krochen in einer Scheune unter, und plötzlich stand ein langer Policeman da und winkte uns. Auf der Wache fragten sie uns nach unseren Papieren; aber wir verstanden sie nicht gut, und von der Jacke sagten wir vorsichtigerweise, wir hätten sie eben geschenkt bekommen. Sie hatten wenig Lust, das zu glauben. Sie fragten uns heimtückisch, woher wir kämen, und als sie hörten, daß wir über die Brücke gekommen seien, sagten sie, das sei ganz verboten, und schmissen uns für fünf Tage ins Loch.
Wir nahmen das nicht besonders ernst, weil solche Dinge eben die Spesen sind, wenn man irgend etwas unternehmen will. Wir waren nicht etwa über die Brücke gegangen, weil gerade das zu unserer Unterhaltung besonders nötig war, und wir hatten damit niemand direkt schädigen wollen; aber andererseits gab es natürlich eine Reihe anderer Unternehmungen von unserer Seite, für die man uns *nur versehentlich nicht ins Loch* steckte, wie es ja bei allen Leuten der Fall ist. Mit der Unmoral ist es nach meiner Ansicht so: Wenn es einen nicht frieren würde, wenn es kalt ist, und der Hunger nicht wegginge, wenn man ein Stück Brot ißt, dann stünde die Moral viel höher. Sicher hielten sich dann viel weniger Leute in den Gefängnissen auf.

Wir schmachteten für das bloße Gehen über eine Brücke, die noch dazu zum Gehen gar nicht besonders großartig war, weil sie eigentlich nur für die Eisenbahn bestimmt war (von der halb geschenkten Jacke will ich gar nicht einmal reden), fünf Tage im Bristoler Gefängnis.
Das Gefängnis war ganz angenehm. Wir mußten das Essen bekommen wie jeder andere, und wenn wir auch unsere Ehre leichtfertig verloren hatten, so war es doch eben angenehm, die Hände in den Hosentaschen, pfeifend in einem kleinen Kreis zwischen den Wänden herumzulaufen, die ganz besonders dick waren, damit gefährliche Leute wie wir nicht durchbrechen konnten und die Insel vor uns geschützt war.
Wir konnten auch die anderen Verbrecher betrachten, soviel wir wollten, da der Wärter uns sehr anständig fand, und wenn er auch sagte, er habe ein scharfes Auge auf uns, so war das eher eine Schmeichelei. Er sagte beim Kartenspielen mitunter sogar, er halte es für nötig, uns Ketten anzulegen, es wären nur leider für so kleine Maße keine vorrätig. Er lehrte uns nämlich das Kartenspielen. Er war sehr dick und ziemlich krank und brauchte etwas Bewegung auf Verordnung des Arztes und mußte daher etwas Karten spielen. Da wir nun kein Geld bei uns hatten, das Spielen ohne Geld aber wie ein Essen ohne Salz ist, überlegten wir lange hin und her, bis uns der Dicke endlich den Vorschlag machte, er wolle uns dafür Geld zahlen, daß wir Pfeife rauchten. Das hatten wir noch nicht getan und der Wärter meinte, es würde ihm Spaß machen, uns rauchen zu sehen. Wir schlugen zu und er lud zu der Sache noch seinen Freund, einen Bankmenschen ein, der zwei Zellen weiter vorn saß. Die Pfeife wurde

von einem andern Häftling besorgt, einem Raubmörder, sagte der Wärter, und nach ihrem Zustand muß es ein mehrfacher gewesen sein. Wir verdienten uns das Geld verdammt schwer durch das Rauchen, und wir verloren es ungeheuer leicht durch das Kartenspielen.

Aber wir hatten die Zeit gut angewendet, als wir aus dem Gefängnis in Bristol herauskamen, und etwas gelernt fürs Leben.

Der Dicke gab uns noch etwas Geld mit, so daß wir, als wir wieder nach Cardiff kamen, ins Seemannsheim gehen konnten. Es gab einen Haufen Orte in England, das konnte man sich auch ohne Landkarte denken, aber wir kannten nur Cardiff, und darum gingen wir immer wieder einfach nach Cardiff. Und in Cardiff war es das Seemannsheim, das wir kannten. Hätte man uns an irgendeinem Ort der Welt in dieser Zeit ausgesetzt, wären wir sicher wieder nach Cardiff ins Seemannsheim gegangen. So faul ist der Mensch.

Es war meine erste Liebe, die mich aus Cardiff wegbrachte.

Eines Tages kam ein Mann ins Seemannsheim und fragte nach einem tüchtigen Burschen, der in einem Hotel arbeiten könne. Der Wirt sagte ihm, wir trieben uns wahrscheinlich am Strand herum und er solle sich durch unser Äußeres nicht ungünstig beeinflussen lassen.

Wir standen tatsächlich gerade am Wasser und probierten, wer am weitesten spucken könne.

Der Mann beobachtete uns eine Weile, bevor er mit seinem Antrag herausrückte; er wollte wohl sehen, was an uns dran war, und wer der bessere für seine Zwecke war. Ich spuckte weiter. Mich engagierte er.

Zuerst war ich Hausdiener und hatte die Schuhe, aber dann

wurde ich schon rasch Bäcker und buk die Pfannkuchen für das Automatenrestaurant.
Mein Freund blieb im Seemannsheim, ich besuchte ihn immer abends, es ging ihm sehr anständig, er aß hauptsächlich Pfannkuchen. Aber er mußte jetzt allein ins Meer spucken und das gefiel ihm nicht. Er sagte mir nichts, aber eines Abends, als ich mit einigen Pfannkuchen kam, um bei ihm in Ruhe meine Pfeife zu rauchen, war er einfach fort. Ich sah ihn nie wieder.
Dagegen sah ich im Hotel jeden Morgen ein kleines Mädchen auf dem Korridor. Sie war etwa 13 Jahre alt und Dienstmädchen. Wenn sie mich sah, lächelte sie wie eine Lady. Ich selber war jedoch ein Gentleman, und zwar, trotz meiner 16 Jahre, groß wie ein Mastbaum. Ich konnte es nicht hindern, daß ich sie mitunter auf dem Korridor traf, und vor allem gab es keinen Grund dagegen, daß ich ein paar unschuldige Worte mit ihr wechselte. Ich muß sagen, daß einen nichts so oft hineinreitet als das, daß gegen irgendwas »kein Grund vorliegt«. Solche Dinge, gegen die kein Grund vorliegt, tut man immerfort. Ich zum Beispiel wechselte mit ihr ein paar unschuldige Worte, und es stellte sich sofort heraus, daß es in Cardiff gerade jetzt einen Rummel gab und daß kein Grund dagegen vorlag, daß wir hingingen.
In Cardiff auf dem Rummelplatz sah ich zum erstenmal boxen.
Und wo ich zum erstenmal boxen sah, dort boxte ich auch zum erstenmal. Und das kam so:
Es gab hier eine Bude aus Leinwand, in der geboxt wurde. Und zwar waren zwei Leute da, die fest engagiert waren, sich gegenseitig die Köpfe zu verdreschen, und außerdem konn-

ten sich auch aus dem Publikum Leute melden, die Keile haben wollten. Das Zuschauen kostete pro Person 20 Pence. Dieser Eintrittspreis war nicht sehr hoch, ich bin immer der Ansicht gewesen, daß für Boxen nicht genug bezahlt werden kann, aber für mich in Cardiff war es doch ziemlich hoch, besonders da ich für zwei Personen zu zahlen hatte. Wenn man boxte, fiel der Eintritt natürlich weg, und als wir eine Zeitlang vor der Bude herumgestanden hatten und die Sache schon peinlich für einen Gentleman wurde, sagte ich, möglichst gleichgültig im Ton, dem Unternehmer, ich wolle mal »mit seinem Mann ein wenig reden«. Der Herr lächelte etwas schief und führte meine Dame sehr höflich auf einen feinen Platz in der ersten Reihe, damit sie gut sehen konnte, wie ich »mit seinem Mann redete«. Meinetwegen hätte sie ruhig ein wenig weiter hinten sitzen können. Was brauchte sie alles so genau zu sehen! Jedoch, nun saß sie eben.

Mir legten sie zwei Handschuhe an, ich dachte: damit ich ihrem Mann nicht zuviel Schmerz bereiten könnte, aber dann kam ihr Mann in die Seile geklettert.

Er sah nicht einladend aus.

Ich habe inzwischen viele Burschen gegen mich in die Seile klettern sehen, zweifellos bessere Boxer, und ich sage die Wahrheit, wenn ich sage, daß ich eine Reihe von ihnen ganz aus dem Gedächtnis verloren habe, das heißt, ich kann mich, auch wenn ich die Namen in meinem Rekordbuch lese, nicht mehr auf ihr Aussehen besinnen. Ich lese in einem Zeitungsausschnitt, daß ich in der zweiten Runde sogar angeschlagen war, also scheint mir der Mann nicht nur Gutes getan zu haben, aber auf sein Gesicht kann ich mich nicht mehr besinnen. Meinen ersten Gegner aber sehe ich noch vor mir, als hätte ich ihm erst gestern die Hand geschüttelt. Er schüttelte mir übrigens nicht nur die Hand.

Es kommt mir heute noch vor, als sei er *zwei und einen halben Meter groß gewesen und so dick wie ein Ochse.*

Er schien einen ganz niederträchtigen Charakter zu haben. Er sah ganz danach aus, als mache es ihm weniger aus als Weihnachtspudding zu essen, einen lebendigen Menschen, der ihm nichts Böses tun wollte, wie einen Sack voll gefühlloser Kleie zu behandeln. Nun, ich hätte *vorher* seine Photographie verlangen müssen. Als der Gong schlug, war es für das Nachdenken zu spät. Die Sache ging an einem Juniabend vor sich. Im Zelt war es sehr heiß, die Leute saßen in Hemdsärmeln um den Ring und rauchten trotz des Verbots so sündhaft, daß man im Ring, um was zu sehen, mit einem Drillbohrer den Rauch hätte durchbohren müssen. Ich erinnere mich, daß dann, während des Kampfes, langsam die paar Ölfunzeln über uns zu schwelen anfingen. Es konnte nicht mit rechten Dingen zugehen, daß sie nicht einfach an der Tabakrauchwolke anstießen, die über dem Ring hing. Außerdem hörte ich dumpf das heisere Brüllen der 50 bis 70 Zuschauer, und all das in dem Höllenlärm von einem Dutzend Drehorgeln umliegender Karusselle. Ich hatte von Anfang an eine Vorahnung, was kommen würde, es war eine sehr blasse Vorahnung. Denn was nun kam, war kein Boxkampf, sondern ein Schlachtfest. Ich wurde einfach verprügelt. Ich war billig hereingekommen, zugegeben, aber ich war dazu hereingekommen, verhauen zu werden. Der Mann machte keine weiteren Umstände mit mir.

Er langte mir einfach in die Visage und stellte dort ungeheure Veränderungen her. Er schlug von links, rechts, oben und unten, er schien gar nicht erst zu zielen und er traf immer. Er schien es mit der Muttermilch eingesogen zu haben, friedliche Leute, die nichts wollten als schlafen, wie Raubmörder zu traktieren. Meine Boxhandschuhe benutzte ich nur dazu, sie vor das Gesicht zu halten. Durch die schlug er dann durch. Dennoch blieb ich, mit einigen Unterbrechungen, wo ich mich, nur zum Ausruhen, ein wenig auf den Boden legte, die ganze Runde durch irgendwie stehen. Ich hatte keine Zeit, irgend etwas zu merken, sonst hätte ich sicher gemerkt, was ich mir heute denke: daß er mich nämlich durchaus nicht etwa so schnell wie möglich totschlagen wollte, sondern eher so langsam wie möglich. Er konnte sich nicht einfach seiner Mordlust hingeben, sondern er war verpflichtet, auf sein Publikum Rücksicht zu nehmen, das einen Kampf sehen wollte. Er gab mir also immer genügend Zeit, wieder ein wenig auf die Beine zu kommen, worauf er dann wieder seine Kunst zeigte.

Er zeigte seine Kunst zwei Runden lang. Und es war eine große Kunst.

Nach diesen zwei Runden war ich lebensmüde wie ein Hundertzwanzigjähriger, lag auf meinem Rücken in einer Ecke und wünschte den Tod herbei.

Trotzdem, und obwohl ich nicht in der Lage war, Liebesabenteuer zu ersehnen, sah ich, allerdings verdammt undeutlich, an einigen Geschwülsten vorbei, über mir das Gesicht meiner Lady, die auch irgend etwas sagte. Was, konnte ich unmöglich verstehen, weil meine Ohren weiter hinten lagen.

Ich hatte, was das Mädchen betrifft, mir zuerst gedacht, ich könne ab und zu ein wenig zu ihr hinunterwinken, etwa, wenn ich gerade an ihrem Platz vorbeikäme. Das hätte sich sehr gut gemacht. Leider war ich dann durch den Kampf verhindert.

Aber ich muß auch sagen, daß sie sich ebenso gut benahm wie ich. Ich hatte vor dem Kampf, wenn auch nicht *sehr* verlockend, so doch sicher viel besser ausgesehen als danach, und doch hatte sie vor dem Kampf ihre Gefühle mir gegenüber so ziemlich verborgen. Sie hätte mich zum Beispiel niemals geküßt, wenn ich nicht ein scheußliches blaues Auge und an der Stelle, wo bei andern Leuten ein zweites Auge sitzt, eine faustgroße Geschwulst gehabt hätte. So aber küßte sie mich.

Die Frauen sind eigenartig.

Sie tun meistens etwas anderes, als man will. Aber damals wollte ich doch, was sie tat. Wir gingen als weit bessere Freunde heim, als wir hergekommen waren, und im Korridor des Hotels lächelte sie von jetzt ab nicht mehr nur wie eine Lady.

Trotzdem entstand auch aus dieser angenehmen Sache eines dieser Dinge mit zwei Seiten, von denen ich schon einige geschildert habe. Die eine Seite meiner Liebe war nämlich, daß es angenehm war, aber über die andere Seite klärten mich meine Freunde auf.

Die Sache war, nach ihren Reden, verdammt gefährlich.

In England, sagten sie, ist das mit den Mädchen nicht so einfach.

In England, sagten meine Freunde in der Hotelküche, ist es bei Leuten, die sich küssen, Sitte, daß sie heiraten. Und zwar sofort. Sonst, sagten meine Freunde, interessiert sich der Sheriff für die Sache, und der Sheriff versteht weniger Spaß als das Mädchen.

Meine Freunde hielten meinen Fall nicht für direkt gefährlich, aber sie sagten, es sei jedenfalls besser, wenn ich verschwände. Ich muß zugeben, daß es, es mag sich handeln, um was es will, natürlich immer gut ist, wenn man verschwindet.
Ich lud meine Freunde zu einem Pfannkuchenessen ein, das dann in ein Kartenspiel überging – die andere Seite des Pfannkuchenessens: für die Reise! – und am anderen Morgen ging ich, mit etwas Reisegeld, nach Barrydock.
Barrydock ist ein kleiner Hafen.
Als ich hinkam, gab es überhaupt kein Schiff zu sehen, ein sehr seltener Fall. Nach vier Tagen war das Geld meiner Freunde weg und ich ging nach Hause. Zu Hause, das war Cardiff.
In Cardiff aber saß meine Lady.
Ich hatte es dem Mädchen natürlich nicht gesagt, daß ich fort wolle, sie hatte es sich aber wohl selbst gesagt, als sie mich vier Tage lang nicht sah.
Mein Chef wollte mich sofort wieder nehmen, er wollte mich sogar zum Chauffeur ausbilden lassen, aber ich merkte zu schnell, daß mein Mädchen jetzt scharf auf mich aufpaßte, und der Sheriff stand für mich immer im Hintergrund.
Ich aß mich etwas satt und spielte etwas Karten mit meinen Freunden in Cardiff und ging wieder auf Abenteuer nach Barrydock. Meine Lady habe ich nie mehr gesehen. Sie war sehr angenehm.
Dann saß ich in Barrydock auf einem Geländer am Kai und spuckte in den Atlantischen und hatte Lust, mir London anzuschauen. Wenn ich bessere Augen gehabt hätte, hätte ich

über den Ozean Amerika sehen können, aber niemals London; denn das lag mir im Rücken. Nach London konnte ich nur auf einem Umweg über Alexandria in Ägypten kommen: auf einem kleinen Dampfer, der dorthin abging, konnte ich als Meßroomsteward unterkommen, und da mein Geld wieder einmal ausließ, schaute ich mir eben Alexandrien an.

Auf dem Schiff war es übrigens viel interessanter als in Alexandrien.

Alexandrien sieht ungefähr so aus wie auf den Ansichtskarten, nur nicht so sauber. (Ja, wenn man keine Ansichtskarte von Alexandrien selber auftreibt, kann man auch eine von Konstantinopel benützen, mindestens die Ansichtskarten sind ganz ähnlich!) Wenn man noch sagt, daß die Frauen dort mit verbundenen Köpfen herumlaufen, kann jeder sich ein Bild machen. Ich gebe zu, ich habe etwas gegen Alexandrien, weil ich keinen Urlaub bekam und es nicht anschauen konnte.

Aber auf dieser Fahrt und den paar nächsten lernte ich eine Menge vom Leben kennen. Ich hatte lediglich den Offizieren die Betten zu machen, Stiefel zu putzen, Wäsche zu waschen. Das war sehr einfach, aber außerdem hatte ich noch mit den Leuten auszukommen, und das war viel interessanter. Es waren nicht die schlechtesten, die ich getroffen habe, nur war ihnen fast allen wohler, wenn sie einem langen und etwas langsamen Jungen mit den Stiefeln in den Rücken treten konnten, und sie legten großen Wert darauf, ihm im Vorbeigehen ein Bein zu stellen und ihn dann freundlich in die Nieren zu boxen.

Aber ich muß sagen, daß ich da von allem Anfang an direkt

dagegen war. Es hat keinen Sinn. Ich habe es den Leuten sofort gesagt, und als es mit ihnen nicht besser wurde, habe ich einen Mann an die Kombüsenwand geworfen, damit er es merkte. Ich machte das so: *es ist sehr wichtig, daß man bei einem Kampf möglichst zornig ist.*

Freilich, manchmal ist man das ganz von selber, aber manchmal will es auch einfach gemacht sein. Hatte ich zum Beispiel meinen Mann an die Kombüsenwand zu schmeißen, dann gab ich mir vor allem zuerst einmal Mühe, gegen ihn aufgebracht zu sein. Ich sagte mir alles Schlechte, was zum Beispiel gegen seine Nase gesagt werden konnte, und wenn er nur herschaute, sagte ich mir gleich: wie frech der wieder herschaut! Außerdem ließ ich mir möglichst viel gefallen von ihm und sagte zu mir immer: tue erst was, wenn es gar nicht mehr auszuhalten ist. Das erzürnt einen nämlich am meisten, und am besten ist es, wenn man seinen Zorn so gut unterdrückt, als man kann, dadurch wächst er kolossal. Am Schluß genügt eine Fingerbewegung von deinem Mann und du wirfst ihn an die Kombüsenwand. Diese Methode ist viel besser, als wenn man mit kaltem Blut zuschlägt. Die meisten Roheiten, die ich gesehen habe, sind durch zu kaltes Blut entstanden, nicht durch zu heißes.

Wenn ich es blindlings gemacht hätte, hätte ich nie wissen können, ob ich nicht gerade zornig geworden wäre, wenn kein Mensch sonst dabei gewesen wäre, und dann wäre es ganz umsonst gewesen. So aber konnte ich es einrichten, daß genug Leute dabei waren, und einfach im günstigsten Moment loslegen. So merkten sie es rasch, was ich nicht gern hatte.

Mein Leben wurde jetzt viel besser. Ich merkte, daß gerade

der Mann, den ich geworfen hatte, mich zu einem Kartenspielchen herholte, und zwar nicht etwa aus Besorgnis, denn wenn er *auch* zornig gewesen wäre, hätte ich ihn nicht so leicht niederschlagen können, nur weil er an nichts Schlimmes dachte, sondern aus reiner Zuneigung und weil ich eben in Betracht kam.

Es ist das wichtigste im Leben, daß man in Betracht kommt.

Aber noch besser als das, daß ich darauf kam, wie gut es ist, wenn man stark ist und sich darüber nicht geniert, war es, daß ich sozusagen in der gleichen Zeit lernte, daß das Starksein allein nicht genügt. Und das lernte ich aus der Geschichte mit dem Schiffskoch.

Der Schiffskoch war ein Nigger. Er hieß Jeremiah Brown und war eigentlich nur der schwarze Inhalt einer weißen Uniform. Er war das Eingebildetste, was ich je gesehen habe. Wenn er mit einem von uns redete, sah er immer noch gleichzeitig auf die Uhr oder tat irgend etwas anderes, damit man sehen konnte, daß ihm alles andere wichtiger war als das Gespräch. Seine ganze Küche hatte er austapeziert mit Photographien, auf denen er vom General bis zum Hausbesitzer – in einem Schaukelstuhl, vor einer zweistöckigen Villa – alles war, was ein Niggerhirn an Glanz ausdenken konnte.

Dieser Mann erteilte mir eine empfindliche Lektion.

Die ganze Geschichte fing damit an, daß Brown mich meiner Stärke wegen zum Kohlenschleppen und Brotbacken heranholte, und Brown konnte ich nichts machen, da er mit den Offizieren gut stand, die ihren Privatspaß mit ihm hatten. Aber als sich meine Arbeiten für die Küche in die späteren Abendstunden hineinzogen, wurde ich doch ein wenig erfinderisch; denn auf der einen Seite braucht man allerdings zum Kohlenschleppen starke Leute, andererseits aber sind gerade starke Leute in der Lage, sich vor Zumutungen zu schützen. Ich begann damit, Jeremiah so oft wie möglich seine schwarze Hand zu schütteln, und zwar so herzlich wie möglich. Ich tat dies am liebsten, wenn Leute herumstanden, damit sie sehen konnten, wie sympathisch er mir war, und er konnte dann auch nicht fluchen, wenn ich ein wenig fest zufaßte. Leider machte ich von Anfang an den Fehler, die Leute davon zu verständigen, so daß er merkte, wie sie auf ein Schmerzensgeheul von ihm warteten. Er war so eitel, daß er lieber jeden Schmerz aushielt, als daß er vor allen Leuten geschrien hätte. Ich mußte also weitergehen.

Ich glaube, dies war mein erster Kampf mit einem Mann, und ich lernte, wie gesagt, eine Menge dabei.

Eines Nachmittags kam Brown in seine Kombüse und merkte sogleich, daß ihm etwas fehlte. Es waren außer mir noch einige andere in der Kombüse, und Brown wußte, daß wir ihn beobachteten.

Die gesamten Photographien waren verschwunden. Jedermann auf dem Schiff wußte, daß der Koch an nichts auf Erden so hing wie an seinen Photographien. Wir waren auf sein Gesicht gespannt. Brown sah sich langsam um und betrachtete die leeren Wände. Er stand ganz ruhig da und schaute sie der Reihe nach an. Er sah eigentlich nur ein wenig nachdenklich aus.

Dann sah er gleichgültig zu uns herüber, drehte sich um und ging an den Herd, Tee zu kochen.

Wir waren sehr enttäuscht von der Sache.

Am nächsten Tag schickte der Koch nicht mehr nach mir,

und von nun an schleppte ihm ein Schiffsjunge seine Kohlen herbei. Ich merkte nun, daß die Offiziere anfingen, mich schlechter zu behandeln. Er mußte ihnen etwas gesteckt haben.

Ich glaubte, er habe eingesehen, daß er mir doch nichts beweisen könnte, und wolle sich lieber gar nicht mehr mit einem solchen Menschen wie mir herumärgern. Er konnte ja bei seinen Verbindungen leicht erreichen, daß ich in Konstantinopel nicht mehr angeheuert wurde.

Aber nach zwei bis drei Tagen, als ich an der Reling lehnte, stand plötzlich Brown hinter mir; als ich mich zu ihm umdrehte, lächelte er. Dann fragte er, ob ich nicht Lust hätte, zu ihm in die Kombüse zu kommen und eine Tasse Tee mit ihm zu trinken. Und tatsächlich, als ich in der Kombüse saß, machte er Tee für mich und trank mit mir.

Ich dachte, er würde von den Photographien anfangen. Er hätte sie vielleicht von mir wiederhaben können. Aber er sagte kein Wort über die Photographien.

Er redete über das Wetter und erzählte von San Franzisko.

Ich weiß nicht, wie er es anstellte, mich nicht mißtrauisch zu machen. Wir saßen jeden Tag zusammen und er erzählte. Nach einigen Tagen bekam ich Lust, von seinen Photographien zu reden, natürlich in ganz allgemeiner Weise. Ich sagte, daß es mir leid täte, ob er sie nicht vermisse und zurückhaben wolle.

Er sah mich freundlich an und lenkte das Gespräch ab. Es schien ihm nicht die Bohne mehr an seinen Photos zu liegen.

In Konstantinopel wurde ich bezahlt und nicht mehr mitgenommen. Der Koch war in einer peinlichen Lage. Er hatte es erreicht, daß ich herausgeworfen wurde, aber jetzt hatte er sich mit mir inzwischen angefreundet und konnte nichts mehr machen.

Wir gingen zusammen in Konstantinopel an Land und Brown warnte mich, mein Geld hinauszuwerfen. Er redete mir ungeheuer eindringlich ins Gewissen. Er sagte, es sei ihm um jede Flasche Wein leid, die wir in Unverstand hinunterschütteten. Ich solle mein Geld aufsparen, bis es mehr sei und man damit etwas anfangen könne.

Am nächsten Tag kam er wieder und sagte mir, er habe auch genug von gerade diesem Schiff, er habe jemand getroffen, der ihm eine Stelle bei einem Boot verschaffen könnte, das mit Schnaps nach Trinidad gehe. Dabei könne ich als zweiter Koch mitkommen. Ich schlug natürlich sofort ein. Wir machten die Sache fest. Das Schiff fuhr zuerst London an.

Ich sollte in London erfahren, warum mich der Koch bei sich haben wollte. Auf dem Schiff konnte ich es nicht merken, ich dachte, es sei Sympathie für mich. Er hatte sich neue Photos gekauft in Konstantinopel, üppige Türkinnen, und ich dachte, er hing sie hauptsächlich deswegen in seiner neuen Küche auf, damit ich wußte, er trauere den alten nicht mehr nach. Dabei hatte ich diese noch vollzählig in meiner Schiffskiste.

Ich hatte vor, in London abzuhauen und mit meinem ersparten Geld einen kleinen Besuch zu Hause zu machen. Es sollte nicht dazu kommen, denn ich war in einen Kampf verwickelt und, was schlimmer war, ich wußte es gar nicht. Die Freundschaft des Kochs war lediglich der zweite Teil unseres Kampfes: es war der weitaus gefährlichere.

Brown war direkt rührend zu mir. Er veranstaltete auf Deck

kleine Schaukämpfe, »um meine Kraft zu zeigen, die es ihm, dem Koch, angetan habe«. Wir rangen aber mehr, als wir boxten. Brown saß dann auf einem kleinen Schemel dabei, schaute mir entzückt grinsend zu und machte alle Augenblicke die Umstehenden auf einen Trick oder etwas Ähnliches von mir aufmerksam. Auch liebte er es sehr, meine Muskeln anzufassen und sie dann wie ein Kenner zu loben.

Es war ein gefährlicher Bursche. In London machte er mich fertig. Es geschah gleich am ersten Tag in London, einem sehr hübschen Tag mit einem sehr dicken Ende. Ich hatte Brown bei einem Glas Rum aus Freundschaft erzählt, daß ich in London abspringen wollte, und er hatte mir dringend geraten, meine Sachen schon am ersten Tag an Land zu schaffen. Er wollte mir selber dabei helfen, tat es auch und so vertäuten wir meine Kiste in einem billigen Boardinghaus und gingen zu zweit Arm in Arm zu einem kleinen Bummel über.

Wir tranken zusammen in mehreren Lokalen mehrere Getränke, wir besuchten zusammen mehrere Tanzlokale; dazwischen aßen wir zusammen und unter anderem gingen wir zusammen, wie ich noch ganz deutlich weiß, auf besonderen Wunsch des Kochs zu einem Photographen. Dort ließ mich Brown aufnehmen, und zwar mit hochgekrempelten Hemdsärmeln, in einer Art Boxerstellung. Wir holten das Bild ein paar Stunden darauf zusammen ab und Brown ließ es sich nicht nehmen, es zu bezahlen. Dann gingen wir in einem ganzen atlantischen Meer von Whisky unter – zusammen, wie ich glaubte.

Aber als ich am nächsten Morgen in meiner Koje aufwachte,

merkte ich, daß ich allein untergegangen war: der Koch sah sehr frisch und wohlbehalten aus. Ich begriff gar nicht, warum er um seinen Schädel kein nasses Gläsertuch gewikkelt hatte.

Erst als ich, am Nachmittag, in mein Boardinghaus ging, fing ich an zu begreifen.

Meine Kiste war weg.

Ich hätte sie selber abgeholt, in einer Droschke, allerdings in angetrunkenem Zustand, nach Ansicht des Hoteliers. Wahrscheinlich hätte ich sie in der Droschke liegenlassen.

In der Kiste war alles, was ich hatte.

Ich ging sofort an Bord zurück. Der erste Mann, der mir begegnete, war der Koch Brown. Er sah ganz ungemein vergnügt aus und sagte mir sogleich, bevor ich überhaupt den Mund aufmachen konnte, er habe seine alten Photos wiedergefunden, in einer dreckigen Kiste, die er gleich weggeschmissen hätte. Dabei schaute er mich aufmerksam und offen an. Ich weiß noch, daß in mir in diesem Moment nichts steckte, das wie Zorn aussah: es war mir einfach übel.

Ich ging ruhig an ihm vorbei und legte mich in meine Hängematte. Ich hatte genug von der Welt.

Nach ein paar Tagen, die ich immer auf Deck zubrachte, ging das Schiff nach Trinidad weiter. Von dieser ganzen Reise mag ich überhaupt nicht reden. (Am Schluß der Fahrt ließ mich Brown noch vier Schillinge »für einen angebrannten Topf« bezahlen!) Ich hatte meine Lehre zu verdauen, daß die Sache mit der Kraft ihre zwei Seiten hat. Einerseits bekamen die Schwächeren die Prügel, aber andrerseits bekommen die Klügeren das Geld.

Dieser Nigger hatte jetzt in seiner Kiste wieder alle seine

Photos, an denen sein Herz hing, und außerdem noch eine dazu, eine neue, von einem frisch ausschauenden, ungeheuer dummen jungen Burschen mit sehr starken Muskeln.

Als wir wieder in London ankamen, hatte ich furchtbar genug von Seeschiffahrt. Ich hatte doch wieder an die 20 Pfund zusammengekratzt und beschlossen, nach Hause zu fahren.

Ich kaufte einen neuen Anzug aus dickem guten Stoff, eine große Mütze und hübsche Schuhe und fuhr nach Hamburg.

Ich fuhr erster Klasse.

In Hamburg sah ich sofort nach den Zugverbindungen und dann ging ich, da der Zug erst gegen Abend ging, noch ein wenig nach St. Pauli, um »den Rummel ein bißchen im Vorübergehen anzuschielen«.

Dort blieb ich vier Tage.

Daran waren sozusagen viele Leute schuld.

Der Dom war gerade in vollem Schwung und ich fuhr mit vielen Leuten auf der Achterbahn, ging mit einer ganzen Kompanie in das Kellerhypodrom und betrachtete mit einer mindestens zehn Mann starken Bande im Panorama alle Unglücksfälle, die es überhaupt gab auf der Welt.

Eine ganze Armee netter, freundlicher und mich schätzender Leute fraß meine 20 Pfund auf.

Nach diesen vier Tagen fingen die Leute an, weniger nett und weniger freundlich zu werden und mich auch weniger zu schätzen. Und am Schluß kannten sie mich überhaupt nicht mehr und hatten mich nie gesehen. Trotzdem war das weniger unangenehm, als daß *ich* mein Geld nicht mehr sah.

Besonders hatte ich eine gewisse Schiffsschaukel mit meinem und meiner lieben Freunde Besuch beehrt. Am dritten Tag hatte der Mann, dem sie gehörte, mich nur mehr persönlich bedient. Er konnte einen Gast wie mich nicht von gewöhnlichen Schaukelburschen bedienen lassen.
Jetzt wandte ich mich an ihn und er hatte soviel Anstand, *mich als Schaukelburschen anzustellen*. Ich bekam eine Mark am Tag und ich war acht Tage dort. Schon am ersten Tag entdeckten mich meine Freunde und es war natürlich ein ganz besonderer Spaß für sie, bei mir zu schaukeln. Sie schleppten noch alle möglichen Burschen heran, die bezahlen konnten wie vordem ich, und legten den größten Wert darauf, daß ich sie bediente.
Es war angenehm für sie, mir gewisse barsche Befehle zu erteilen, sie stemmten sich, wenn ich die Schaukel in Bewegung setzte, dagegen und brüllten, ich brächte sie erst hoch, wenn das Musikstück schon halb vorüber sei, und sie gaben mir nie Trinkgeld. »Der Mann«, sagten sie, »ist schwer reich, der könnte uns alle aushalten, wenn er wollte.« So verdiente der Besitzer noch einmal einen kleinen Haufen Geld mit mir.
Ich erzähle aber gerade diese Geschichte hauptsächlich wegen zweier Punkte. Erstens: ich denke mir, daß es vielen ärgerlich gewesen wäre, jetzt die gleichen Leute zu bedienen, die sie vorher freigehalten haben. Aber mir machte es gar nichts aus. Ich bediente sie ebenso gern wie andere, ich kümmerte mich gar nicht um sie, es war ganz gut, daß die Schaukel durch mich Besucher bekam. Es waren dumme Leute, daß sie nicht wußten, daß man einmal Glück hat und einmal nicht so sehr.

Der zweite Punkt ist, daß ich natürlich immer noch etwas Geld hatte, als ich zu arbeiten anfing. Ich ließ es nicht ganz ausgehen. Ich war dumm, aber nicht so, daß es mir nichts mehr hätte nützen können, wenn ich gescheit wurde.
Mit dem Geld ist es so wie mit dem Autofahren, das sah ich, als ich in New York eine Taxe hatte. Sie können mit Ihrem Karren in eine Lage kommen, wo Sie viel dafür geben würden, sie dazu zu bringen, stehenzubleiben. Aber Sie dürfen den Motor nie absterben lassen. Wenn er weg ist, können Sie mit Ihrem Wagen nichts mehr anfangen.
Nach acht Tagen hatte ich genug, um ein Billett nach Bremen zu bekommen (vierter Klasse). Und in Bremen kriegte ich eine Stelle als Kohlentrimmer auf dem »Kaiser Wilhelm der Große«, der nach New York ging. Es ging mir nicht besonders in Bremen, aber ich wäre nicht auf den »Kaiser« gegangen, wenn ich so nicht hätte nach New York kommen können. Damals war für mich alles, was mich weiterbrachte, ein Freibillett.
Bei unserem ersten Aufenthalt in New York glückte es mir allerdings nicht, abzukommen. Man mußte sich immer gleich für Hin- und Rückfahrt verpflichten. Aber beim zweiten Male brachte ich beim Ausbooten meinen Fuß ein wenig zwischen die Boots- und die Schiffswand und da mußte man mich in das Hobokener Hospital schaffen. Ich war nicht sehr krank. Schon einen Tag, nachdem der »Kaiser Wilhelm der Große« New York verlassen hatte, konnte ich ausgehen.
Aber zunächst konnte ich in Amerika noch nicht dauernd bleiben. Ich mußte noch ziemlich viel Fahrten machen. Nacheinander war ich bei der Atlaslinie, die nach Westin-

dien fährt und Bananen holt, bei der Morganlinie, die nach New Orleans fährt und Baumwolle holt, und bei der Clike Linie, die nach Charleston fuhr. Die beiden letzten Linien sind amerikanische Linien und von da ab fuhr ich nur mehr auf amerikanischen Schiffen. Auf den amerikanischen Schiffen gibt es besseres Geld, besseres Essen, mehr Arbeit und mehr Sport als auf allen anderen, auch den deutschen.

Um diese Zeit, es war so um das Jahr 1907, fuhr ich auch *zwischendurch einmal nach Afrika*, und zwar mit einem Segelschiff, einem großen Viermaster. Er gehörte der Standard Oil und sollte Petroleum nach Südafrika bringen.

Wir brauchten zwei volle Monate, bis wir da waren. Wir waren etwa dreißig Mann Besatzung und mußten sehr hart arbeiten. Als Kohlentrimmer waren wir alle vier Stunden abgelöst worden, hier waren wir immerfort »in der frischen Luft«. Außerdem ist so ein Segelschiff nichts eigentlich Solides. Es ist sozusagen eine verdammte Privatsache. Ich bin nicht für Segelschiffe.

Als wir in Kapstadt waren, hatte ich gar keine Lust, wieder mit dem Kasten zurückzufahren, und viele andere auch nicht. Mit diesen zusammen arbeitete ich in dem kleinen Hafen acht Tage lang als Fischer. Es war nur gar kein aussichtsreicher Beruf, und da gerade kein anderes Schiff kam, das zum Beispiel nach Indien gefahren wäre und uns mitgenommen hätte, fuhren wir alle wieder mit zurück. Wir nahmen nur Ballast mit, hauptsächlich Dreck und Steine.

Außerdem hatten wir allerdings noch einen Ballast. Das war der Neger Kongo. *Dieser Schwarze war ein richtiger Boxer*, ziemlich der erste, mit dem ich näher zusammenkam. Er war sogar ein ganz guter Mann, er hatte viel in Afrika geboxt, aber sein ganzes Geld durchgebracht, deshalb arbeitete er sich nach Amerika zurück.

Er hatte die Gewohnheit, immer mal wieder vier volle Wochen nichts zu tun, als zu trinken. Wenn man mit ihm darüber sprach, behauptete er, daß er, wenn er getrunken habe, ein viel besserer Mann sei, ein Mann, den man mit dem nüchternen, gewöhnlichen, alltäglichen Kongo überhaupt nicht vergleichen könne.

Er teilte sein Leben nur nach Trinkzeiten ein. Alles andere vergaß er, die Zeiten seiner Besoffenheit aber hob er sich in seinem Gedächtnis auf. Er konnte sich nicht erinnern, was in einem bestimmten Jahr gewesen war, wo er gearbeitet, wo er geboxt, wo er gewohnt hatte, aber er wußte, daß er in dem und dem Monat in New Orleans getrunken hatte oder in Kapstadt oder in Montreal.

Und ich glaube nicht, daß er einen da anlog, was das Trinken betrifft, obgleich er in allen Dingen fürchterlich log. Er hätte einem in vollem Ernst erzählen können, daß ihm ein Haifisch seinen linken Arm weggebissen habe, und wenn diejenigen, die gerade zuhörten, ihm seinen gesunden linken Arm gezeigt hätten, sagen können: »Ja, das ist eigentümlich, meint ihr nicht auch?«

Aber es war etwas Großartiges an ihm, wie er zum Beispiel jetzt auf dem Segelschiff herumarbeitete, auf dem er sich nicht auskannte, und eine Arbeit tat, die ihn so anstrengte, daß er fortgesetzt hustete und auf eine neue Trinkzeit in Amerika wartete. Er zeigte mir zum erstenmal das Boxen.

Schlechtes Wasser

»Gegen Gift gibt's Gegengift«, sagte MacBride, philosophisch die Beine von sich streckend, und meinte anscheinend etwas ganz Bestimmtes damit.

Ich war vormittags auf der Insel angekommen und hatte dort gleich einen ziemlich tristen Rummel miterlebt, nämlich das Begräbnis eines Weißen, den ein Eingeborener oder, wie es dann hieß, ein Mischling ins Jenseits befördert hatte. Nachmittags gegen Abend scharrten sie ihn ein, und für mich war es eigentlich eine Art Glücksfall, weil ich auf diese Weise gleich eine Menge Leute auf einem Haufen antraf und dadurch viel Zeit sparte. Jetzt saß ich mit MacBride, dem Händler der Kolonie hier, und Keeny, dem Telegraphenmenschen, auf MacBrides Veranda über einem jener ausschweifenden Äquatorgetränke aus Paprika und Eis und horchte auf das Geschwätz der Kokosnußblätter über uns. Ab und zu drang in dieses angenehme Geräusch ein anderes, weniger angenehmes, verworrenes, menschliches. Das waren die Leute, die den Mörder zum Hängen abholten.

Wir konnten übrigens, ohne fürchten zu müssen, etwas zu versäumen, sitzen bleiben. Er würde hier am Haus vorübergeführt werden, wenn es soweit war. Wir konnten ihn ohne Mühe durch MacBrides liebenswürdige Einladung in aller Ruhe betrachten.

MacBride hatte der Gerichtsverhandlung beigewohnt, und er war noch ganz voll davon. Er sagte, der Mörder, ein gewisser Lewis, sei ein erstaunlich ruhiger und auch vernünftiger Mensch, ein Mischling, aber mehr weiß als dunkel, eigentlich fast ganz weiß; allerdings vernünftig nur, wenn man ihn doch als Farbigen nahm. MacBride war sich anscheinend nicht recht klar über ihn.

Heute morgen war noch ein anderes Begräbnis gewesen, nicht am gleichen Ort wie das von Smith, nicht in geweihter Erde und auch nicht mit Beteiligung der Gemeinde. Es war eine Frau, die sie in aller Eile und mit dem Bestreben, möglichst wenig Aufsehen zu machen, eingegraben hatten. Sie hieß Atua Lewis, eine Papuanerin. Lewis, den sie eben zum Hängen abholten, war ihr Mann und ihr Mörder. Atua Lewis und den dicken Smith hatte der Tod in einer unpassenden Situation zu gleicher Zeit ereilt, aber der Mord war kein Mord aus Eifersucht.

MacBride stand auf und ging bis an die Brüstung der Veranda und horchte. Es klang nicht so sehr nach vielen Stimmen, die sich mischten und verstärkten, sondern eher nach einer einzigen primitiven, schrecklichen Bauchstimme, die in sich zerfallen war: das Volk. Der Händler spuckte nach einem der dürren Brotbäume, die als die Eckpfeiler seiner Villa fungierten, kam wieder zu uns zurück und sagte, mit dem Kopf über die Schulter zurückdeutend: »Die Stimme der Gerechtigkeit.« Es wurde schon dunkel. Ich glaube, daß sein Gesicht blaß war, als er sich wieder setzte.

Dann erzählte er.

Dieser Lewis hatte einmal, MacBride zufolge, eine Chance gehabt.

Woher er auf die Insel gekommen war, wußte man nicht oder nicht mehr. Wahrscheinlich aus einer der Hafenstädte am Äquator, in denen eine ganze Menschheit als Material geduldet, als Konkurrenz geschlachtet und im übrigen nicht besonders ernst genommen wird. Lewis selber sah nicht ein-

mal sehr verbraucht aus, sagte MacBride. Er hatte etwas Naives an sich. Man kann sich denken, wie es mit ihm ging, wenn er in diesen Breitegraden naiv war.
Er hatte ein kleines Kapital bei sich und handelte im kleinen mit Perlen. Es ist nicht so schwer, die Eingeborenen so weit über die Ohren zu hauen, daß man in der Gegend davon leben kann. Schwieriger ist es mit der weißen Konkurrenz. Aber Lewis war am Anfang von der Kolonie ganz anständig behandelt worden; obwohl er ein Mischling war, konnte er mit Leuten auf der Station Poker spielen und an sie Geld absetzen, denn er gewann natürlich nicht, dazu reichte seine Intelligenz bei weitem nicht aus. Sie übersahen beim Kartenmischen die bläuliche Färbung seiner Fingernägel schon deswegen, weil sie mehr in die Karten schielten als auf seine Fingernägel. Für Lewis war diese Art, ihn zu dulden, ganz angenehm: er machte nie Stänkereien. Aber dann kam er im Geschäft mit einem von den weißen Haien zusammen ins Getriebe, und seine Abstammung begann in den Gesprächen der Männer auf den verschiedenen Veranden erörtert zu werden. Wenn er kam, konnte man das Schweigen der Leute bis in die Dschungel hinüber hören. Der Whisky schlug ganz plötzlich für ihn auf, die Pokerkarten verschwanden aus seinen Händen, an denen jetzt die Fingernägel auffielen (sie waren bläulich), und dann gab es für ihn eines Tages überhaupt keinen Whisky mehr. Es ist schwer, sich in solchen Fällen einzig und allein auf sein Geschäft zurückzuziehen und seine Ersparnisse aufzuzehren. Und das war es, was Lewis tat.
Das Interessante an seinem sonst ziemlich gewöhnlichen und häufigen Fall war nun, daß Lewis heiratete, daß er also

versuchte, sich fest anzusiedeln. Er gabelte eine dieser goldgelben, gradhüftigen Eingeborenen auf, die je nach Geschmack verschieden beurteilt werden, aber, unter uns gesagt, den meisten europäischen Weibern auf dieser Seite der Erdkugel bei weitem vorzuziehen sind. Mit dieser goldgelben Atua erschien Lewis vor dem Pfaffen, befahl ihr, die Pfeife aus dem Mund zu nehmen, und bat um eine ortsübliche Trauung.

Dann verschwand er aus dem Gesichtsfeld der Kolonie, und als man wieder etwas von ihm hörte, war es Unangenehmes.

Es gab in der Kolonie einen Händler namens Smith, einen dicken gewöhnlichen Burschen, der für einen Händler ziemlich viel Gutmütigkeit entwickelte, allerdings auch noch etwas grün im Geschäft war. Das war wohl auch der Grund, warum er sein Interesse an Papuaweibern so deutlich zeigte und in jeder Männergesellschaft unaufhörlich herumschrie, gelb sei in der Liebe besser als weiß und gerade Hüften geschweiften vorzuziehen. Mit diesem Smith sah man nun Lewis beim Whisky zusammensitzen und etwas bereden. Man ließ es an Information für Smith keinesfalls fehlen. Es fielen sogar äußerst deutliche Worte dabei, aber er brachte vor, seine Verbindung mit Lewis sei keine geschäftlicher Natur und in Privatdingen verstünde er Belehrungen nicht zu schätzen.

Übrigens setzten sie ihre Besprechungen dann in Lewis' Hütte fort, und dann wußte man in der Kolonie zu erzählen, daß Smith auch ohne Lewis' Anwesenheit dort allerhand zu besprechen hätte. Er war ziemlich häufig dort.

Lewis selber sah man in dieser Zeit mitunter betrunken herummarschieren. Er unternahm weite Ausflüge in das Innere der Insel. Marschieren ist das beste Mittel zur Nervenstärkung. Und gestern, drei Wochen nachdem man Lewis zum erstenmal mit Smith zusammen gesehen hatte, erschlug Lewis nachts gegen Morgen zu den dicken Smith mit einer Bambusstange inklusive seiner goldgelben Atua.

So weit war nun alles in Ordnung. Die Geschichte lag ohne Gerichtsverhandlung offen auf dem Tisch. Die Motive klappten, es handelte sich um Ehebruch von seiten des dikken Smith und um Mord aus Eifersucht von seiten des Lewis. Aber das Verhalten des letzteren vor Gericht machte einen Strich durch die Rechnung und sorgte dafür, daß die Geschichte etwas weniger gewöhnlich war. Lewis leugnete jede eifersüchtige Regung. Er gab nach einem Kreuzverhör zu, daß er selber Mrs. Lewis mit Smith allein gelassen hatte, und zwar nicht, damit sie Poker spielten, er hatte auch Geld empfangen von Smith, und der Gerichtshof war sehr erstaunt, als Lewis schlankweg erklärte, Smiths Tod sei lediglich ein unglückseliger Zufall gewesen.

»Was«, fragte Lewis den Gerichtshof, »sollte ich gegen Smith gehabt haben? Er gab mir einiges Geld, und ich revanchierte mich dafür in einer Weise, die ihm paßte. Zwischen uns war alles in Ordnung. Ich glaube, daß wir beide miteinander sehr zufrieden waren. Ich bedaure sehr, daß Smith diesem Unglücksfall zum Opfer fiel.«

Aber Smith war tot, und Lewis hatte ihn erschlagen, und zwar mit einer Bambusstange, dick wie ein Arm.

Aber Lewis hatte gar nicht Smith erschlagen wollen, sagte Lewis, sondern lediglich seine eigene Frau, Mrs. Atua Lewis, und Smith (nichts Ungünstiges über ihn, um Gottes willen!)

war nur so ungünstig gelegen im Schlaf, daß Lewis, um zu seiner Frau zu kommen, zuerst ihn treffen mußte. Hätte Lewis zum Beispiel mehr Zeit gehabt, hätte er natürlich Smith ersuchen können, Platz zu machen für einen soliden Streich mit dem Bambusstock. Aber Lewis hatte leider keine übrige Zeit, denn er war sehr zornig und mußte Mrs. Lewis sofort zur Rechenschaft ziehen, nicht erst nach einigen mehr oder weniger umständlichen Redewendungen mit Smith. Und die Ursache seines Zornes war nicht Eifersucht gewesen. Dazu hätte er nicht eine Stunde lang vor der Hütte zu sitzen brauchen, wie er es doch getan hatte. Der Grund war ausschließlich, wie Lewis immer wieder betonte, die unerträgliche Schlamperei von Mrs. Lewis gewesen, eine Nachlässigkeit ihrerseits, die dem Faß den Boden durchschlug.

Ganz genau berichtet, war es so gewesen:

Smith war mit Lewis' Frau in der Hütte gelegen, und Lewis hatte vor der Hütte Platz genommen, da er vorzeitig von einem Ausflug in das Innere der Insel zurückgekommen war und Smith den Heimweg noch nicht angetreten hatte. Im schwachen Licht des Mondes hatte Lewis noch einige Schalen Reisbranntwein getrunken, um gut schlafen zu können. Er war, das gab er zu, mißgestimmt gewesen darüber, daß Smith noch nicht gegangen war, denn Lewis hatte Schlaf, und je mehr Reisbranntwein er trank, desto mehr Schlaf bekam er. Und hauptsächlich, um sich den Schlaf aus dem Gehirn zu treiben, hatte er – aber jetzt kommt der strittige Punkt, und Lewis stellte seine ganze Verteidigung auf die Behauptung: daß er habe Wasser trinken wollen, um klarer zu werden und seine Müdigkeit zu bekämpfen.

Die Anklage aber behauptete, er habe nur seinen Kopf ins

Wasser tunken wollen, um den Rausch wegzukriegen, wenn er überhaupt sich mit dem Wasser etwas zu schaffen gemacht habe.
Man trinke überhaupt nicht aus solchen Kübeln Wasser, das lang steht und ungesund ist.
Aber Lewis behauptete, er habe nun einmal Wasser getrunken, das heißt die Absicht gehabt, Wasser zu trinken. Die Sache war nämlich die, daß er in dem Kübel Dreck gefunden hatte, der Kübel sei nicht ausgespült gewesen, und wer den Kübel auszuspülen hatte, das war Mrs. Lewis. Es gehörte zum Haushalt. Es war ihre Sache, für Wasser zu sorgen, das wenigstens hatte sie zu tun, mochte sonst nicht immer alles in Ordnung sein. Aber Pflicht ist Pflicht, und Lewis mußte schmutziges Wasser in seinem ungereinigten Kübel sehen, und er war nicht der Mann, sich das bieten zu lassen von Mrs. Lewis. Und er ging sogleich hinein und nahm eine Bambusstange mit und erschlug das Weib und leider auch Mr. Smith mit, weil er gerade dabei war und eine eheliche Szene störte.
Man konnte Lewis nicht zumuten, daß er dreckiges Wasser trank. Das war es, was er meinte, und darum stützte er sich auf die Tatsache, er habe trinken wollen und nicht nur sich waschen. Denn sein Zorn schien ihm berechtigter, wenn er dreckiges Trinkwasser vorgesetzt bekommen sollte als nur dreckiges Waschwasser. Sie hatten vor Gericht eine Zeitlang über diesen Punkt (Waschwasser oder Trinkwasser?) gestritten, aber dann hatte der Richter gemeint, diese Feinheit sei gleichgültig, da Lewis ja auf jeden Fall gehängt würde, was Lewis wiederum absolut nicht begriff.
Das war MacBrides Erzählung, und sie war kaum zu Ende, als

das Geschrei sich näherte, das MacBride vorhin die Stimme der Gerechtigkeit genannt hatte, und ein ungeordneter Haufe zwischen den Minoren sichtbar wurde. Sie brachten den Mörder.
Er ging inmitten johlender Eingeborenen, und zwar ziemlich schnell, wahrscheinlich, damit sie ihn nicht ziehen konnten. Er hatte ein rundes offenes Gesicht, und er warf im Vorbeilaufen einen schnellen kühlen Blick auf uns, der wenigstens mir, der ich in diesen Gegenden noch nicht allzulang lebte, durch Mark und Bein ging.

Eine Pleite-Idee
Groteske

Ein Geldmann, namens Kückelmann, über dem schon seit Monden Pleitegeier schwebten, hatte in wachsender Besorgnis eine ganze Woche hindurch alles Menschenmögliche getan, sein unterernährtes Selbstbewußtsein wieder aufzufüttern und zu neuen durchschlagenden Ideen zu kommen. Gegen Ende dieser Woche hatte er die Bar des Hotels »Adlon« sowie die Bristolbar und viele andere Etablissements, ohne das geringste Resultat zu erzielen, endgültig hinter sich. Er hatte hier sein Gehirn mit scharfen American drinks aufgestachelt, dort es mit absolut unübertrefflichem Kaffee besänftigt, er hatte seine matten Lebensgeister mit jedem Jazz gepeitscht, er hatte sich ins Kabinett der Komiker gestürzt und sämtliche Revuen der Metropole zu geistiger Befruchtung mißbraucht, und er hatte vom Morgen bis Mitternacht zwischen Himmel und Erde nichts gefunden, was

man, ohne daß man es besaß, mit einigem Gewinn verkaufen konnte. Er war in Aschingers Bierquelle gelandet.
Er hatte den dunklen Drang, hier aus dem einfachen Volke, das noch mit buchstäblicher Arbeit um seine Existenz kämpfte, gleichsam in antäischer Berührung mit der Erde selber, vitale Antriebe herauszupressen. Nach zweistündigem anstrengendem Herumsitzen gewahrte er als einzig bemerkenswert an einem Nebentischchen hinter einem kleinen Glase Bier einen Bettler.
Der Anblick dieses Bettlers war einfach entsetzlich. Kückelmann, dessen Empfindlichkeit gegenüber den Bildern des Elends in diesen Tagen eine besonders starke war, fühlte deutlich das Mark in seinen Knochen erschauern. Der Mann war vom Tode gezeichnet. Seine Magerkeit war absurd. Er schien von Kindesbeinen an lediglich auf zwei Wasserschrippen in der Woche angewiesen gewesen zu sein. Von dem heroischen Wunsch überwältigt, dem Elend nunmehr ins Weiße im Auge zu blicken, setzte sich Kückelmann verzweifelt zu eben diesem Manne an den Tisch. Verschanzt hinter Zeitungen betrachtete er erschüttert dieses wandelnde und biersaufende Skelett, bestellte wie im Traume Löffelerbsen für ihn und verwickelte sich sogar mit ihm, der überraschend schnell zu einigen Kräften zu kommen schien, in ein Gespräch. Und, was sagt man? Das Ende vom Liede war, daß Kückelmann den Bettler Josef Kleiderer mit in sein Hotel nahm.
Er hatte von ihm erfahren, daß er vollkommen gesund und nur etwas ausgehungert sei, und er hatte plötzlich in der Luft zwischen einem schmierigen Kellner und einer silbrigen Registrierkasse eine Vision gehabt.
Fortab ließ Kückelmann im Hotel auf seinem Zimmer ser-

vieren und teilte sein Essen mit Josef Kleiderer, so daß dieser, der übrigens in seinem ganzen Dreck der Welt erhalten blieb, im Verlauf dreier Wochen sich wieder völlig erholte, ja, ein geradezu blühendes Aussehen annahm. Leute, die Kleiderer vorher gekannt hatten, sagten, sie kennten ihn nicht mehr: er sei so fett, daß man einen Schnaps auf ihn trinken müsse. Kückelmann aber verlangte dafür von ihm nichts, als daß er mit ihm zu einer Lebensversicherungsgesellschaft gehe, da ihm, Kückelmann, sein, Kleiderers, Leben so teuer sei, daß er auf alle Fälle gedeckt sein wolle, was Kleiderer auch einsah. Also versicherte Kückelmann Kleiderer auf 100 000 Mark und bezahlte mit seinem letzten größeren Geld die erste Prämie. Auf dem Heimweg sagte er Kleiderer, er müsse Zigarren kaufen, und verschwand in einem Tabakladen, aus dem er nicht mehr herauskam. Kleiderer ging in schwerer und begreiflicher Verstimmung ins Hotel, wartete aber sowohl hier als auch in der Bierquelle vergebens auf den Entschwundenen.

Oft nun wartete Kleiderer in der Bierquelle auf seinen untergetauchten Wohltäter, und schnell begann nun sein, des Mittellosen, Verfall. Etliche Tage währte wohl noch sein blühendes Aussehen, aber dann magerte er ab, und bevor fünf Wochen vergangen waren, saß er wieder, ein wandelndes und biersaufendes Skelett wie ehedem, in der Bierquelle, und wie damals erschien Kückelmann hinter Zeitungen.

Kückelmann interessierte sich noch sehr für Kleiderer, gab ihm auch sofort zu essen und bat ihn sogar, ihm zu seinem Bankier zu folgen, was Kleiderer auch tat.

Bei dem Bankier zog Kückelmann die Versicherungspapiere Kleiderers heraus, stellte diesen als seinen Schwager vor und ersuchte den Bankier, ihm, Kückelmann, das Papier abzukaufen. Da er in augenblicklichen Geldschwierigkeiten sei, könne er die Prämien nicht mehr bezahlen, wobei doch jedermann sehen könne, daß Josef Kleiderer, man werfe nur einen Blick auf ihn, keine Woche mehr lebe, Haut und Knochen wie er sei, und die Versicherungssumme von 100 000 Mark dann sofort dem Besitzer der Papiere zufalle. Der Bankier betrachtete aufmerksam Josef Kleiderer und gab 40 000 Mark für das Papier.

Kückelmann, der ein recht bedrücktes Wesen zur Schau trug, verwahrte die Geldscheine seufzend in einer Saffianledertasche, bugsierte seinen sterbenden »Schwager« sorgsam durch das Portal, half ihm in eine Pferdedroschke und lud ihn ein, mit ihm bei Lauer zu speisen.

In den nächsten Tagen speisten sie abwechselnd bei Lauer, Kempinski sowie in der Bristolbar. Kückelmann freute sich kindlich über Kleiderers erneutes Aufblühen und bewies ihm unter anderem schlagend, daß auch Anhören seriöser Musik bei Kaffee und Importe fett macht.

Nach Ablauf zweier sorgfältig ausgefüllter Wochen war Kleiderer, für den Kückelmann jetzt ruhig mehr aufwenden konnte als das erstemal, völlig wieder aufgebaut, und eines Tages ging Kückelmann mit ihm zu seinem Bankier.

Der Mann war platt. Kückelmann pflegte nachmalig oft im Kreise seiner Geschäftsfreunde zu versichern, daß kein anderer Mensch in dem fettig lächelnden Josef Kleiderer das »Skelett« wiedererkannt hätte, aber dieser Bankier war sofort auf den ersten Blick im Bilde. Er hatte den geschärften Blick eines Mannes, der 40 000 Mark bezahlt hat.

Kückelmann sagte bewegt, sein Schwager habe sich über Erwarten gut wieder herausgemacht, es stecke anscheinend eine ungeheure Lebenskraft in der Familie. So, wie die Dinge jetzt lägen, wolle er natürlich es niemandem zumuten, dreißig bis vierzig Jahre lang – denn des Menschen Leben währe siebenzig Jahre, wenn es hoch kommt, achtzig Jahre – Prämien zu bezahlen. Loyalerweise sei er durchaus bereit, die durch so freudigen Anlaß stark entwerteten Papiere zu einem vernünftigen Preise zurückzukaufen. Der Preis, den er verantworten zu können glaubte, war 2500 Mark. Der Bankier überschlug im Geiste die Gerichtskosten, die ihm erwachsen würden, wenn er seinem Bedürfnis, Kückelmann ins Zahnfleisch zu langen, nachgeben würde, und versagte sich diesen Wunsch, da er nur einen Geburtstag im Jahr hatte. Er nahm die 2500 Mark für die Versicherungspapiere in Empfang und unterzog lediglich seine Ansichten über seine Eignung zum Leben einer Revision.

Kückelmann verwahrte die Versicherungspolice in seiner Saffianledertasche, ging Josef Kleiderer voraus durch die Glastür, lüftete leicht seinen Borsalino nach rückwärts und entschwand vor Josef Kleiderers Augen in einer Autotaxe wie in einer Wolke.

Kleiderer, dessen zweite Blütezeit damit zu Ende war, suchte ihn schon gar nicht mehr. Eine dumpfe Unruhe bemächtigte sich des einfältigen Mannes, der das befremdende, jedoch anscheinend lohnende Benehmen seines Quartalgönners keineswegs begriff. Er verfiel rasch, und als Kückelmann, wie er schon geahnt hatte, wieder auftauchte, ihn wieder zum Essen einlud, mit ihm zu einem Bankier ging, wieder dort die immer selben Versicherungspapiere verkaufte, das Geld in seine Saffianledertasche steckte und wieder anhub, mit ihm zu essen, wuchs in ihm eine törichte Auflehnung. Er konnte, da er Hunger hatte, das Essen nicht abschlagen, aber er aß nur mehr das Unumgängliche. Er aß es gleichsam abwesend, ja, mit Ekel. Kückelmanns lobende Äußerung über sein wieder besseres Aussehen (denn Essen ist Essen und macht dick) hörte er mit einem scheelen Seitenblick von unten herauf an, an Spiegeln ging er schnell und sein Gesicht abwendend vorüber. Und eines Tages, als er noch keineswegs dick war, begann er zu Kückelmanns bassem Erstaunen, in die Zeitungen zu laufen, um eine Arbeit zu suchen. Er wählte den Beruf eines Zeitungsausträgers. Der Beruf war mäßig bezahlt, aber er verschaffte ihm die Gelegenheit, ungezählte Treppen hochzusteigen. Aber noch bevor er durch die viele Bewegung seine Gewichtszunahme stoppen konnte, zeigte ihm Kückelmann arglistigerweise beim Essen, zu dem Kleiderer sich eben doch wieder hatte verführen lassen, die Versicherungspapiere, und Josef Kleiderer sah mit Augen, in denen eine ganze Tiefsee von schleimigen Rachegedanken zutage trat, wie ihn wieder enttäuschte Blicke nach dem Umfang seines Leibes abtasteten und Kückelmann wieder die Saffianledertasche zog.

Zu dieser Zeit gründete Kückelmann die bekannte Kückelmannsche Konservenfabrik. Er hatte wenig Zeit, sich um Kleiderer, der natürlich wieder völlig verfiel, zu kümmern. Sein Schiff stach mit vollen Segeln in See. Dennoch suchte er, diesmal allerdings erst nach einigen Monaten und lediglich, weil er das Prinzip hatte, jedes begonnene Geschäft zu Ende zu führen, den nun ganz im Sumpf verkommenen Kleiderer noch einmal auf, aber er erlebte eine Überraschung. Dieser Mann, den er immer wieder aus dem Sumpfe gezogen, gekleidet und gespeist, ja, geradezu gemästet hatte, der ihm die wenigen Blütezeiten seines ärmlichen und tatenlosen Lebens verdankte, hatte die Stirn, ihm auf eine freundliche Einladung zum Essen aus Sentimentalität eine ablehnende und hier überhaupt nicht wiederzugebende Antwort zu geben.

Vier Männer und ein Pokerspiel oder Zuviel Glück ist kein Glück

Sie saßen in Korbstühlen auf Havanna und vergaßen die Welt. Wenn es ihnen zu heiß wurde, tranken sie Eiswasser, abends tanzten sie Boston im Atlantic Hotel. Sie hatten alle vier Geld.
In den Zeitungen stand über sie, daß sie große Leute waren. Wenn sie es dreimal gelesen hatten, warfen sie die Zeitung ins Meer. Oder sie hielten die Zeitung mit zwei Händen fest und durchbohrten sie mit der Schuhspitze. Drei von ihnen hatten vor zehntausend Menschen Rekorde geschwommen, der vierte die zehntausend auf die Beine gebracht. Als sie ihre Gegner geschlagen und die Zeitungen gelesen hatten, schifften sie sich ein. Mit gutem Geld in den Taschen kehrten sie zurück nach New York.
Diese Geschichte könnte man eigentlich nur unter Jazzbandbegleitung richtig erzählen. Sie ist von A bis Z poetisch. Sie fängt an mit Zigarrenrauch und Gelächter und endet mit einem Todesfall.
Es war nämlich einer unter ihnen, bei dem stand es fest, daß er seinen Karpfen auch aus einer Konservenbüchse an-

geln konnte. Er war ein sogenanntes Glückskind. Er hieß Johnny Baker. Der Glücksjohnny. Er war einer der besten Kurzstreckenschwimmer beider Hemisphären. Aber bei ihm war es sein lächerliches Glück, das einen Schatten über jeden seiner Erfolge warf. Denn wenn ein Mann sozusagen aus jeder Papierserviette einen Dollarschein herauswickelt, so wird man mißtrauisch gegen seine geschäftlichen Talente, auch wenn er ein Rockefeller wäre. Und mißtrauisch, das waren sie.

Er hatte in Havanna ebenso gesiegt wie die beiden andern. Er hatte über zweihundert Yards um seine ganze Körperlänge gewonnen. Aber es war wieder einmal nicht zu verheimlichen gewesen, daß der beste Mann außer ihm das Klima nicht vertragen hatte und undisponiert gewesen war. Johnny selber sagte natürlich, man würde ihm auf jeden Fall irgend so was anhängen und von seinem »Glück« faseln, wenn er einfach gut geschwommen hätte. Und wenn er das sagte, dann lächelten die zwei andern.

So war der Tatbestand, als die Geschichte anfing, und sie fing an mit einem kleinen Pokerspiel. Es war zu langweilig auf dem Schiff.

Der Himmel war blau, und das Meer war auch blau. Die Getränke waren gut, aber sie waren immer gleich gut. Die Zigarren konnte man ebenso gut rauchen wie andere Zigarren. Kurz: der Himmel, das Meer, die Getränke und die Zigarren waren *nicht* gut.

Mehr versprachen sie sich von einem kleinen Pokerspiel. Kurz vor den Bermudas fingen sie an. Sie setzten sich bequem hin dazu: jeder benutzte zwei Stühle. Sie einigten sich gentlemanlike über das Arrangement ihrer Stühle. Des einen Füße lagen neben des andern Ohr. So begannen sie kurz vor den Bermudas ihren Untergang herbeizuführen.

Da Johnny wegen gewisser Andeutungen beleidigt war, begannen sie zu dritt. Einer gewann, einer verlor, einer hielt sich. Sie spielten vermittels Blechmarken, die je fünf Cent darstellten. Dann wurde einem von ihnen auch diese Sache langweilig, und er nahm seine Füße aus der Partie. Johnny ersetzte ihn. Jetzt war aber die Sache sofort nicht mehr langweilig. Johnny gewann nämlich. Was Johnny nicht konnte, war Pokerspielen, was Johnny aber konnte, war: beim Pokerspiel gewinnen.

Wenn Johnny bluffte, war es so lächerlich zu bluffen, daß kein Pokerspieler der Welt sich getraut hätte mitzugehen. Und wenn ein Mann, der Johnny kannte, hinter ihm einen Bluff vermutet hätte, dann legte Johnny nichtsahnend einen flush auf den Tisch.

Johnny selber spielte noch nach zwei Stunden völlig leidenschaftslos. Die beiden andern waren warm geworden. Als der vierte Mann nach den zwei Stunden aus der Küche zurückkehrte, wo er beim Kartoffelschälen zugesehen hatte, gewahrte er, daß die Blechmarken eben wieder verteilt wurden und jetzt einen Dollar darstellten. Diese kleine Erhöhung war die einzige Möglichkeit für Johnnys Partner, wieder zu einem Teil ihres Geldes zu kommen. Es war ganz einfach so: sie mußten aus ihm das Geld scheffelweise wieder herausholen, das er ihnen centweise abgenommen hatte. Auch Familienväter hätten in diesem Fall nicht vorsichtiger spielen können. Aber wer scheffelte, war Johnny.

Sie spielten zunächst sechs Stunden. Während dieser ganzen sechs Stunden hätten sie noch in jedem Moment aus dem

Spiel herausgehen können, ohne mehr als den Ertrag ihres Havannasieges bei Johnny gelassen zu haben. Nach diesen sechs Stunden Kummer und Anstrengung konnten sie es nicht mehr.

Es war Zeit zum Abendessen. Sie erledigten das Essen in aller Kürze. Statt der Gabeln fühlten sie streets zwischen den Fingern. Sie aßen Steaks und dachten an royal flushs. Der vierte Mann aß bei weitem langsamer. Er sagte, er habe wirklich Lust, sich an der Sache zu beteiligen, jetzt sei wenigstens etwas Schwung in die öde Plätscherei gekommen.

Nach dem Abendessen fingen sie wieder an, zu viert. Sie spielten acht Stunden. Sie hatten die Bermudas hinter sich gelassen, als Johnny gegen drei Uhr morgens ihr Geld zählte.

Sie schliefen fünf Stunden ziemlich schlecht und fingen wieder an. Es waren Leute, die auf jeden Fall auf Jahre hinaus ruiniert waren. Sie hatten noch einen Tag Fahrt vor sich, nachts um zwölf Uhr sollten sie nach New York kommen. An diesem Tag mußten sie zusehen, daß sie nicht auf Lebenszeit zugrunde gerichtet wurden. Denn es saß da einer unter ihnen, der ihnen mit schlechtem Pokerspiel das Mark aussaugte.

Vormittags, als ihnen mehrere Schiffe die Nähe der Küste anzeigten, begannen sie um ihre Wohnungen zu spielen. Johnny gewann noch zu allem dazu ein Piano. Dann gönnten sie sich zwei Stunden Mittagsruhe, und danach standen sie in einer erbitterten Schlacht um die Anzüge, die sie auf dem Leibe trugen. Nachmittags um fünf Uhr sahen sie sich gezwungen, weiterzugehen. Der Mann, der nach den Bermudas erst eingesprungen war und, während die andern schon ihre Gabeln nicht mehr erkannt hatten, noch ganz ruhig gegessen hatte, bot um diese Zeit Johnny aus freien Stükken an, mit ihm um sein Mädchen zu spielen, das heißt, wenn Johnny gewönne, solle er das Recht haben, mit irgendeiner Jenny Smith den Witwenball der Liedertafel in Hoboken zu besuchen, aber wenn er verliere, solle er alles zurückgeben müssen, was er allen abgenommen hatte. Und Johnny hatte angenommen.

Er hatte sich zuerst informiert.

»Und du selber gehst nicht mit?«

»Ich denke nicht daran.«

»Und du nimmst es nicht übel?«

»Ich nehme es nicht übel.«

»Auch ihr nicht?«

»Was heißt das: auch ihr nicht?«

»Nun, dem Mädchen Jenny nimmst du es nicht übel?«

»Nein, zum Teufel, auch ihr nehme ich es nicht übel.«

Und dann gewann Johnny.

Wenn Sie ein Spiel machen, gewinnen, Ihren Gewinn in die Tasche stecken, Ihren Hut lüften und weggehen, dann haben Sie sich in einer Gefahr befunden und sind daraus entkommen. Wenn Sie aber ein Herz im Leib haben, sitzen bleiben und Ihren Partnern eine Gelegenheit geben, dann werden Sie, ausgenommen den Fall, daß Sie im Armenhaus enden, mit Ihren Partnern vereint durchs Leben zu gehen haben: Sie werden sich in Ihre Leber verhacken wie Geier. Sie müssen zum Pokerspielen ein ebenso hartes Herz haben wie zu irgendeiner anderen Form der Expropriierung.

Von dem Moment an, wo Johnny, weil ein anderer Mann heraussprang, in das Spiel gegangen war, hatte Johnny den anderen nachgegeben. Sie hatten ihn gezwungen, einige tausend Karten anzuschauen, sie hatten seinen Schlaf gestrichen, und sie hatten dafür gesorgt, daß er seine Mahlzeiten hinunterschlang wie ein Rekordarbeiter. Es wäre ihnen am liebsten gewesen, wenn er beim Immerweiterspielen sein Steak an einem Bindfaden über seinem Platz aufgehängt und alle sechs Stunden danach geschnappt hätte. Es war Johnny ungeheuer zuwider.

Als er nach dem Spiel um das Mädchen, das fast nach seiner Ansicht dem Faß den Boden durchgeschlagen hatte, vom Tisch aufstand, meinte er naiverweise, sie hätten genug. Sie hatten mit ihm angebunden, obwohl sie sein Glück kannten, wohl weil sie dachten, daß er vom Pokern so wenig verstand wie ein Lokomotivführer von Geographie. Aber der Lokomotivführer hat eben Schienen, die etwas von Geographie verstehen: der Mann kommt eben von New York nach Chicago und nirgends anders hin. Genau nach diesem System hatte er gewonnen, und jetzt handelte es sich höchstens darum, wie er ihnen seine Gewinne wieder zurückgeben konnte, ohne sie bis aufs Blut zu beleidigen. Johnnys Herz war Johnnys Fehler. Er besaß zuviel Taktgefühl.

Er sagte sogleich, sie sollten sich nichts daraus machen, es sei natürlich alles Spaß gewesen. Sie gaben keine Antwort. Sie saßen da, wie sie seit gestern gesessen hatten, und schauten den Möwen zu, die jetzt häufiger geworden waren.

Johnny entnahm daraus, daß sie der Ansicht waren, über vierundzwanzig Stunden Pokerspiel sei etwas, was mit Spaß nichts mehr zu tun hätte.

Johnny stand an der Reling und dachte nach. Dann hatte er es. Er schlug ihnen vor, zunächst einmal mit ihm zur Erho-

lung zu Abend zu essen. Natürlich auf seine Kosten. Es schwebte ihm eine größere Veranstaltung vor, eine ausgelassene Sache, ein richtig luxuriöses Essen. Er wollte selber die Getränke mixen, die die Zunge lösten. Es kam unter den obwaltenden Umständen nicht auf die Kosten an. Er dachte sogar an Kaviar. Johnny versprach sich sehr viel von diesem Essen.
Sie sagten nicht nein.
Sie nahmen es ohne direkte Begeisterung auf, aber sie würden jedenfalls mitkommen. Es war sowieso Essenszeit.
Johnny ging weg und bestellte. Er ging in die Küche und behandelte den Koch wie ein rohes Ei. Er wollte sich und seinen Freunden eine Mahlzeit aufgetischt wissen, eine Hauptmahlzeit, die alles, was eine erstklassige Schiffsküche auf diesem Gebiet je zwischen Havanna und New York geleistet hatte, in den Schatten stellte. Johnny erholte sich sehr in dem einfachen Gespräch mit dem Koch.
Während dieser halben Stunde wurde oben auf Deck kein Wort gesprochen.
Johnny richtete selber unten den Tisch her. Neben seinen Platz stellte er ein Extratischchen, auf dem er die Getränke anordnete. Er brauchte, um zu mixen, nicht aufzustehen. Seine Gäste ließ er durch den Koch herunterholen. Sie kamen mit gleichmütigen Gesichtern und setzten sich rasch wie zu einer gewöhnlichen Mahlzeit. Es kam wenig Stimmung auf.
Johnny hatte gedacht, daß sie bei einer Mahlzeit zugänglicher würden. Im allgemeinen wird man beim Essen aufgeknöpft, und das Essen war ausgezeichnet. Sie aßen reichlich, aber es schien ihnen doch nicht zu schmecken. Sie aßen das frische

Gemüse wie Erbsensuppe und die gebratenen Hühner wie Kantinenspeck. Sie schienen ihre eigene Ansicht über Johnnys Gastmahl zu haben. Einmal griff einer nach einem hübsch glasierten Porzellantöpfchen und fragte: »Ist das Kaviar?« Und Johnny antwortete wahrheitsgemäß: »Ja, der beste, den man auf diesem verwahrlosten Kasten auf den Tisch bringen kann.« Der Mann nickte und aß das Töpfchen mit einem Löffel aus. Gleich darauf zeigte einer von ihnen den anderen eine besonders verpackte Mayonnaiseangelegenheit. Und da lächelten sie. Dies wie einiges andere an ihrem Benehmen entging dem Gastgeber nicht.

Aber erst beim Kaffee ging es Johnny auf, daß es eine Unverschämtheit von ihm gewesen war, sie zu diesem Essen einzuladen. Sie schienen kein Verständnis dafür zu haben, daß er von dem gewonnenen Geld einen gemeinnützigen Gebrauch machen wollte. Sie schienen überhaupt vielleicht erst jetzt auf den Ernst ihrer Verluste gekommen zu sein, wo sie sehen mußten, wie ihr Geld für solche sinnlosen Essereien hinausgeworfen wurde. Es ist dies ungefähr wie mit einer Frau, die von Ihnen weg will. Wenn Sie einen hübschen Abschiedsbrief lesen, dann verstehen Sie sie vielleicht, aber wenn Sie sie mit einem andern Mann in eine Taxe steigen sehen, dann merken Sie erst, was los ist.

Johnny war ernstlich betroffen.

Es war acht Uhr abends. Man hörte schon von außen das Tuten der Schleppdampfer. Es waren noch vier Stunden bis New York.

Johnny hatte ein dunkles Gefühl, daß es unerträglich sein würde, mit diesen ruinierten Leuten in dieser nackten Koje vier Stunden lang zusammenzusitzen. Es hatte aber nicht den

Anschein, daß er einfach aufstehen und weggehen konnte.
In dieser Lage erkannte Johnny noch einmal seine einzige Chance. Er schlug ihnen vor, mit ihm noch einmal um das Ganze zu spielen.
Sie setzten die Kaffeetassen nieder, räumten die halbgeleerten Konservenbüchsen auf das eine Eck des Tisches. Sie verteilten noch einmal die Karten.
Sie spielten wieder wie am Anfang mit den Blechmarken um Geld. Es fiel Johnny auf, daß sich die drei weigerten, über einen bestimmten Einsatz hinauszugehen. Sie nahmen also das Spiel von neuem ernst.
Johnny hatte gleich beim ersten Geben wieder eine street in der Hand. Trotzdem ging er schon bei der zweiten Runde aus dem Spiel und überließ ihnen den Einsatz. Er hatte entschieden etwas gelernt.
Beim zweiten Spiel und beim dritten, wobei die Einsätze jedesmal gesteigert wurden, ließ er sie bluffen und ging so weit mit, wie er konnte. Aber dann sagte einer von ihnen, ihm ruhig und voll ins Gesicht blickend: »Spiel anständig.« Und darauf spielte er einige Male wie früher und gewann wie früher. Und dann kam er in eine eigentümliche Lust hinein, so zu spielen, wie es sich eben gab, und seine Chance wahrzunehmen wie jeder andere, wo er sie hatte. Und dann sah er ihre Gesichter wieder, und daß sie kaum noch in ihre Karten hineinblickten, sondern sie warfen sie ganz einfach weg, und da wurde er ganz mutlos. Er wollte wieder verkehrt spielen, aber jedesmal, wenn es darauf ankam, etwas falsch zu machen, fühlte er sich so beobachtet, daß er es nicht wagte. Und wenn er aus Unverstand schlecht spielte, dann

spielten sie noch schlechter, weil sie nur an sein Glück glaubten. Seine ganze Unsicherheit aber hielten sie für pure Bosheit. Immer mehr glaubten sie zu sehen, daß er mit ihnen nur mehr spielte, wie die Katze mit der Maus.

Als er alle Spielmarken wieder vor sich liegen hatte, standen alle drei auf, nur er blieb noch etwas sitzen, gedankenlos, zwischen den Karten und den Konservenbüchsen. Es war elf Uhr, eine Stunde vor New York.

Vier Männer und ein Spiel Pokerkarten in einer Koje auf der Fahrt von Havanna nach New York.

Sie hatten noch etwas Zeit. Da die Luft in der Koje sehr stikkig war, wollten sie noch etwas hinaufgehen. Sie versprachen sich etwas von der frischen Luft. Der Gedanke an frische Luft schien sie in bessere Stimmung zu versetzen. Sie fragten sogar Johnny, ob er mit ihnen auf Deck kommen wolle.

Johnny wollte nicht auf Deck gehen.

Als die drei sahen, daß Johnny nicht auf Deck gehen wollte, fingen sie an, großen Wert darauf zu legen.

Da verlor Johnny zum erstenmal völlig die Nerven und machte den Fehler, daß er nicht sogleich aufstand. Wahrscheinlich dadurch gab er ihnen Gelegenheit, auf seiner Stirn längere Zeit Angst zu lesen. Und das wieder brachte sie auf einen Entschluß.

Johnny ging, fünf Minuten später, ohne ein Wort zu verlieren, mit auf Deck. Die Treppe war breit für zwei. Es schickte sich so, daß einer Johnny vorausging, einer hinter ihm, und einer ging an seiner Seite die Treppe hinauf.

Als sie oben waren, war die Nacht kühl und nebelig. Das Deck war feucht und glitschig. Johnny war froh, daß er sich in der Mitte halten konnte.

Sie gingen am Steuer vorbei, an dem ein Mann stand, der sie nicht beachtete. Als sie schon vier Schritte von ihm weg waren, hatte Johnny das Gefühl, etwas verpaßt zu haben. Aber da gingen sie schon dem Heck zu, an der Bordwand hin.
Als sie aber an der Bordwand standen, wollte Johnny seinen Plan ausführen und laut schreien. Aber dies unterließ er, und zwar merkwürdigerweise wegen des Nebels; denn wenn die Menschen schlecht sehen, dann meinen sie, man höre sie auch schlecht.
Von der Bordwand aus stießen sie ihn ins Wasser.
Sie saßen dann wieder in der Koje, aßen die halbleeren Dosen aus, schütteten die Getränkereste zusammen und fragten sich, drei Männer und ein Spiel Pokerkarten auf der Fahrt von Havanna nach New York, ob Johnny Baker, der jetzt wohl hinter dem mit seinem roten Bordlicht entschwindenden Schiff herschwamm, so gut schwimmen könne, wie er im Pokern gewinnen konnte.
Aber so gut *kann* einer gar nicht schwimmen, daß er sich vor den Menschen rettet, wenn er auf der Welt Glück hat.

Gespräch über die Südsee

Bei meinem Verleger treffe ich einen Mann, der 15 Jahre in Brasilien war. Er fragt mich, was in Berlin los ist. Als ich es ihm gesagt habe, rät er mir, in die Südsee zu gehen. Er sagt, es gäbe nichts Besseres. Ich bin nicht dagegen. Ich frage, was ich da mitnehme. Er sagt:
»Nehmen Sie einen kurzhaarigen Hund mit. Das ist der beste Gefährte des Menschen.«

Ich denke natürlich einen Augenblick daran, ihn zu fragen, ob es schlimmstenfalls auch ein langhaariger sein könnte, aber mein gesunder Menschenverstand sagt mir, daß bei einem langhaarigen die Kokosnadeln sich doch ungeheuer verfilzen können.

Ich frage ihn, was man da in der Südsee den ganzen Tag über macht.

Er sagt: »Gar nichts. Arbeiten müssen Sie gar nichts.«

»Na ja«, sage ich, »Arbeit würde mich auch nicht befriedigen, aber irgend etwas muß man natürlich anstellen können!«

Er sagt: »Na, da haben Sie doch die Natur!«

»Schön«, sage ich, »aber was tut man zum Beispiel früh um 8 Uhr?«

»Früh um 8 Uhr? Da schlafen Sie noch.«

»Und mittags? Um eins?«

»Um eins ist es zu heiß, um was zu tun.«

Aber jetzt werde ich böse. Ich blicke ihn feindselig an und sage:

»Nachmittags?«

»Na, eine Stunde am Tage werden Sie noch mit irgendwas ausfüllen können.«

Dann scheint es ihm endlich aufzugehen, daß ich nicht von der Sorte bin, die sich mit sich selbst beschäftigen kann, und er lenkt ein:

»Nehmen Sie eine doppelläufige Flinte mit und jagen Sie.«

Ich bin jetzt aber schon sehr verstimmt und sage kurz:

»Jagen macht mir kein Vergnügen.«

»Ja, aber wovon wollen Sie denn eigentlich leben?« fragt er mich lächelnd.

Ich werde immer erbitterter.

»Das ist doch Ihre Sache«, sage ich. »Da müssen Sie mir doch Vorschläge machen. Soll ich mich auskennen in der Südsee?«

»Wollen Sie fischen?« bot er mir an.

»Meinetwegen«, sage ich mürrisch.

»Gut. Sie nehmen eine Stahlfliegenangel mit, die Sie in jedem Geschäft bekommen können, und in fünf Minuten haben Sie zwei Fische an der Angel. Dann essen Sie eben Fische, wenn Sie nicht jagen wollen.«

»Roh?« frage ich.

»Aber ein Feuerzeug haben Sie doch dabei.«

»Ein Fisch mit einem Feuerzeug, das ist noch keine Hauptmahlzeit«, sage ich, wirklich abgestoßen durch einen solchen Mangel an Erfahrung.

»Kann man denn wenigstens photographieren?«

»Sehen Sie, das ist eine Idee«, sagt er, sichtlich erleichtert. »Da haben Sie doch die ganze Natur. Photographieren können Sie nirgends so viel.«

Jetzt hat er natürlich Oberwasser. Jetzt läßt er mich einfach den ganzen Tag photographieren. Damit bin ich beschäftigt, und er hat seine Ruhe.

Ich aber kann Ihnen sagen:

»Die Südsee ist mir auf Jahre hinaus verleidet. Und so einen Mann will ich nie mehr zu Gesicht bekommen.«

»Nordseekrabben« oder
Die moderne Bauhaus-Wohnung

Es ist hinlänglich bekannt, daß im November und Dezember 1918 eine ganze große Schar von Männern nach Hause kam, deren Sitten etwas gelitten hatten und deren Gewohnheiten Leuten, für die sie gekämpft hatten, auf die Nerven fielen. Es ist unmöglich, ihnen einen Vorwurf daraus zu machen. Wirklich schlimm aber stand es mit einer anderen, wesentlich kleineren Sorte von Heimkehrern, die der Krieg zu ungeheuer feinen Leuten gemacht hatte. Diese Sorte kann man durch kein gütliches Zureden mehr aus ihren gekachelten Badezimmern herauslocken, nachdem sie einige Jahre ihres Lebens in verschlammten Schützengräben herumliegen mußten.
Solch ein Mann war Kampert von den M.G. der achten. Es war ein ausgezeichneter Mann. Er lag im Dreck von Arras und er lag im Dreck von Ypern, und er tat alles, was man von ihm verlangte. Er stand nie in der Liller Kriegszeitung, aber er teilte seinen Tabak mit jedem, der neben ihm lag, und wenn er Furcht hatte, war es die erlaubte Art Furcht, die lediglich von Verstand zeugte. Müller von der achten, der jetzt wieder Ingenieur ist und mein Freund, der damals sein Leutnant war, erzählt von ihm, daß er nicht befördert wurde, weil er den Postsack holte und sich mit den Leuten zu »gemein machte«. Ein erstklassiges Zeichen. Aber dann war der Krieg zu Ende, und Kampert machte einen Strich darunter und brachte es, ganz ohne Coué, zuwege, daß er Arras und Ypern innerhalb dreier Wochen vergaß, wie seine Geburt vor 29 Jahren. Er wurde wieder Ingenieur bei der

A.E.G. und stand von dem Moment an, wo er alles, was er aus dem Felde mitgebracht hatte, also Privatwäsche, Taschenmesser, Armbanduhr, ja sogar seine Tagebücher, zusammen mit seiner verlausten Feldgrauen in eine Kiste stopfte und die Kiste durch sein Dienstmädchen aus der Welt schaffen ließ, eisern auf dem Standpunkt: ein Mann, der gezwungen war, ein miserables Leben zu führen, habe einen Anspruch darauf, den Rest seines Lebens unter einer Daunendecke zu schlafen und in einer stilreinen Umgebung zu speisen. Ich war neulich dabei, als daraus ausgesprochenes Unheil erwuchs.

Müller und ich hatten schon von Kampert längere Zeit, fast dreiviertel Jahr lang, nichts mehr gehört. Wir wußten, daß er in dieser Zeit geheiratet hatte, und zwar mit Geld. Zur Hochzeit waren wir nicht eingeladen, aber vor zwei Wochen sah ihn Müller in einem erstklassigen Zweisitzer, schimmerndes Aluminium mit roten Saffianledersitzen, in dem man hinter dem Steuer lag wie in einer Schaukelbadewanne. Und einige Tage darauf klingelte er uns an, wir sollten doch mal, sagen wir morgen abend, herüberkommen und einen Whisky mit ihm nehmen, im kleinsten Kreis, selbstverständlich.

»Whisky«, sagte Müller, als wir die Treppe hinaufgingen. »Der Junge scheint sich ja mächtig anstrengen zu wollen.« Und er zog aus der Jackettasche eine hübsche kleine Blechdose mit konservierten prima Nordseekrabben. »Der Junge war immer so auf Delikatessen aus.« Ich fand es furchtbar nett von Müller.

Kampert machte uns selber die Tür auf. Müller begrüßte ihn lärmend, Kampert schien sehr bewegt. Während er unsere

Hüte auf ein paar äußerst ulkige schwarzlackierte Eisenstacheln an der Wand spießte, entschuldigte er sich bei uns, daß sein Dienstmädchen heute Ausgang habe. »Aber ihr seid ja schließlich keine Gesandtschaftsattachés«, sagte er gutgelaunt.
»Nee«, sagte Müller, »aber sag mal, da ist wohl ein ganzer Haufen Leute da?«
»Unsinn«, sagte er, »kein Mensch. Wir sind zu dritt. Im kleinsten Kreis.«
»Da hast du dich ja verflucht offiziös eingekleidet, altes Huhn, das ist ja einer von diesen aufgelegten munteren kleinen Abendanzügen, in dem du dich da aufhältst.«
»Unsinn«, sagte Kampert, »ich zieh mich lediglich gern mal abends um. Das ist eine Marotte von mir. Es macht euch doch nichts aus?«
»Unsinn«, sagte Müller, »Whisky ist Whisky.« Dann verstaute uns Kampert in zwei sehr bequemen amerikanischen Liegestühlen in seiner Diele und wir warteten auf die Dame des Hauses.
»Das ist eine ganze Ausstellungshalle«, sagte Müller nach einigen Minuten Stillschweigens, in denen wir das ziemlich hohe und einfach geweißte Gemach betrachteten. Müller schien ziemlich müde und gähnte hörbar. »Na, zeig mal deinen Whisky.«
Kampert durchquerte den Raum und fischte aus einem kleinen roten Mahagonischränkchen einige Flaschen mit Likör. »Immer der Reihe nach«, sagte er lächelnd. »Findet ihr das Zimmer zu hoch?«
»Nee«, sagte Müller, »etwas. Ja, ein bißchen hoch ist es schon; aber es wird ja nicht dein einziger Aufenthaltsort

sein. Aber die Stühle sind glänzend. Und dieser Curaçao ist ganz erträglich.«

»Versucht mal den Chartreuse«, drang Kampert in uns, »ich dachte mir: eine große Halle und nur ein paar einfache Sitzgelegenheiten drin; das beruhigt ungeheuer.«

»Aber das Sonnensegel ist sehr hübsch«, ermunterte ich ihn, »das ist originell!« Es war eine leichte japanische Strohmatte vor einem ungeheuren schrägen Fenster.

Er stand auf und lief hin. Dann drehte er an einem Holzrädchen und das Ganze wickelte sich oben um eine Bambusstange. »Man meint den ganzen Tag, man sitzt auf Kuba. Das Ding sammelt unglaublich viel Sonne.«

»Hast du die Wohnung so übernommen?« fragte Müller, der anscheinend schwankte, ob es schon an der Zeit sei, den Chartreuse mit dem Curaçao zu mischen.

»Was glaubst du? Das haben wir doch ausgebaut. Das waren zwei simple bürgerliche Zimmer. Du kennst doch die Spezies: eng und wahrscheinlich dann noch bis oben mit Möbeln vollgepackt.«

Müller entschloß sich, mit dem Mischen noch zu warten, bis er die Dame des Hauses begrüßt hatte, und sagte, den Chartreuse prüfend: »Ja, man wohnt eigentlich wie ein Schwein, furchtbar unüberlegt.«

Jetzt kam Kamperts Frau. Sie war sehr hübsch, sehr nett und sehr gut angezogen. Sie schüttelte uns die Hand und tat, als seien wir ihre Freunde und nicht Kamperts. Sie sagte, die Wohnung sei noch nicht fertig, aber wir sollten sie uns einmal ansehen. Vielleicht, daß uns das eine oder das andere auffiele. Es sei ihnen darauf angekommen, die Wohnung so passend wie möglich zu gestalten. Warum solle man nicht

Wohnungen ebenso harmonisch gestalten wie irgendein Abendkleid? Die meisten Leute liefen ihr Leben lang zwischen schrecklichen Möbelansammlungen herum und ahnten nicht, wie gründlich sie schon beim Aufstehen jeden Morgen ihren eigenen Geschmack verdürben. Was wir zum Beispiel von der Diele hielten, in der wir säßen.
»Entzückend«, sagte ich.
Sie lachte und sah ihren Mann an. »Ich weiß nicht«, meinte sie, »ob entzückend das richtige Wort ist. Jedenfalls ist es nicht ganz das, was wir uns dachten. Wir wollten in der Diele etwas ganz Einfaches machen, fast etwas Rauhes, Gartenstühle wären mir am liebsten gewesen, aber sie sehen so scheußlich aus. Dazu eine grobe Matte. Ich bin rumgefahren wie verrückt, bis ich sie auftrieb. Ich sah mir grobe Zeltleinwand kilometerweise an. Aber als ich die Matte irgendwo hinten in einem Laden aufgestellt sah, sagte ich sofort: das ist es.«
»Ja«, sagte ich mokant zu Müller, »und du sitzt da herum, als ob du Eintrittsgeld bezahlt hättest, und tust, als sei es ganz selbstverständlich und wie von alleine gekommen, daß man sich hier so wohl fühlt.«
Müller lachte nicht so herzlich wie wir anderen. Er sah etwas überrascht die Wände an. Ich hatte den Eindruck, als wäre es ihm lieber gewesen, wenn man ihm nicht gesagt hätte, warum er sich wohl fühlte.
Kampert jedenfalls merkte davon nichts, sondern fragte: »Fällt euch hier nichts auf, ich meine an den Wänden?«
»Sie sind sehr hoch«, sagte Müller.
Kamperts Frau lachte wieder. Aber Kampert sagte ganz sachlich: »Ich meinte: daß keine Bilder da sind. Die mei-

sten Leute hängen ihre Mauern voll wie Plakatwände. Ich stehe auf dem Standpunkt: wenn ein Mann nicht ein eigenes Zimmer für Bilder hat, dann soll er es lieber bleibenlassen.«

An diesem Punkt war es, wo Müller mir den ersten faulen Seitenblick zuwarf, aber ich muß sagen, daß ich ihn noch längere Zeit nicht begriff.

»Kommen Sie«, sagte Kamperts Frau, »ich zeige Ihnen das übrige.« Und während Kampert aufstehend zu mir sagte: »Die ganze Sache ist übrigens wirklich nicht mit Geld gemacht, dann sähe sie ganz anders aus; sondern lediglich mit ein wenig Überlegung und wenn du willst mit etwas Geschick; unser Standpunkt ist: wir sind nicht für die Wohnung, sondern die Wohnung ist für uns«, sah ich, wie Müller, der sich übrigens überraschend bereitwillig erhoben hatte, von dem Curaçao ein Wasserglas anfüllte und dieses entschlossen mit auf den Rundgang nahm.

Wir klommen eine eiserne Wendeltreppe hinauf, die in die oberen Räume führte und die Müller sehr praktisch fand. »Sie nimmt fast gar keinen Platz weg«, sagte Kampert. Und oben sagte er: »Seht mal hinab, eine Wohnung muß ebenso gut wie eine Landschaft ausschauen.« Müller nahm dabei lediglich einen Schluck Curaçao aus seinem Wasserglas und versuchte, einen zweiten faulen Seitenblick bei mir zu placieren. Aber Kamperts Frau war ungeheuer nett und zeigte uns Kamperts Schlafzimmer.

Es war dies ein kleiner, einfacher Raum mit einer eisernen Bettstelle, einem Stuhl und einfachem glasierten Waschbekken. Der Raum hatte nur Oberlicht, so daß man nicht in ihm den Eindruck hatte, sozusagen im Freien zu kampieren, weil man gegenüber eine Häuserwand sieht. Über dem Bett lag eine gewöhnliche Kamelhaardecke.

»Du hast natürlich eine komfortablere Lagerstätte erwartet«, sagte Kampert spaßhaft zu Müller. Müller grinste freundlich (er beschäftigte sich ausschließlich mit Frau Kampert, die ihm, wie ich bemerkte, äußerst gefiel) und ging dann von selber eifrig voraus in das nächste Zimmer, in den Arbeitsraum. Dieser war nur durch einen Chintzvorhang vom Schlafraum getrennt: die beiden Räume bildeten eine Welt für sich. Ein Tannenholztisch. Ein unbequemer, harter Sessel. Tannenholzregale. Eine harte, niedere Chaiselongue. Bücher.

Müller leerte sein Glas.

Als wir wieder die Wendeltreppe hinunterkletterten (»das erspart das Morgentraining«), sagte ich zu Kampert, da wir etwas stille geworden waren: »Dein Arbeitsraum ist ausgezeichnet, wirklich. Er ist so spartanisch.«

»Nur nichts Unsachliches in einem Arbeitszimmer«, sagte Kampert einfach.

Unten lief Müller watschelnd auf das Mahagonischränkchen zu, das er anscheinend am stärksten in der Erinnerung behalten hatte, und fischte unter den Flaschen herum. Er sagte: »Die Hauptsache ist, daß ein Mann seinen Whisky auf dem rechten Fleck hat.«

Kampert fiel ihm lächelnd in den Arm, holte eine dicke Flasche heraus, hielt sie gegen das Licht und sagte: »Black and White.«

Gut. Aber wenn ihr glaubt, daß Müller jetzt seine Ruhe gefunden hätte, so befindet ihr euch auf einem Holzweg mit Müller. Es ist sicher, daß unter allen Whiskysorten »Black

and White« die anerkannteste ist, und dies nicht zu Unrecht. Aber in diesem Moment begriff ich instinktiv, daß es Müller wahrhaftig lieber gewesen wäre, wenn man ihm eine minder passende Sorte in das Schränkchen gestellt hätte. Er bediente sich zwar ausgiebig. Aber schon, daß er den Whisky (mit ein ganz klein wenig Soda) aus seinem Wasserglas, in dem noch unverkennbar Chartreuse war, trank, war ein schlechtes Zeichen; ein noch schlechteres, daß er plötzlich wie umgewandelt auch noch alles übrige zu sehen wünschte, was es in dieser überlegten Wohnung noch zu sehen gab.
Er stand verbissen in einem lila Appartement, in dem alles lila war, Tapeten, Tische, Schränke, Lampe; hellila, dunkellila, violett. Und in dem dann ausgerechnet noch ein Bechsteinflügel stand, der zu Lila paßte. Er stapfte durch eine Garderobenkammer mit eingebauten Schränken im schlichtesten Hellgrün, die ausschließlich praktischen Zwecken dienten, durch ein Badezimmer, in dem nichts fehlte, in eine Küche, die hygienisch unantastbar blieb. Dann saß er mit uns heimtückisch schweigend in einem freundlichen Speisezimmer und aß an einem runden Eichentisch, unabgelenkt durch Bilder vis-à-vis, kräftige, aber bekömmliche Kost. Es war nicht richtig, daß er zwischen den Gerichten immerfort aus seinem alten Glas immer mehr Whisky mit immer weniger Soda trank, aber er brauchte es. Er hielt eine ganze Menge von Kampert, der übrigens glänzende Geschichten zum besten gab und darin zeigte, daß er ein durchaus klarer Kopf war, mit wirklichem Humor. Es konnte nicht Kampert sein und nicht seine Frau, die Müller gefiel. Es war die Wohnung, die Müller so aufreizte. Er war voll und ganz im Unrecht damit. Es war eine sehr hübsche Wohnung; sie war kei-

neswegs protzig. Aber ich glaube, Müller konnte einfach diese vorsätzliche Harmonie und diese reformatorische Zweckdienlichkeit nicht mehr aushalten. Und ich muß sagen, allmählich ging mir auch etwas davon auf.
Dann zog sich Frau Kampert zurück, die alles durch ihre natürliche Art noch zusammengehalten und das Tierische in Müller sozusagen gebändigt hatte, und sofort merkte ich, daß jetzt etwas geschehen würde.
Mit einer Kampert unauffälligen, aber für mich direkt unnatürlichen Ruhe lenkte er das Gespräch listig auf Nordseekrabben. Und dann wurde er immer deutlicher und plötzlich äußerte er ganz unumwunden den Wunsch nach Nordseekrabben in einer Büchse. Kampert war etwas erstaunt, aber er war ein viel zu guter Wirt und viel zu naiv erfreut über die Komplettheit seines Haushaltes, als daß er in wirkliche Verlegenheit geraten wäre. Auch hatten wir ebenso wie Müller jetzt schon ziemlich viel getrunken und Kampert stand auf, nahm seinen Hut und versprach lachend, Nordseekrabben zu besorgen. Müller saß stumm da und lächelte finster.
Und man muß schon direkt annehmen, daß Kamperts Schutzengel ausgerechnet an diesem Abend zu früh schlafen gegangen war, denn bevor er noch vollends wegging, seine Gäste vollständig zufriedenzustellen, fiel sein unglückliches Besitzerauge auf eine Truhe neben der Tür, ein unscheinbares braunes Ding mit Eisenbeschlägen, und er sagte, ohne im geringsten die Situation zu erfassen, in der er doch schon seit nahezu einer Stunde schwebte, ganz naiv:
»Habt ihr schon einmal so etwas Nichthereinpassendes in einem sonst doch schon ganz anständigen Speisezimmer ge-

sehen, Kinder? Aber ich sage euch, ich würde sie nicht um alles in der Welt heraußen lassen, denn mich ärgert nichts so sehr, als wenn alles so ungeheuer stimmt. In einer Wohnung muß nicht *alles* zusammenpassen, sonst ist sie unbewohnbar.« Und ohne die Wirkung seiner Worte zu kontrollieren, ging er hastig weg und holte Nordseekrabben.
Müller nickte mir lächelnd zu. Der ganze Krampf war von ihm abgefallen. Er war wieder der gutartige, humorvolle, betrunkene Müller, den ich liebte und fürchtete.
Wir verloren keine Zeit. Wir machten uns sofort ans Werk. Müller zog die Jacke aus und schleuderte sie in eine Ecke. Er ging sofort in die Diele und machte sich über das Mahagonischränkchen her. Er entnahm ihm drei Flaschen und brach ihnen auf einer knirschenden Bambusstuhllehne den Hals ab. Dann goß er alles zusammen, wieder ins Speisezimmer zurücklaufend, in eine Terrine, in der eben noch Tomaten geschwommen hatten. Müller nahm einen Suppenschöpflöffel voll davon ein und schlenderte, mir abwinkend, zu einem der originalamerikanischen Liegestühle, warf sich stöhnend hinein und entwarf einen genauen Schlachtplan. Dazu brauchte er drei Minuten; aber ohne ihn hätte er niemals so umfassend arbeiten können, wie ich es nun erleben durfte. Das erste war, daß er das Sonnensegel herunterriß (»Gott, wie ist das Zeug festgemacht!«), es mit meiner Hilfe zwischen einem Fensterriegel und der Wendeltreppe ausspannte, wozu er noch zum Binden die violetten Troddeln vom Salon benützte, wodurch er aber auch eine durch den ganzen Raum schwingende Riesenhängematte erzielte (»Die reicht über ganz Kuba!«). Dann machte er aus den Dielenstühlen, dem Speisezimmertisch und einigen Küchenvorhängen eine »gemütliche

Ecke«, in deren Mitte neckischerweise das ominöse Schränkchen thronte (»Das Schränkchen, damit etwas nicht herpaßt!«), und an die Wände pickte er mit dem Zuckerrest aus sämtlichen Mokkatassen eine scheußliche Sorte von Illustrationsdrucken, die er, da er sie anderswoher nicht bekommen konnte in der Eile, aus einigen Zeitschriften ausfetzte. Als er sich so eine gemütliche Ecke für alle Fälle gesichert hatte, arrangierte er, wie er sagte, einen mazedonischen Siegeszug durch die oberen Räume, eine Flasche in der Hosentasche, sich höchst gefährlich auf Bett, Tannentisch und Waschlavoire stürzend. Alles das, bis auf einige Leitsätze, vollkommen schweigend. Als er in die Diele zurückkehrte, sah er außerordentlich siegreich aus. Und dann hielt er, in seiner neuen Kubahängematte schaukelnd, unter dem anfeuernden Einfluß gewaltiger Alkoholmengen, eine fulminante und denkwürdige Rede über die Genügsamkeit.

»Der Mensch«, sagte er, »ist geboren, um zu kämpfen. Von Natur scheut er die Mühe. Aber Gottseidank gibt es dafür Naturgewalten, die ihn etwas aufpulvern. Der Mensch ist an sich also ein elender Wurm, der alles gern so haben möchte, daß es zusammenpaßt. Hellblau, dunkelblau, schwarzblau. Aber anderseits ist der Mensch, besonders nach Genuß von Nordseekrabben, wie ein furchtbarer Wirbelwind, der die großartige Vielfältigkeit und die bewunderungswürdige Disharmonie der ganzen Schöpfung vermittels gewalttätiger Anhäufung von amerikanischen Patentliegestühlen, schlichten Waschlavoires und alten ehrwürdigen Zeitschriften wieder herstellt. Es ist dem Menschen nicht gestattet, vermittels Sonnensegeln und Bechsteinflügeln in den Himmel zu wachsen. Eine Wohnung ist dort, wo ein Mensch seinen alten Kragen in eine Ecke geworfen hat. So hat Gott es bestimmt, nicht ich, Müller, basta. Und jetzt *ist* es eine Wohnung.«

Und als er dies geredet hatte, schaukelnd von Wand zu Wand, vor einem riesigen Nachtfenster, kletterte er, unsicher von seiner ungewöhnlichen geistigen Ausschweifung, aus der Matte heraus und ging hocherhobenen Hauptes, aber schwankenden Schrittes ins violette Zimmer, um sich durch ein karges Mahl zu stärken. Er zog aus der Tasche seiner Jacke, die in der Ecke lag, seine Dose mit Nordseekrabben und öffnete sie mit einem Brieföffner auf dem Bechsteinflügel. Und in diesem Moment stand in der Tür, ein Papierpaketchen in der Hand, Kampert.

Müller aber, der Schreckliche, Müller, der Gastfreund, saß plötzlich tief verlegen mit rotem Kopf auf dem violett polierten Tisch von Kamperts stilreinem Salon und aß aus einer Büchse auf einem Flügel Nordseekrabben und begoß sie ungeschickt mit Tomatenwhisky und blickte, unsicher und schuldbewußt, traurig Kampert, den Gastlichen, an. Und sagte: »My home is my castle.«

Und ich denke, er sagte es hauptsächlich, weil es gar nicht herpaßte und er eine so abgrundtiefe Begierde nach möglichst viel Unzusammenpassendem, Unlogischem und Natürlichem in sich spürte.

Das Paket des lieben Gottes
Eine Weihnachtsgeschichte

»Nehmt eure Stühle und eure Teegläser mit hier hinter den Ofen und vergeßt den Rum nicht. Es ist gut, es warm zu haben, wenn man von der Kälte erzählt.
Manche Leute, vor allem eine gewisse Sorte Männer, die etwas gegen Sentimentalität hat, haben eine starke Aversion gegen Weihnachten. Aber zumindest *ein* Weihnachten in meinem Leben ist bei mir wirklich in bester Erinnerung. Das war der Weihnachtsabend 1908 in Chicago.
Ich war anfangs November nach Chicago gekommen, und man sagte mir sofort, als ich mich nach der allgemeinen Lage erkundigte, es würde der härteste Winter werden, den diese ohnehin genügend unangenehme Stadt zustande bringen könnte. Als ich fragte, wie es mit den Chancen für einen Kesselschmied stünde, sagte man mir, Kesselschmiede hätten keine Chancen, und als ich eine halbwegs mögliche Schlafstelle suchte, war alles zu teuer für mich. Und das erfuhren in diesem Winter 1908 viele in Chicago, aus allen Berufen.
Und der Wind wehte scheußlich vom Michigan-See herüber durch den ganzen Dezember, und gegen Ende des Monats schlossen auch noch eine Reihe großer Fleischpackereien ihren Betrieb und warfen eine ganze Flut von Arbeitslosen auf die kalten Straßen.
Wir trabten die ganzen Tage durch sämtliche Stadtviertel und suchten verzweifelt nach etwas Arbeit und waren froh, wenn wir am Abend in einem winzigen, mit erschöpften Leuten angefüllten Lokale im Schlachthofviertel unterkom-

men konnten. Dort hatten wir es wenigstens warm und konnten ruhig sitzen. Und wir saßen, so lange es irgend ging, mit *einem* Glas Whisky, und wir sparten alles den Tag über auf für dieses eine Glas Whisky, in das noch Wärme, Lärm und Kameraden mit einbegriffen waren, all das, was es an Hoffnung für uns noch gab.

Dort saßen wir auch am Weihnachtsabend dieses Jahres und das Lokal war noch überfüllter als gewöhnlich und der Whisky noch wässeriger und das Publikum noch verzweifelter. Es ist einleuchtend, daß weder das Publikum noch der Wirt in Feststimmung geraten, wenn das ganze Problem der Gäste darin besteht, mit einem Glas eine ganze Nacht auszureichen, und das ganze Problem des Wirtes, diejenigen hinauszubringen, die leere Gläser vor sich stehen hatten.

Aber gegen zehn Uhr kamen zwei, drei Burschen herein, die, der Teufel mochte wissen woher, ein paar Dollar in der Tasche hatten, und die luden, weil es doch eben Weihnachten war und Sentimentalität in der Luft lag, das ganze Publikum ein, ein paar Extragläser zu leeren. Fünf Minuten darauf war das ganze Lokal nicht wiederzuerkennen.

Alle holten sich frischen Whisky (und paßten nun ungeheuer genau darauf auf, daß ganz korrekt eingeschenkt wurde), die Tische wurden zusammengerückt, und ein verfroren aussehendes Mädchen wurde gebeten, einen Cakewalk zu tanzen, wobei sämtliche Festteilnehmer mit den Händen den Takt klatschten. Aber, was soll ich sagen, der Teufel mochte seine schwarze Hand im Spiele haben, es kam keine rechte Stimmung auf.

Ja, geradezu von Anfang an nahm die Veranstaltung einen direkt bösartigen Charakter an. Ich denke, es war der Zwang, sich beschenken lassen zu müssen, der alle so aufreizte. Die Spender dieser Weihnachtsstimmung wurden nicht mit freundlichen Augen betrachtet. Schon nach den ersten Gläsern des gestifteten Whiskys wurde der Plan gefaßt, eine regelrechte Weihnachtsbescherung, sozusagen ein Unternehmen größeren Stiles, vorzunehmen.

Da ein Überfluß an Geschenkartikeln nicht vorhanden war, wollte man sich weniger an direkt wertvolle und mehr an solche Geschenke halten, die für die zu Beschenkenden passend waren und vielleicht sogar einen tieferen Sinn hatten.

So schenkten wir dem Wirt einen Kübel mit schmutzigem Schneewasser von draußen, wo es davon gerade genug gab, ›damit er mit seinem alten Whisky noch ins neue Jahr hinein ausreichte‹. Dem Kellner schenkten wir eine alte erbrochene Konservenbüchse, ›damit er wenigstens ein anständiges Servicestück hätte‹, und einem zum Lokal gehörigen Mädchen ein schartiges Taschenmesser, ›damit sie wenigstens die Schicht Puder vom vergangenen Jahr abkratzen könnte‹.

Alle diese Geschenke wurden von den Anwesenden, vielleicht nur die Beschenkten ausgenommen, mit herausforderndem Beifall bedacht. Und dann kam der Hauptspaß.

Es war nämlich unter uns ein Mann, der mußte einen schwachen Punkt haben. Er saß jeden Abend da, und Leute, die sich auf dergleichen verstanden, glaubten mit Sicherheit behaupten zu können, daß er, so gleichgültig er sich auch geben mochte, eine gewisse unüberwindliche Scheu vor allem, was mit der Polizei zusammenhing, haben mußte. Aber jeder Mensch konnte sehen, daß er in keiner guten Haut steckte.

Für diesen Mann dachten wir uns etwas ganz Besonderes aus. Aus einem alten Adreßbuch rissen wir mit Erlaubnis des Wirtes drei Seiten aus, auf denen lauter Polizeiwachen standen, schlugen sie sorgfältig in eine Zeitung und überreichten das Paket unserm Mann.

Es trat eine große Stille ein, als wir es überreichten. Der Mann nahm das Paket zögernd in die Hand und sah uns mit einem etwas kalkigen Lächeln von unten herauf an. Ich merkte, wie er mit den Fingern das Paket anfühlte, um schon vor dem Öffnen festzustellen, was darin sein könnte. Aber dann machte er es rasch auf.

Und nun geschah etwas sehr Merkwürdiges. Der Mann nestelte eben an der Schnur, mit der das ›Geschenk‹ verschnürt war, als sein Blick scheinbar abwesend auf das Zeitungsblatt fiel, in das die interessanten Adreßbuchblätter geschlagen waren. Aber da war sein Blick schon nicht mehr abwesend. Sein ganzer dünner Körper (er war sehr lang) krümmte sich sozusagen um das Zeitungsblatt zusammen, er bückte sein Gesicht tief darauf herunter und las. Niemals, weder vor- noch nachher, habe ich je einen Menschen so lesen sehen. Er verschlang das, was er las, einfach. Und dann schaute er auf. Und wieder habe ich niemals, weder vor- noch nachher, einen Mann so strahlend schauen sehen wie diesen Mann.

Da lese ich eben in der Zeitung, sagte er mit einer verrosteten, mühsam ruhigen Stimme, die in lächerlichem Gegensatz zu seinem strahlenden Gesicht stand, daß die ganze Sache einfach schon lang aufgeklärt ist. Jedermann in Ohio weiß, daß ich mit der Sache nicht das Geringste zu tun hatte. Und dann lachte er.

Und wir alle, die erstaunt dabei standen und etwas ganz anderes erwartet hatten und fast nur begriffen, daß der Mann unter irgendeiner Beschuldigung gestanden und inzwischen, wie er eben aus diesem Zeitungsblatt erfahren hatte, rehabilitiert worden war, fingen plötzlich an, aus vollem Halse und fast aus dem Herzen mitzulachen, und dadurch kam ein großer Schwung in unsere Veranstaltung, die gewisse Bitterkeit war überhaupt vergessen und es wurde ein ausgezeichnetes Weihnachten, das bis zum Morgen dauerte und alle befriedigte.
Und bei dieser allgemeinen Befriedigung spielte es natürlich gar keine Rolle mehr, daß dieses Zeitungsblatt nicht wir ausgesucht hatten, sondern Gott.«

Kritik

In der Münzstraße rief mir vor einigen Wochen ein Mädchen, das allein unter einem Torbogen stand, folgende sechs Worte entgegen: »*Lang* ist modern! Nicht kurz! Bitte!!!« Bei den Worten: *Lang* ist modern! vollführte sie mit der rechten Hand eine lange, zunächst abwärts und dann dem Trottoir parallel streichende Geste, als wolle sie mich einladen, eine Schleppe zu tragen. Die Worte: *Nicht* kurz!! begleitete sie, indem sie mir ihren Handrücken in der Höhe meines und ihres Gesichtes etwa einen Dezimeter weit ruckartig entgegenführte, ihn in der Luft eine Sekunde stehen ließ, den Kopf schräg nach vorn schob und mich lediglich mit ihrem linken Auge fixierte. Das Wort: *Bitte*!!! aber stieß sie ohne irgendeine Bewegung und ohne die nicht zu leugnende Anteilnahme, die die beiden vorhergehenden Sätze so eindrucksvoll gemacht hatten, einfach heftig aus. Dennoch saß es vielleicht gerade wegen seiner reinen Feindseligkeit am besten. Ich aber erkannte aus ihren Worten genau, daß meine neue Hose zu kurz ist.

Barbara

Ich dachte lange darüber nach, wie diese Geschichte heißt. Aber dann wußte ich, daß sie »Barbara« heißt. Ich gebe zu, daß Barbara selber nur ganz am Anfang vorkommt und die ganze Geschichte hindurch in viel zu schlechtem Lichte dasteht, aber die Geschichte kann gar nicht anders heißen als »Barbara«.

Edmund, genannt Eddi, 200 Pfund schwer, Melancholiker, tat sehr unrecht, mich abends neun Uhr, nur weil wir ein paar Kurfürstendamm-Cocktails zusammen geschluckt hatten und sein Chrysler vor der Bar stand, in die Lietzenburger Straße 53 zu Barbara mitzunehmen, obwohl er wissen mußte, daß Barbara eine »sehr wichtige Unterredung mit einem Kabarettdirektor« hatte.

Wir klingelten, traten ein, hängten die Mäntel auf, sahen Barbara wütend auf uns zukommen, hörten sie: »Du machst mich noch wahnsinnig mit deiner idiotischen Eifersucht« schreien, worauf eine Tür zufiel, und wir merkten, daß wir wieder unten vor Eddis Chrysler standen. Wir setzten uns sofort hinein.

Eddi fuhr ein sehr rasches Tempo. Er fuhr wie ein Windstoß durch zwei sich kreuzende Elektrische hindurch, am Kinn

einer alten Dame entlang, um einen Schupomann herum mit Vollgas über die Halenseer Brücke.
Und während der ganzen Zeit redete er in einem fort. Er sah genau so aus, als ob eine Fettkugel, mit einem kleinen steifen schwarzen Hut als Kopf, in ihrem Mittelpunkt einen kleinen schwarzen Schalthebel und zwischen diesem und dem Hut, alles sorgsam in Fett eingepolstert, ein ziemlich großes Lenkrad hätte und sich nun mit unheimlicher und zunehmender Schnelligkeit in der Richtung auf größere Wälder zu bewegte.
Und, wie gesagt, dabei redete die Fettkugel.
»Siehst du«, sagte sie, »das war ja nur eine Kleinigkeit. Eine kleine Unhöflichkeit, verursacht durch starke Nervosität. Aber siehst du, diese Kleinigkeiten sind es eben, offen gestanden: ich habe vollkommen genug davon. Was heißt Eifersucht? Wenn es jemand gibt, der nicht eifersüchtig ist, der dieses Gefühl überhaupt nicht kennt, nie gekannt hat, so bin ich es. Natürlich schwärme ich nicht für Kabarettdirektoren, aber das wäre auch zuviel verlangt. Natürlich ist es ihr Recht, solch einen Burschen bei sich zu empfangen, abends um neun Uhr und im Pyjama, und wenn es jemand gibt, der ein Recht respektiert, jeder Art, bis an die Grenze, dann bin ich es. Aber es ist einfach leichtsinnig von Barbara. Das sage ich, nichts sonst. Eifersucht!
Ich kann dir gar nicht sagen, wie wütend ich werde, wenn ich solch einen Herrenulster in Barbaras Garderobe hängen sehe. Natürlich ist es nicht der Mantel. Ich weiß auch gar nicht, was es ist, aber ich habe einfach einen instinktiven Widerwillen vor Mänteln mit Pelzfutter. Mein eigener, den ich doch selber trage, ist mir zum Ekel. Aber ich habe mir ja

längst verkniffen, meine eigenen Meinungen zu äußern. Ich muß dir sagen, daß es damit jetzt ein Ende hat. Endgültig.«

So sprach Eddi, als wir über die Halenseer Brücke waren. Im Grunewald war er schon viel weiter. Es war eine trübe Nacht mit einem widerlichen Nebel, und ich wäre lieber zu Hause gewesen. Aber Eddi hatte noch viel zu sagen.

Er hatte deutlich die Absicht, mich mit seiner Weltanschauung bekannt zu machen. Er sagte mir alles, was er dachte über die Welt. Er sagte es mir ungeschminkt, und er fuhr dabei ein Tempo von 90 Kilometern auf einem Weg, den es eigentlich gar nicht gab, außer in seiner Phantasie. Er war ein schlechter Philosoph und ein ausgezeichneter Autofahrer, aber sein Fahren war viel gefährlicher als seine Philosophie.

Er sagte, daß die Menschen überhaupt falsch konstruiert seien, einfach eine Fehlkonstruktion von der unausgeprobten Art, wie sie gewisse Firmen auf den Markt werfen, die sich zu wenig Zeit nehmen und dann ihren Schund mit einer hübschen Aluminiumkarosserie zudecken. Aber ich sah rasend vorbeiflitzende Kiefern und hatte das Gefühl, daß das Tempo einfach zu rasch war.

Eddi gab noch etwas Gas, um das Tempo höher zu kriegen, und sagte mir, was er über die Frauen dachte. Sie seien viel zu leichtes Zeug, Rabitzwände! In das Wort »Rabitzwände«, auf Frauen angewandt, verbiß er sich direkt. Er stieß es wiederholt hervor und fügte noch hinzu, daß sie einfach wegen Unsolidität von der Feuerpolizei verboten werden müßten, und kam so auf das erschreckende Tempo von 110 Kilometern.

Ich konnte Eddis Argumente gegen die Frauen in der Eile

(110 Kilometer in der Stunde!) nicht nachprüfen, aber die Kiefern, die ich vorbeisausen sah, schienen mir ungeheuer solide und äußerst haltbar.
Das Unheimliche war, daß Eddis Weltschmerz einen Fuß hatte, der auf den Gashebel drückte. Da der Fuß nicht zu beseitigen war, konnte ich höchstens versuchen, etwas gegen den Weltschmerz zu tun.
Infolgedessen fing ich an, mitten in der Nacht, auf einer unbeleuchteten Chaussee, zwischen Wannsee und Potsdam, Grunewald usw., einer tollgewordenen Fettkugel die Vorzüge des Planeten zu zeigen. Ich sagte ihm, da ich unter solchen Umständen auf Details nicht eingehen konnte, einfach, daß alles relativ sei, obwohl ich sehen mußte, daß unsere Geschwindigkeit zweifellos absolut war. Wir bewegten uns keinesfalls »verhältnismäßig« schnell auf unseren Tod zu. Als ich auf das Thema »Auf Regen folgt Sonnenschein« zu sprechen kam, rasten wir gerade einen waldigen Abhang hinunter, und als wir endlich unten über eine Wiese fuhrwerkten, konnte mein Vortrag über »die guten Seiten, die die Frauen auch hätten«, natürlich nur von geringer Wirkung sein. Unten bekam Eddi die Straße wieder in Sicht und konnte seinen Wagen schnell wieder auf ein Tempo bringen, das seiner Verzweiflung angemessen war.
Ich war total erschöpft. Ich sah voraus, daß wir im Morgengrauen an irgendeinem jetzt noch unbescholtenen Kilometerstein liegen würden, wir, das heißt ein ehemaliges Auto, ein ehemaliger Wahnsinniger und das ehemalige Opfer des Wahnsinnigen. Ich war schrecklich erbittert.
Wir fuhren eine Zeitlang, mindestens eine halbe Stunde, in finsterem Schweigen, aber mit keineswegs abnehmender

Geschwindigkeit. Dann fuhr Eddi wieder einen Kiesabhang hinunter, und ich sagte kurz und barsch: »Du fährst saumäßig.«

Dieser Ausspruch, der mein Ernst war, übte eine große Wirkung auf Eddi aus. Er war bekannt als ausgezeichneter Fahrer. Es war das einzige, was er konnte.

Ein dumpfer Laut kam aus seinem unförmigen Körper. Es klang wie das Ächzen eines Mastodons, dem man gesagt hat, es sei zu schwächlich, um einen Grashalm auszurupfen.

Und dann fuhr Eddi 120 Kilometer.

Wir waren gerade in einer sehr kurvenreichen Gegend. Eddi ging in jede Kurve mit Vollgas. Es war wenig Licht da, nur in den Dörfern gab es vereinzelte Lichterchen, aus Kuhställen usw. Bei einem davon sah ich in einem schwachen blitzartigen Schimmer Eddis Visage; er hatte ein dünnes, verächtliches Lächeln auf seinem Kindergesicht, das nicht mehr von dieser Welt war.

Aber mitten in einem Wald, schwarz wie die Sünde, hackte der Motor.

Dann gab Eddi Gas.

Dann fuhr der Wagen langsamer.

Dann trat Eddi die Kupplung und gab wieder Gas.

Dann blieb der Wagen stehen.

Es war kein Benzin mehr drin.

Eddi stieg aus und stierte in den Benzinbehälter, sah in seiner Kanne nach, schüttelte sie und setzte sich gebrochen auf das Trittbrett. Es war in einem Wald ohne Anfang und Ende, einem Wald, der sicher auf der Karte nicht verzeichnet war. Er mußte ziemlich weit östlich liegen, denn es war kalt wie in einem Eisloch.

Und damit ist meine Geschichte im Grunde aus. Ich kann nur noch sagen, daß gegen Morgen zu in einem abgelegenen Dörfchen zwei Männer gesehen wurden, die einen Chrysler vor sich herschoben, während der eine, schlanke, dem andern alles sagte, was er über ihn dachte, und noch einiges mehr, und der andre, eine ramponierte Fettkugel ohne jede Form, schnaufend schob und ab und zu lachte.
Aber es war ein kindliches und fröhliches Lachen.

Meine längste Reise

Ich habe schon allerhand Reisen gemacht, aber die längste Reise, die ich je gemacht habe, war eine Reise von der Untergrundstation Kaiserhof an den Nollendorfplatz. Ich werde Ihnen zu erklären versuchen, warum diese Reise so lang war.
Es war vor etwa zehn Jahren und ich war noch nicht so bedeutend wie jetzt. Wenn Sie mich jetzt treffen würden, so würden Sie einen Mann vor sich sehen, dem Sie nicht ohne weiteres ein Trinkgeld anbieten würden. Aber damals war ich ein sehr kleiner Mann und an dem betreffenden Tag, wo ich am Untergrundbahnhof Kaiserhof einstieg, war nichts von meiner nachmaligen Großspurigkeit an mir zu bemerken. Man hatte mir eben irgendwo zu verstehen gegeben, daß man auf mein Vorhandensein in dieser Stadt keinen direkten Wert legte, man hatte es für unnötig befunden, mir noch ein weiteres Mittagessen bei Aschinger zu finanzieren, und als ich in der Untergrundbahn saß, war in meinem Kopf eine eigentümlich leere Stelle, die ich nicht mehr ausfüllen konnte.

Es war Mittag und die Bahn war vollgestopft mit Leuten. Schon am Gleisdreieck bekam ich einen Sitzplatz, das heißt ich wurde förmlich hineingedrückt. Ich hätte mich aber mit aller Kraft wehren sollen, mich hinzusetzen, wie man gleich sehen wird, aber mit *welcher* Kraft? Ich saß und konnte nicht mehr aufstehen.

Ich saß und dachte an düstere Dinge, meine Miete, die nächsten Tage ohne Möglichkeiten usw., ich merke übrigens jetzt, wo ich dieses schreibe, plötzlich, daß ich schon gar nicht mehr weiß, was man in solchen Lagen denkt, ich kann also nur sagen, was ich gedacht haben werde, wenn ich dachte, was ich meistens denke: man müßte einen freien Kopf haben, eine Zigarre in der liederreichen Fresse und die Füße etwas höher als die Sitzfläche und die Sachlage mit sich selber vertrauensvoll besprechen wie ein Mann mit dem andern. Und als die Station Nollendorfplatz kam, hatte ich nicht das Selbstbewußtsein, aufzustehn und den Zug zu verlassen.

Es standen da Leute vor meinen Knien, die ich hätte stören müssen, zerteilen, wie Moses das Rote Meer, große, starke und unüberwindliche Leute, die mich eben noch duldeten, weil sie nicht wußten, wer ich war, deren Geduld ein Geschöpf wie ich aber nicht erschöpfen durfte. Es wäre eine verhängnisvolle Frechheit gewesen, hier einfach aussteigen zu wollen, wo sie nicht ausstiegen, ich hätte mir alles weitere selbst zuschreiben müssen. Ich blieb sitzen.

Ich blieb sitzen an dieser und an den nächsten Stationen und ich blieb auch sitzen, als die Leute, die vor mir standen, schon längst ausgestiegen waren. Denn wozu gerade jetzt aussteigen? Ich entfernte mich allerdings immer mehr von

meinem Ziel, aber was war mein Ziel? War das ein Ziel? Ich stieg aus an der Endstation, das war, glaube ich, der Reichskanzlerplatz, und ich ging zu Fuß zurück bis zum Nollendorfplatz und ich kam immer noch viel zu früh an dort, denn mich erwartete dort so wenig Spaß wie woanders.
Übrigens wendete sich das Blättchen dann bald wieder, wie schon mehrmals vorher und mehrmals nachher, und vielleicht morgen wird sich wieder ein Blättchen wenden, aber jedenfalls habe ich heute noch das Gefühl, daß dies eine außerordentlich lange Reise war.

Müllers natürliche Haltung

Wir hatten gegessen, saßen bei einer Zigarre und durchsuchten unsern Bestand an Gesprächsthemen. Das Aktuelle war durchgesprochen, und wir nahmen zunächst der Vorsicht halber noch einmal den Niedergang des Theaters vor, und dann kamen wir, nach und nach Mut schöpfend, auf Müller zu sprechen. Müller, den Ingenieur, Müller, den Erbfeind. Müller war ein heikles Thema, weil er, sogar wenn er nicht da war, sich als ein unfehlbarer Zankapfel erwies.
Es lagen, schmerzlich genug für uns, eine ganze Anzahl Fälle neueren Datums gegen ihn vor, aber Pucher wollte endlich eine ältere, schon etwas angegraute Geschichte aufs Tapet bringen. Er wollte sie anscheinend loswerden.
»Ich habe einmal mit Müller ein Geschäft vorgehabt«, fing er an. »Zu diesem Zweck bin ich mit ihm geflogen. Wir flogen von Berlin nach Köln. Müller wollte mich dort mit einer Gesellschaft zusammenbringen, die meinen Anlasser zwecks

Vertriebs in größerem Umfange unter die Lupe nehmen wollte. Wir hatten vor, die Sache gemeinsam zu machen, Müller wollte mehr die geschäftliche Seite der Sache übernehmen, er brachte, wie gesagt, auch die Gesellschaft mit ins Geschäft. Müller sagte, er glaube, wir paßten gut zusammen, wir kannten uns genau ebenso lange, wie wir ihn leider alle kennen.

Wir saßen also in einem dieser hübschen stählernen Dinger, das heißt, eigentlich sind sie ja aus Blech. Müller war von Anfang an schlecht gelaunt, er schob es mir gegenüber auf das Rauchverbot. Aber schließlich war er es gewesen, der das größte Gewicht darauf gelegt hatte, daß wir im Flugzeug und nicht im Zuge fuhren.

Wir wollten die Sache noch einmal durchsprechen, aber es erwies sich gleich, daß das mit einigen Schwierigkeiten verknüpft war, weil der Lärm der Propeller, es sind drei Stück, viel zu laut war, als daß man in Ruhe hätte sprechen können. Müller brüllte gleich, als der Motor anlief, also noch auf ebener Erde, zu mir herüber: ›Man versteht kein Wort! Ekelhaft!‹ Dabei war er schon mindestens ein dutzendmal geflogen.

Als es dann hoch ging, brüllte er nichts mehr, sondern saß ›in sich gekehrt‹ auf seinem Korbsesselchen und musterte den Horizont. Ich war noch nie geflogen und hatte zuerst sozusagen alle Augen voll damit zu tun, dieses Phänomen zu studieren. So sah ich mich erst, als wir schon etwa hundert oder zweihundert Meter hoch waren, nach Müller um. Und nun schien mir gleich – es hat gar keinen Wert, wenn ihr es bezweifelt –, daß Müller Angst hatte.

Ihr braucht gar nichts zu sagen, ich weiß, Müller war im Felde, Stoßtrupp usw. Bekam das E. K. I nur deswegen nicht, weil keine Disziplin im Leibe, ich weiß. Aber jetzt hatte Müller Angst, und er bemühte sich auch gar nicht, sie zu verbergen. – Er sah immerfort mißmutig durch die kleine glasverschalte Luke auf den Piloten und jedesmal, wenn die Kiste ein paar Meter heruntersackte, hielt er sich krampfhaft an seinen Armlehnen fest, und von Anfang an hatte er als einziger den Gurt umgeschnallt. Dabei weiß man doch, daß diese großen stählernen Burschen sich mindestens so sicher durch die Luft bewegen wie eine Lokomotive auf dem Boden, und daß man das auch nach den ersten paar hundert Metern genau merkt.

Ungefähr nach zehn Minuten holte Müller aus seiner Brusttasche langsam sein Notizbuch hervor, schrieb mit einigen Unterbrechungen, wo er auf den Piloten vorn schaute, ein paar Zeilen auf ein Blatt, riß es aus und reichte es mir herüber.

›Glaubst du nicht, daß in zwanzig Jahren kein Mensch mehr überhaupt begreift, wie sich erwachsene Leute in ein solches Ding setzen konnten? Sieh dir nur das Blech an! Möchte wissen, ob sie das dann Dummheit oder Heroismus heißen! Müller.‹

Als ich von dem Zettel aufsah, saß er ganz unberührt auf seinem Sesselchen und schaute, als wäre nichts geschehen, seitwärts aus dem Fenster, aber einige Minuten später deutete er, säuerlich grinsend, nach dem Propeller auf seiner Seite und brüllte herüber:

›Ein Lärm wie bei einem Erdbeben! Warum donnert eine Schwalbe nicht so?‹

Und er schüttelte seinen dicken Kopf, als verstünde er es überhaupt nicht mehr, daß dies nicht schon von allem Anfang an aufgefallen war. Er meinte natürlich, es müsse ein ganz gewaltiger Konstruktionsfehler sein, der diesen Lärm verursachte, und er dachte wahrscheinlich, daß die Flugzeuge in zwanzig Jahren nicht so unnatürlich lärmen würden. Als wir in Hannover heruntergingen und uns auf dem Flugplatz, während die Post eingenommen wurde und ein Passagierwechsel stattfand, bei einer Zigarette die Füße vertraten, fügte er noch hinzu:

›Wenn etwas so kracht, ist es nicht in Ordnung.‹

Dann setzte er mir auseinander, daß es schon unsinnig sei, wenn so ein Ding, das zwei Mann bequem vom Platz schieben könnten, 240 Pferdekräfte brauche, um in der Luft, wo überhaupt kein Widerstand sei, vom Fleck zu kommen. Derlei kramte er noch mehr aus, und knapp, bevor wir einstiegen, schloß er seinen Gedankengang ab mit der Bemerkung, das ganze Prinzip sei falsch.

Bis Essen verhielt er sich vollständig ruhig und lachte nur einmal höhnisch auf, als wir ein paar Meter absackten. Aber in Essen, in den zehn Minuten auf dem Flugplatz, erzählte er mir hastig von einem Flug, den ein entfernter Bekannter neulich bei schlechtem Wetter erlebt hätte:

›Gleich zu Beginn hatte man auf dem Flugplatz den drei Passagieren gesagt, es sei zweifelhaft, ob der Flug stattfinden könne, da über dem Taunus schlechtes Wetter sei. Sie hatten eine Stunde über die Abfahrtszeit hinaus gewartet. Einer von ihnen ziemlich nervös, weil seine Reise eilig war und er mit dem Zug auf keinen Fall mehr rechtzeitig zu einer wichtigen Unterredung kommen konnte. Dann bestimmte die Flugleitung, daß der Pilot ›es versuchen sollte‹. Die Leute stiegen mit gemischten Gefühlen ein.‹

›Dabei mußt du dir denken‹, sagte Müller, ›daß der Himmel auf dem Startplatz vollkommen blau war. Genau wie der hier. Das Gewitter war nur über dem Taunus.‹

›Nun, sie flogen auch anfangs ganz stabil, aber dann kamen sie eben an den Taunus. Von blauem Himmel keine Spur mehr. Alles um sie herum sah ganz merkwürdig dick aus, verstehst du. So wie nasse Leintücher ungefähr. Und das Flugzeug bockte wie eine Heuschrecke. Der Mann, der das Ding lenkte, ‚versuchte' nun, wie es in dem Kauderwelsch dieser Dilettanten heißt, aber rede doch nicht, das sind doch Laien, die ganze Geschichte ist doch erst ein paar Jahre alt, hast du je gehört, daß ein Mensch auf einem Stück Blech in der Luft herumfuhr? Besteht doch auch gar keine Notwendigkeit! Ist tausend Jahre ohne das gegangen! – Also der Pilot versuchte, durch die gewittrige Schicht durchzustoßen, das heißt, er riß die Kiste hoch. Er kam etwa 1800 Meter hoch, und als er oben war, sah er erstaunt, daß es dort oben genauso war wie weiter unten, nämlich ziemlich zugig, was ich ihm schon unten hätte sagen können.‹

›Du warst doch gar nicht dabei‹, sagte ich, angewidert durch seinen überheblichen und höhnischen Ton, in dem er die Geschichte erzählte.

›Nun, dann hätte es ihm mein Bekannter sagen können, den er mit hinaufnahm. Das heißt, wenn er nicht wie ein Koffer, den jemand falsch in ein Gepäcknetz gelegt hat, von einer Seite auf die andere geworfen worden wäre. Das wurde er nämlich jetzt. Das Flugzeug rutschte plötzlich einfach nach rechts ab, unaufhaltsam. Etwa zehn Meter.‹

›Dann fing sich das Ding wieder, ging wieder etwas hoch und rutschte wieder ab, genau ebenso wie vorher, zehn Meter. Mein Bekannter hatte gleich das erste Mal mit seinem rechten Ellenbogen beim Abrutschen die Glasscheibe durchgeschlagen, so daß es jetzt bequem hereinhageln konnte. Hagel, Wasser, alles, was draußen war, kam jetzt herein, und du kannst es mir glauben, die Leute innen hatten vollkommen genug davon. Mehr oder weniger bereiteten sie sich jetzt langsam auf das Ende ihrer Tage vor. Sie sahen noch einmal blitzartig usw., und das war auch das klügste, was sie tun konnten. Dann machte der Pilot diesem Zustand ein Ende.‹

›In Höhe von 1800 Meter, als er sah, daß es oben genau so wie unten war, beschloß er, nunmehr wieder nach unten zu gehen, wo er sich wohl doch mehr zu Hause fühlte. Er stellte den Motor ab, und das Flugzeug fiel einfach kopfüber herunter wie ein Spazierstock. Du mußt dir das vorstellen! Du hast schon eine Menge durchgemacht oben, du bist überhaupt nur mehr ein Koffer, der sein Leben schon blitzartig vor seinem inneren Auge vorbeiziehen gesehen hat, und jetzt hört das Motorgeräusch mit einem Schlage auf, der Sessel unter dir hebt sich in die Höhe, dein Kopf fällt vor und nach unten, und du saust, eventuell mit deiner aufheulenden Mitpassagierin direkt im Genick, unaufhaltsam in die Tiefe.

Der Mann ging von 1800 Meter herunter bis auf 30 Meter, verstehst du, was das heißt: 30 Meter – das ist so nahe am Boden, daß du jeden Feldstein sehen kannst, und du siehst ihn auch, denn das Ding ist ja auf den Kopf gekippt, und du siehst von deinem ‚Platz' aus direkt durch die Luke vorn den Boden. Der Boden hinwieder saust unaufhaltsam auf dich zu. Ihr müßt euch bald treffen; was heißt bald? Sofort,

gleich, in diesem Augenblick und erst jetzt, also einen Augenblick vor diesem Augenblick, setzt der Motor wieder ein, es gibt einen Ruck und das Ding fängt sich wieder einigermaßen und entschließt sich gerade noch rechtzeitig für die Horizontale.
In einer halben Stunde waren sie wieder am Startplatz zurück. Der Versuch, über den Taunus zu kommen, konnte als mißglückt gelten.‹
›Ja‹, sagte Müller, sich an dem Nickelgriff zum Kabineneingang hochziehend und einen Blick auf den Himmel werfend, denn wir fuhren weiter, ›so ein Ding hat es in sich.‹
Auf diesem letzten Teil des Fluges schien sich Müller, nachdem er sich ausgesprochen hatte, bedeutend leichter zu fühlen. Er war ja auch, wie gesagt, schon öfters geflogen. Wir kamen unversehrt nach Köln. (Übrigens ist Fliegen eine wirklich angenehme und komfortable Art zu reisen und keine Spur gefährlich!) Aber jetzt begann erst der unangenehme Teil der Geschichte. Ich will das kurz machen.
Wir kamen nachmittags an und sollten nachts mit den Leuten von der bewußten Gesellschaft soupieren. Am nächsten Morgen wollten wir dann wieder zurückfliegen.
Den Nachmittag verbrachten wir damit, herumzubummeln, und Müller war ganz aufgeräumt. Er hatte kein Wort weiter über sein Verhalten von heute morgen verloren, es schien ihm keinerlei Entschuldigung zu bedürfen. Und, na kurz und gut, ich war willens, es zu vergessen. Aber da platzte die Bombe, wo ich sie gar nicht erwartet hatte.
Abends um neun Uhr im Hotel, als ich mich eben zum Essen umzog, klopfte es, und herein kam Müller in seinem Reiseanzug, mit seiner Reisetasche in der Hand. Die Hand-

tasche stellte er auf den Stuhl neben meine Stiefel, sah mit einem mißbilligenden Blick die gewisse Unordnung, in die ich das Zimmer versetzt hatte, und sagte ganz trocken:
›Also, mein lieber Pucher, aus dem Souper kann nämlich nichts werden.‹
Ich muß wohl etwas erstaunt geschaut haben, denn er fuhr gleich fort, und zwar rein geschäftsmäßig:
›Wie du siehst, habe ich mich gar nicht erst umgezogen, ich fahre gleich wieder nach Berlin zurück. Der Zug geht 11.15 Uhr. Wenn du nicht zu lange brauchst mit deinem Ausziehen und Wiedereinpacken deiner seriösen Kluft, kannst du noch mitkommen. Denn wozu eine Nacht in Köln herumliegen ohne Zweck.‹
›Mach keine Witze, Müller‹, sagte ich.
›Es ist mir gar nicht nach Witzen zumute, die ganze Sache ist äußerst peinlich für mich. Ich gebe zu, daß sie auch für dich etwas peinlich ist, aber nicht so wie für mich. Ich will dir etwas sagen. Dieses Geschäft hätte doch nur einen Sinn gehabt, wenn wir beide darin hätten zusammenarbeiten können, nicht wahr? Na, siehst du, gerade das ist unmöglich. Wir passen nicht zusammen. Wie du dir denken kannst, rede ich jetzt von heute morgen. Glaube nicht, daß ich dich nicht beobachtet hätte. Ich weiß auch genau, daß du zum erstenmal geflogen bist. Nein, sage lieber nichts.‹
›Was heißt das: sage nichts? Was heißt das Ganze überhaupt? Willst du etwa behaupten, daß ich mich feig benommen hätte, du, der ... du, ich verbitte mir solch ein wahnsinniges Gewäsch. Ich denke, es war allerhand von mir, daß ich nichts zu deinem Verhalten gesagt habe. Aber auch das hat, weiß Gott, nichts mit dem Geschäft zu schaffen.‹

Ich habe nie begriffen, wie Müller so etwas anfing, aber tatsächlich, er schien völlig erstaunt.

›Wieso?‹ sagte er. ›Wieso hat das nichts mit dem Geschäft zu tun? Du hast dich doch benommen wie ein Narr. Du fliegst hinauf in die Luft in irgendeinem Ding, das dir einer als sicher aufgeschwatzt hat, und sitzt da wie ein Regenschirm, ohne jedes Zeichen irgendeiner Lebendigkeit. Wie ein Halbidiot, entschuldige, der nicht merkt, was mit ihm gemacht wird, und ich will meinen Kopf essen, wenn du das nicht noch Mut nennst. Ich sage dir: Ein Mensch, der in ihm unbekannten Situationen nicht die natürliche Haltung einnimmt, die in diesem Falle Besorgnis auszudrücken hat, der beweist dadurch nur, daß er keinen natürlichen Instinkt hat. Kurz und gut, ich mache kein Geschäft mit dir zusammen auf. Leute wie du sind imstande und nehmen von ihrem Kohlenmann einen Wechsel an. Du hast einfach nicht jenes primitive Minimum an Mißtrauen, das jedes beliebige Vieh hat, und ohne das es auf einem Planeten wie diesem einfach zugrunde geht.‹

Sprach's und schlug sich seitwärts in den Lift.«

Die Bestie

Wie vieldeutig die Haltung eines Menschen sein kann, zeigte unlängst ein Vorfall in den Moszropom-Ruß-Film-Ateliers, der vielleicht unbedeutend war und auch ohne Folgen blieb, aber doch etwas Entsetzliches an sich hatte. – In den Ateliers erschien während der Aufnahmen zu dem Film »Der weiße Adler«, der die Pogrome in Südrußland vor dem Kriege darstellte und die Haltung der damaligen Polizei brandmarkte, ein älterer Mann mit der Bitte um Beschäftigung. Er drang in die Portierloge des äußeren Eingangs und sagte dem Portier, er erlaube sich, die Gesellschaft auf seine außerordentliche Ähnlichkeit mit dem berühmten Gouverneur Muratow hinzuweisen. (Muratow, das war der Urheber jener blutigen Metzeleien; er spielte die Hauptrolle in dem erwähnten Film.)

Der Portier lachte ihn zwar aus, wies ihm aber, da er ein alter Mann war, nicht sogleich die Tür, und so stand der lange und dürre Mensch, die Mütze in der Hand, abwesend in dem Gewimmel der Komparsen und Atelierarbeiter, anscheinend immer noch mit einer schwachen Hoffnung, durch seine Ähnlichkeit mit einem berüchtigten Bluthund Brot und Obdach für einige Tage zu erlangen.

Beinahe eine Stunde stand der Mann so, immerfort auf die Seite tretend, um Platz zu machen, am Schluß ganz hinter ein Pult gedrängt, als er plötzlich doch noch Beachtung finden sollte. Es war gerade eine Pause in den Aufnahmen, und die Darsteller zerstreuten sich in die Kantinen oder standen schwatzend herum. Der bekannte Moskauer Schauspieler Kochalow, Darsteller des Muratow, ging in die Portierloge, um zu telephonieren. Am Apparat stehend, wurde er von dem grinsenden Portier angestoßen, und sich umwendend, erblickte er unter dem schallenden Gelächter der Anwesenden den Mann hinter dem Pult. Kochalow war nach historischen Photographien geschminkt, und alle erkannten die »außerordentliche Ähnlichkeit«, von der der Mann hinter dem Pult dem Portier erzählt hatte.

Eine weitere halbe Stunde danach saß der Alte unter den Regisseuren und Operateuren wie der zwölfjährige Jesus im Tempel und besprach sein Engagement mit ihnen. Die Verhandlungen wurden sehr erleichtert dadurch, daß Kochalow von Anfang an wenig Lust dazu gehabt hatte, seine Volkstümlichkeit durch die Darstellung einer ausgemachten Bestie aufs Spiel zu setzen. Er war sofort einverstanden, daß ein Versuch mit dem »Ähnlichen« gemacht würde.

Es war in den Moszropom-Ruß-Film-Ateliers nichts Außergewöhnliches, daß historische Rollen statt mit Schauspielern mit ähnlichen Typen besetzt wurden. Diese Leute wurden nach ganz bestimmten Regiemethoden behandelt, und so schilderte man dem neuen Muratow einfach den nackten historischen Verlauf eines zur Darstellung gelangenden Vorfalls und bat ihn, zur Probe einmal diesen Muratow genau so zu spielen, wie er ihn sich vorstelle. Man hoffte nämlich, daß seiner körperlichen Ähnlichkeit mit dem wirklichen Muratow auch eine Ähnlichkeit im Auftreten entspräche.

Man wählte die Szene, in der Muratow die Deputation der Juden empfängt, die ihn beschwört, dem weiteren Morden Einhalt zu gebieten. (Manuskript Seite 17: Deputation wartet. Auftritt Muratow. Hängt Mütze und Säbel an Wandrechen. Geht an Schreibtisch. Blättert in Morgenzeitung usw.) Leicht geschminkt, in der Uniform des kaiserlichen Gouverneurs, betrat der »Ähnliche« den Aufnahmeraum, dessen einer Teil den historischen Arbeitsraum im Gouvernementspalast darstellte, und vor dem ganzen Regiestab spielte er jenen Muratow, »wie er ihn sich vorstellte«. Er stellte ihn sich auf folgende Art vor:

(Deputation wartet. Auftritt Muratow.) Der »Ähnliche« tritt hastig durch die Tür, Hände nach vorn in den Taschen, schlechte, vornübergebeugte Haltung. (Hängt Mütze und Säbel an Wandrechen.) Diese Regieanweisung hat der »Ähnliche« anscheinend vergessen. Er setzt sich sogleich, ohne abzulegen, an den Schreibtisch. (Blättert in Morgenzeitung.) Der »Ähnliche« tut dies ganz abwesend. (Eröffnet das Verhör.) Er hat die sich verneigenden Juden überhaupt nicht angesehen. Er hat die Zeitung zögernd weggelegt, weiß anscheinend nicht, wie er den Übergang zum Verhör der Deputation finden soll. Bleibt ganz einfach stecken und blickt gequält nach dem Regiestab.

Der Regiestab lachte. Einer der Assistenten stand grinsend auf, schlenderte, die Hände in den Hosentaschen, in die Szenerie, setzte sich zu dem »Ähnlichen« auf den Schreibtisch und versuchte ihm weiterzuhelfen.

»Jetzt kommt das Äpfelessen«, sagte er aufmunternd. »Muratow war bekannt durch das Äpfelessen. Seine Gouverneurstätigkeit bestand außer in seinen viehischen Erlassen hauptsächlich im Äpfelessen. Die Äpfel bewahrte er in dieser Schublade auf. Sehen Sie, da sind die Äpfel.« Er öffnet eine Schreibtischschublade zur Linken des »Ähnlichen«. »Die Deputation tritt also jetzt vor, und wenn der erste zu sprechen beginnt, dann essen Sie Ihren Apfel, mein Sohn.«

Der »Ähnliche« hatte dem jungen Mann mit dringendster Aufmerksamkeit zugehört. Die Äpfel schienen Eindruck auf ihn zu machen.

Als die Szene wieder aufgenommen wurde, nimmt Muratow mit der Linken tatsächlich aus der Schublade langsam einen Apfel, und während er mit der Rechten auf dem Papier Buchstaben zu malen anfängt, verspeist er den Apfel, übrigens keineswegs besonders gierig, sondern gewohnheitsmäßig. Während die Deputation ihr Anliegen vorbringt, ist er jetzt wirklich nur mehr mit seinem Apfel beschäftigt. Nach einiger Zeit, in der er nicht zuhört, macht er mitten im Satz des einen Juden eine fahrige Bewegung mit der rechten Hand, die den Satz abschneidet und die Angelegenheit überhaupt erledigt.

Jetzt drehte sich der »Ähnliche« fragend nach den Regisseuren um und murmelte: »Wer führt sie ab?«

Der Chefregisseur blieb sitzen. »Ja, sind Sie schon fertig?«

»Ja, ich dachte, sie werden jetzt abgeführt.«

Der Chefregisseur sah sich grinsend um und sagte: »So einfach ist das ja nun nicht mit den Bestien. Etwas mehr müssen Sie sich schon anstrengen.« Und er stand auf und begann, die Szene noch einmal mit ihm durchzugehen.

»So benimmt sich keine Bestie«, sagte er. »So benimmt sich ein kleiner Beamter. Sehen Sie, Sie müssen denken. Ohne Denken geht es nicht. Sie müssen sich diesen Bluthund vorstellen. So im kleinen Finger müssen Sie ihn haben. Kommen Sie noch mal rein.«

Er begann die Szene nunmehr nach dramatischen Gesichtspunkten aufzubauen. Er verstärkte und charakterisierte. Der »Ähnliche« stellte sich nicht ungeschickt an. Er machte alles, was man ihm sagte, er machte es nicht einmal schlecht. Er schien ebenso imstande, eine Bestie darzustellen, wie jeder andere. Er hatte anscheinend nur wenig eigene Phantasie. Nach halbstündiger Arbeit sah die Szene folgendermaßen aus:

(Auftritt Muratow.) Schultern zurück. Brust heraus, eckige Kopfbewegungen. Überfliegt von der Tür aus mit einem Geierblick die sich tief verneigenden Juden. (Hängt Mütze und Säbel an Wandrechen.) Der Mantel fällt ihm dabei herunter, er läßt ihn liegen. (Geht an Schreibtisch. Blättert in Morgenzeitung.) Er sucht die Theaternachrichten unterm Strich. Schlägt mit der Hand leicht den Takt zu einem Schlager. (Eröffnet das Verhör.) Indem er die Juden mit einer gemeinen Bewegung des Handrückens drei Meter zurückweist.

»Sie werden's nicht begreifen. Was Sie da machen, das geht nicht«, sagte der Chefregisseur. »Das ist ganz gewöhnliches Theater. Ein Bösewicht alter Schule. Lieber Mann, das ist nicht, was wir uns heute unter einer Bestie vorstellen. Das ist kein Muratow.«

Der Regiestab stand auf und fing an, auf Kochalow, der zugesehen hatte, einzureden. Alle sprachen gleichzeitig, Gruppen bildeten sich, das Wesen der Bestie wurde erörtert.

Auf dem historischen Stuhl des Generals Muratow, vornübergebeugte schlechte Haltung, saß vergessen der »Ähnliche«, gequält vor sich hinstarrend, trotzdem horchte er. Er verfolgte anscheinend genau die Gespräche. Er bemühte sich, die Situation zu erfassen.

Auch die Darsteller der jüdischen Deputation beteiligten sich an der Erörterung. Eine Zeitlang hörte man auf zwei Komparsen, alte jüdische Einwohner der Stadt, die seinerzeit Mitglieder der genannten Deputation gewesen waren. Man hatte die Greise engagiert, um die Aufnahme noch naturgetreuer und charakteristischer zu gestalten. Sie fanden merkwürdigerweise, daß das allererste Spiel des »Ähnlichen« nicht schlecht gewesen sei. Sie könnten nicht sagen, wie es auf andere, Unbeteiligte, wirke, aber auf sie habe seinerzeit gerade das Gewohnheitsmäßige und Bürokratische einen entsetzlichen Eindruck gemacht. Diese Haltung hätte der »Ähnliche« ziemlich naturgetreu wiedergegeben. Auch wie er bei der ersten Aufnahme den Apfel gegessen habe, so ganz mechanisch, bei ihrer Unterredung habe übrigens Muratow keinen Apfel gegessen. Der Hilfsregisseur lehnte das ab. »Muratow hat immer Äpfel gegessen«, sagte er schneidend. »Waren Sie denn überhaupt dabei?«

Die Juden, die nicht in den Verdacht kommen wollten, nicht unter den damaligen Todeskandidaten gewesen zu sein, zogen sich erschrocken auf die Mutmaßung zurück, Muratow habe vielleicht kurz vor oder kurz nach ihrer Audienz Äpfel gegessen.

In diesem Augenblick entstand eine Bewegung unter der Gruppe, die den Chefregisseur und Kochalow umstand. Der »Ähnliche« hatte sich, die vor ihm Stehenden beiseite schiebend, bis zu dem Chef gedrängt. Er fing an, mit einem hastigen und gierigen Ausdruck in seiner hageren Physiognomie auf sie einzureden. Er hatte anscheinend erkannt, was die Leute von ihm wollten, und in der Angst, sein Brot zu verlieren, war ihm eine Erleuchtung gekommen: er machte nunmehr einen Vorschlag.

»Ich glaube, ich weiß, was Ihnen vorschwebt. Es soll eine Bestie sein. Sehen Sie, das können wir doch mit den Äpfeln machen. Nehmen Sie einfach an, ich nehme einen Apfel und halte ihn dem Juden vor die Nase. ›Friß!‹ sage ich. Und während er – paß auf«, wandte er sich an den Darsteller des Führers der Deputation, »während du den Apfel frißt, bedenke, er bleibt dir in deiner Todesangst selbstverständlich in der Kehle stecken, aber du mußt den Apfel ja fressen – wenn ich, der Gouverneur, ihn dir gebe, weide ich mich – übrigens

ganz freundlich, von mir ist es ja eine freundliche Geste gegen dich, nicht wahr«, wandte er sich wieder an den Chefregisseur, »könnte ich ja dabei dann ganz nebenbei das Todesurteil unterzeichnen. Und er, der den Apfel ißt, sieht es.«
Der Chefregisseur sah ihn einen Augenblick starr an. Der Greis stand vorgebeugt, dürr und aufgeregt und erloschen vor ihm, einen ganzen Kopf größer, so daß er ihm über die Schulter sehen konnte, und einen Augenblick glaubte der Regisseur daran, daß der Alte ihn verhöhnen wollte, denn er glaubte einen schnellen und nicht greifbaren Hohn, etwas durchaus Verächtliches, Unstatthaftes in seinen flackernden Augen wahrzunehmen. Aber dann nahm Kochalow das Gespräch wieder auf.
Kochalow hatte scharf zugehört, an der von dem »Ähnlichen« vorgeschlagenen Äpfelszene hatte sich seine schauspielerische Phantasie entzündet und, indem er den »Ähnlichen« mit einer brutalen Armbewegung einfach wegschob, sagte er zum Stab: »Glänzend. So meint er das.« Und er begann ihnen die Szene vorzuspielen, und zwar so, daß ihnen das Herz im Leibe stockte. Das ganze Atelier brach, als Kochalow schweißtriefend das Todesurteil unterzeichnet hatte, in Händeklatschen aus.
Die Lampen wurden herbeigeschafft. Die Juden informiert. Die Apparate eingestellt. Die Aufnahme begann. Kochalow spielte Muratow. Es hatte sich eben wieder einmal gezeigt, daß bloße Ähnlichkeit mit einem Bluthund natürlich nichts besagt, und daß Kunst dazu gehört, um den Eindruck wirklicher Bestialität zu vermitteln.

Der ehemalige kaiserliche Gouverneur Muratow holte seine Mütze aus der Portierloge, grüßte unterwürfig den Portier und ging in der Kälte des Oktobertages mühsam zur Stadt zurück, wo er in den Quartieren des Elends verschwand. Er hatte an diesem Tage zwei Äpfel gegessen und eine kleine Geldsumme ergattert, die für ein Nachtquartier ausreichte.

Die Beule
Ein Dreigroschenfilm

Erster Teil
Liebe und Heirat der Polly Peachum[1] [2]

Liebe auf den ersten Griff

Die Old Oakstraße, eine krumme Zeile baufälliger Lagerhäuser, Kornspeicher und Mietshäuser, führt an einem schmutzigen Kanal entlang, über den einige Holzbrücken laufen, von denen die größte die St.-Georges-Brücke ist. An einem frühen Nachmittag aus dem in dieser Straße liegen-

1 Es besteht beim Tonfilm die Unsitte, prinzipiell auf Titel zu verzichten. Die Titel des Dreigroschenfilms sind Totalaufnahmen der geistigen Schauplätze ganzer Abschnitte. Sie dienen keineswegs nur dazu, Nachfolgendes dem Verständnis näher zu bringen. Unter Umständen können sie Selbstwert beanspruchen: ihre Funktion bestünde dann lediglich darin, gesehen zu werden. Außerdem gewährleisten sie, indem sie den Film in Kapitel einteilen, den epischen Fluß. Sie wegzulassen, wäre idiotisch.

2 Zum Eingang singen sämtliche Mitspieler »Ihr Herren, die ihr uns lehrt, wie man brav leben …«, Dreigroschenoper, Seite 284f.

den Bordell »Zum Sumpf von Drury Lane« tretend, erblickt Herr Macheath ein Mädchen beim Bierholen, das ihn innerhalb weniger Stunden an den Traualtar und vor Ablauf weniger Tage in die nächste Nähe des Galgens bringen soll[3]. Er sieht sie nur von hinten. Er folgt ihr auf der Stelle und weiß: diesen entzückenden Hintern wird er heiraten. Ein kleiner Volksauflauf um einen schäbigen Moritatensänger am Ende der Straße gibt ihm Gelegenheit, Fräulein Polly Peachum menschlich näherzutreten. Der Inhalt der Moritat ist ein dürftiger Bericht von den entsetzlichen und ihrer Unbeweisbarkeit wegen nur noch entsetzlicheren Schandtaten eines gewissen Mackie Messer. An einer bestimmten Stelle des Liedes, die diese Unbeweisbarkeit traurig und bewundernd betont, erlaubt sich Herr Macheath einen höchst bedenklichen Trick: hinter dem bewunderten Mädchen stehend, faßt er plötzlich über den Nacken den schmalen Hals mit Daumen und Mittelfinger – allzu geübter Griff eines Verführers der Docks. Auf ihren betroffenen Blick wiederholt er lächelnd den letzten Vers der Moritat – »dem man nichts beweisen kann«. Sofort wendet sich die Attackierte zum Gehen, sofort folgt er ihr – sie wird ihm nicht mehr entkommen. Aber die Umstehenden weichen jetzt vor ihm zurück wie vor einem Raubtier, die Köpfe fahren hinter ihm zusammen, und dem hinter dem Mädchen mit dem Bierkrug Hereilenden folgt ein böses Getuschel[4].

3 Siehe Dreigroschenoper, Seite 269, »Ballade von der sexuellen Hörigkeit«.

4 Es wird wirkungsvoll sein, während des ganzen ersten Teiles, der eine unbeschwerte, von irdischen Interessen gleichsam freie Liebe schildert, gegen Herrn Macheath, der hier so bedenkenlos, so instinktiv geehelicht

Wo ein Wille ist, da ist auch ein Weg

Es ist derselbe Tag, für dessen Abendstunden die Macheathplatte – über 120 Angehörige der verschiedensten Bevölkerungsschichten schon um 1900[5] – einen energischen Besuch in der National Deposit Bank organisiert hat, das 14. Unternehmen dieser Art. Die Inbesitznahme dieser alten ehrwürdigen Bank wird in anderer Form vor sich gehen, als es für diesen Abend geplant war. Polly Peachums erste Liebe und Herrn Macheaths letzte Heirat sind es, die den großen Wandel schaffen sollen. Wir treffen Herrn Macheath wieder, wie er mit Vergnügen feststellt, was das Schaufenster enthält, das Fräulein Polly des Betrachtens wert findet: ein Brautpaar in Wachs. Das Abbild ihres Verfolgers im Schaufensterglas entdeckend, geht sie empört weiter. Aber das »Hotel zum Tintenfisch«, das sie, um Bier zu holen, betritt, bringt schon die Entscheidung: in dem drangvoll engen Durcheinander der Mazurka von Prostituierten, Dienstmädchen und Bummlern vor der Gassenschenke fühlt Polly sich plötzlich und doch nicht ganz unerwartet von ihrem Verfolger in den Strudel des Tanzvergnügens gezogen. Sie wehrt sich kaum. Ihr Geschick ist besiegelt. Ohne Wort verläßt sie mit ihm, den sie nicht kennt, das Lokal auf der anderen Seite nach einer anderen Straße zu (sie haben nicht mehr als eine halbe Runde getanzt) und durch die erhitzten Paare hindurch, die knutschend im Hofe stehen, geht ihr Weg in die Anlagen

wird, durch allerlei kleine unwirkliche Einfälle einen *Verdacht* zu wekken.

5 An irgendeiner, aber späteren Stelle des Filmes kann dieser »Verein« auf einer Gesamtphotographie in der Art gewisser Liedertafelphotos gezeigt werden.

entlang des Kanals, über die eben der Mond aufgeht[6]. Dennoch hat ihr Begleiter die Zeit gefunden, bei den zwei Autos vor dem Hotel einigen Herren mitzuteilen, daß der geplante Bankbesuch für heute verschoben und statt dessen eine soeben beschlossene Hochzeit zu organisieren sei[7]. Sie hat ihn, den gefüllten Bierkrug in der Hand, währenddessen geduldig erwartet. Sie sagt: »Ich gehe aber nur ein kurzes Stück mit.« Dann gehen zwei restlos Verliebte in unbeschwerter und alles vergessender Liebe durch die Nacht[8], während die Revolverschüsse der Autobanditen die Ladenstraße der City durchknallen, denn hier wird eine Brautausstattung beschafft. Nicht weniger als zwanzig schwerste Einbrüche schaffen alles, was gebraucht wird, zur Stelle, vom Brautbett bis zum Zahnbürstchen, und vor allem eine reichliche Auswahl. Die Liebesleute fahren Boot[9], während drei Autos einen Bürgersteig blockieren, einige vermummte Männer eine Schaufensterscheibe einschlagen und eine Zahnbürste rauben, und vier Mann werden durch einen blinden Bettler verpfiffen und von der Polizei gefaßt bei dem Versuch, eine Standuhr zu stehlen, als hinter dem Tor einer Fabrikeinfahrt die Braut sich hastig das Brautkleid überzieht (das dem Bräutigam in Zeitungspapier eingewickelt unter den Arm geschoben wurde).

6 Ein bis zwei Monde genügen.

7 Er ernennt eine Festleitung und setzt die Hochzeit für abends Punkt elf Uhr an. Ort: Die Reithalle des verreisten Herzogs von Somersetshire.

8 Siehe Dreigroschenoper, Seite 254, »Liebesgespräch«.

9 Am Ruder: sie.

Ein gesellschaftliches Ereignis
Die Hochzeit des Herrn Macheath mit Fräulein Polly Peachum fällt in die vierte Stunde ihrer Bekanntschaft und findet in der Reithalle des Herzogs von Somersetshire statt. Da dieser Herr zur Zeit nicht in London weilt, genügt die Knebelung zweier Domestiken, um eine Festhalle zu »mieten«, die 150 Personen faßt. Punkt elf ist sie bis auf den letzten Platz besetzt. Das Brautpaar findet – ein sinniger Einfall der Festleitung – die Reithalle bereits in eine riesige gute Stube verwandelt vor. Der erste Eindruck mag ein etwas spießiger sein: diese tüchtigen, ja etwas beleibten Männer haben ihre Frauen mitgebracht; aber die Forderung des Trauscheins würde wohl manche Verlegenheit auslösen, und die Braut mag selbst gewissen Damen den Obstteller reichen, deren gesellschaftliche Funktion sie vielleicht ahnt, aber nicht billigen kann. Insgesamt ist diese Hochzeit ein gesellschaftliches Ereignis. Von prominenten Mitgliedern der Gesellschaft bemerkt man unter den Gästen[10]: den Oberrichter von Drury Lane, einen General, zwei Mitglieder des Oberhauses, drei bekannte Rechtsanwälte, den Pfarrer von St. Margarets; besonders bemerkt wird der Polizeipräsident Tiger Brown, wie sich die Gäste zuflüstern: ein alter Kriegskamerad des Bräutigams. Das Festessen – im Hof ist während der ganzen Dauer eine eigene Schlächterei etabliert, die nicht weniger als drei Ochsen verarbeitet – wird verschönt durch den Vortrag eini-

10 Anzudeuten, daß dieses Kapitel ein Zeitungsbericht ist, kann man eine Zeitungsseite darüber kopieren. Einzelne Sätze des Berichtes aus der Gesellschaft, wie »besonders bemerkt wird«, treten dann jeweils in fetterem Druck hervor.

ger sangeskundiger Kollegen des Bräutigams. Auch die Braut produziert sich in einer kleinen mit besonderem Beifall aufgenommenen Ballade[11]. Ein kleiner unliebsamer Zwischenfall fällt nicht weiter auf: gegen Ende des Festes, das sich bis in die Morgenstunden hineinzieht, teilen drei seiner Leute dem Bandenführer Mackie Messer mit, sie seien bei einer der »Besorgungen« für die Festlichkeit von einem Bettler verpfiffen worden und der Polizei nur mit knapper Not entsprungen. Dieser Bettler sei ein Mitglied des J. J. Peachumschen Bettlertrusts[12].

11 »Barbarasong«, Dreigroschenoper, Seite 255-257. Die Figur der Polly steht dabei isoliert und klein in dem riesigen Raum.

12 Der erste Teil »Liebe und Heirat der Polly Peachum« zerfällt also in drei Kapitel, die eigene Titel haben. Jedes dieser Kapitel erfordert natürlich eine eigene Technik, was Art der Photographie, Rhythmus der Vorgänge und Bildstreifen und die besondere Apparateinstellung, die durch sie bedingt ist, usw. betrifft. Das erste Kapitel soll gleiten, ohne Bildschnitt und ohne Sprung. (Das Gesicht der Polly Peachum sieht der Zuschauer nicht, bevor Macheath es sieht.) Das zweite Kapitel bringt regelmäßig alternierend als zwei einander bedingende Handlungen den Liebesgang und die Beschaffung der Ausstattung, beide verschieden photographiert, die eine weich und ausschwingend, die andere scharf und montageartig. Das dritte Kapitel zeigt einzelne, miteinander nicht verbundene Stilleben; der Apparat sucht sich sozusagen Motive, er ist ein Soziologe.

Zweiter Teil
Die Macht des Bettlerkönigs

Der graue Alltag

Am anderen Morgen brechen Angehörige der Macheathbande, zweifellos direkt vom Fest kommend, in den Peachumschen Bettlergarderoben ein und entfernen sich unter Mitnahme der Ladenkasse. Beim Betreten seines Büros erblickt der »Bettlerkönig« auf der Tür mit Kreide geschrieben eine »Quittung über 40 Pfund 6 Schilling 2 Pence zum Ankauf einer Standuhr«. Kurz darauf hat er die Erklärung. Der Betrieb hat eben angefangen – es werden einfach, aber anständig gekleidete Leute in erbarmungswürdige Wracks verwandelt –, als ein Bettler ein Pfund Polizeibelohnung für Verhinderung des Diebstahls einer Standuhr abliefert. Gleichzeitig zeigt er eine ungeheure Beule auf seinem Kopf, die ihm die Einbrecher eben unten vor dem Laden geschlagen haben, dafür, daß er sie verpfiffen habe. Herr Peachum haut ihm ins Gesicht. Welche Dummheit von dem Mann, ihm die Macheathbande auf den Hals zu hetzen! Um ein weniges später entdeckt er, daß seine Tochter die Nacht außerhalb des elterlichen Hauses verbracht hat, um, wie sie ihm mit dürren Worten eröffnet, einen jungen Mann zu heiraten, dessen Namen sie nicht einmal weiß. Herr Peachum weiß ihn. Und in diesem Augenblick weiß er auch, daß es hier nur Kampf bis aufs Messer gibt. Er zieht den Mann mit der Beule aus seiner Ecke. Er baut ihn vor sich auf wie ein Standbild des öffentlichen Unrechts. Er verspricht seinen Angestellten, das Unrecht, das einem der ihren im Dienste der Polizei widerfahren sei, sofort und grausam zu rächen.

Er begibt sich zur Polizei[13]. Der Mann mit der Beule begleitet ihn.
Im Zimmer des Polizeipräsidenten findet er einen ihm unbekannten Herrn vor, in vertraulichem Geplauder mit dem Chef der Polizei. (Es handelt sich zwischen den beiden anscheinend um gewisse Akten über einen Jimmy Beckett alias John Miller alias Stanford Sills, zum Tode verurteilt in Southampton beziehungsweise Newcastle beziehungsweise Dover, die diesen Herrn belasten und die ihm am Nachmittag ausgeliefert werden sollen – ein nachträgliches Hochzeitsgeschenk des Polizeipräsidenten.) Dieser Herr – Herr Macheath – ist es, der Peachums Anzeige gegen den Bandenführer Macheath mit dem Satz abfertigt: Mit solchen Anwürfen könne er auch die Verhaftung des Bürgermeisters von London verlangen. Schweigend ist der Bettlerkönig neben seinem auch hier wieder beleidigten Mann gestanden, schweigend verläßt er mit ihm das Präsidium. Ein schallendes Gelächter folgt ihnen. Wer ist schon Herr Peachum[14]?

13 Nicht, ohne sich zuvor im ersten Dreigroschenfinale über »die Unsicherheit menschlicher Verhältnisse« beschwert zu haben. Dieses Finale kann in Form eines Familienkrachs gebracht werden; Polly mault in ihrem Zimmer, dessen Tür sie hinter sich zugehauen hat, ihre Mutter jammert auf dem Treppenabsatz, und Herr Peachum argumentiert unten im Stiegenhaus.

14 Nach Abgang des Herrn Peachum und seines Freundes Macheath singt Herr Brown folgende Strophen auf die Melodie der Moritat:

> Ach, sie sind die besten Leute
> Wenn man sie nicht grade stört
> Bei dem Kampfe um die Beute
> Welche ihnen nicht gehört.

Wer ist Herr Peachum?

Die Vorgänge bei der Abnahme der renovierten Old Oakstraße[15] zeigen dem Polizeipräsidenten schnell (noch am gleichen Nachmittag), wer Herr Peachum ist. Da die Königin nach ihrer Ankunft (sie ist für den kommenden Freitag festgesetzt) die Old Oakstraße am Hafen passieren muß, wird dieser Schandfleck von der Polizei in eine entzückende Gartenstraße verwandelt – mehrere Hektoliter Tünche tun Wunder[16], aus Schuttablagerungsplätzen werden Kinder-

Wird des Armen Lamm geschlachtet
Sind es meist der Schlächter zwei
Und den Streit der beiden Schlächter
Schlichtet dann die Polizei.

15 Besonders hier wird das Theaterstück verlassen, nicht dem Sinn, aber der Fabel nach. Elemente eines Theaterstückes wenig verändert zu verfilmen, wäre nur Unfug.

16 Die Polizisten singen beim Tünchen den

Song von der Tünche

Ist wo etwas faul und rieselt's im Gemäuer
Dann ist's nötig, daß man etwas tut
Und die Fäulnis wächst so ungeheuer
Wenn das einer sieht, das ist nicht gut.
Da ist schon wieder ein neuer
Fleck am Gemäuer
Das ist nicht gut! (Gar nicht gut!)
Da ist Tünche nötig! Tünche ist da nötig!
Wenn der Saustall einfällt, ist's zu spät!
Gebt uns Tünche und wir sind erbötig
Alles so zu machen, daß es noch mal geht.
Gebt uns Tünche, macht doch kein Geschrei!

spielplätze, die Bewohnerinnen des Sumpfes von Drury Lane verlassen jaulend unter Polizeibegleitung ihre Arbeitsstätte, die an dem von der Nation herbeigesehnten Freitag vorgeben wird, ein Heim für gefallene Mädchen zu sein. Genau wie Herr Peachum seine Angestellten in Wracks verwandelt, wird hier das Wrack einer Straße in einen hübschen und beruhigenden Anblick verwandelt. Bei der Abnahme der Renovierung durch den Premier führt Herr Peachum seine Künste vor: Massen von Bettlern haben die City verlassen, aus den Zentren der Riesenstadt kriecht es heran, und zwischen den neuen Blumenstöcken der frischgetünchten Häuser tauchen die vom Laster und Elend zerfressenen Gesichter der Berufsbettler auf[17]. Man hat, mit Recht, nicht versucht, die Kinder dieses Viertels irgendwie zu drapieren, hier ist jeder Täuschungsversuch aussichtslos: die dünnen Gliedmaßen der Rachitis verbirgt kein Samtanzug. Und was nützte es, Polizeikinder zu verwenden, wenn plötzlich doch ein echtes Kind unter die importierten ge-

An uns fehlt es nicht, wir sind bereit!
Gebt uns Tünche, dann wird alles neu
Und dann habt ihr eure neue Zeit.

17 Sie brüllen herunter:
Sie! Da ist was faul! Da rieselt's im Gemäuer!
Ist es denn nicht möglich, daß man da was tut?
Sie! Die Fäulnis wächst so ungeheuer!
Wenn uns einer sieht, das ist nicht gut! (Gar nicht gut!)

(Weitere Ratschläge wurden von uns nicht mehr ausgearbeitet, da an einem bestimmten Zeitpunkt der Anblick derer, die die Ratschläge befolgen und den Film ausführen sollten, uns unserer Illusionen beraubte. Wir hatten über der Arbeit vergessen: es war schon September 1930.)

schmuggelt ist und auf die Frage des dicken rosigen Premiers nach seinem Alter statt fünf Jahre, wie man seiner Größe nach annehmen müßte, 16 Jahre als sein Alter nennt? Die feierliche Besichtigung endet also mit einem schrillen Mißklang. Heimkehrend von diesem Bankrott, kann der Polizeipräsident, der sehr gut Herrn Peachum an der ersten Straßenecke hat stehen sehen – schweigend neben seinem Mann mit der Beule –, seinem Freund Macheath, der ungeduldig sein Hochzeitsgeschenk verlangt, nur raten, sofort zu verschwinden. »Macheath, wir haben es hier mit Gegnern zu tun, die weder Moral noch die primitivsten Formen menschlichen Anstands kennen«, sagt er ihm. Von den Akten ist keine Rede mehr.

Abschied und Pläne …

Fräulein Polly Peachum hat der Unbesonnenheit des jungen Mädchens einen Tag wolkenlosen Glücks verdankt; schon der nächste Morgen mit der grausamen Eröffnung ihres Vaters über ihren Mann trifft eine verzweifelte, der nächste Abend aber schon eine besonnene, nüchterne und tatkräftige Frau Macheath. Sie ist sofort nach dem furchtbaren Auftritt im elterlichen Hause hilfeflehend an die Stätte ihres nächtlichen Glücks geeilt. Unter einem Haufen Neugieriger, die das befremdliche Schauspiel angelockt hat, sieht sie, das Gesicht am Gitter, eifrige Polizisten Möbel – ihre Möbel! – aus der Reithalle des Herzogs von Somersetshire auf den Rasen stellen. Drei hochbepackte Reisewagen zeigen die Rückkehr des Palaisinhabers an. In diesem Moment des Zusammenbruchs aller Illusionen spürt sie im Nacken einen nur allzu bekannten Griff: Daumen und Mittelfinger ihres

Geliebten! »Arme Polly, kannst du was lernen!« Sie gehen sofort zusammen weg, wieder ein Gang zu zweit, der zweite erst, aber wie anders als der erste! Er sagt ihr, daß er weg muß, sofort. Sie sagt ihm, daß sie seinen Beruf nicht billigen kann, sie weint. »Kannst du denn nichts Anständiges werden?« fragt sie. Ihr Blick fällt auf ein Straßenschild: National Deposit Bank. Es ist die Bank, mit der auch ihr Vater arbeitet. »Kannst du nicht Bankier werden, irgend etwas?« – »Auf diese Bank haben wir schon lange ein Auge geworfen«, sagt er. »Nein, nicht so«, sagt sie und weint. »Du kannst sie ja auch kaufen«, sagt er verdrossen. »Kann ich das?« sagt sie, »siehst du, wenn man die Bank kaufen könnte, auf der meines Vaters Geld liegt ...«, und sie gehen in eifrigem Gespräch weiter. An irgendeiner Straßenecke verabschieden sie sich. »Ich weiß jetzt alles«, sagt sie, »du bist fürs erste nicht nötig. Es ist besser, du versteckst dich im Sumpf von Drury Lane, wie du vorhast.«

Dritter Teil
Das Spiel mit dem Feuer

Der historische Besitzwechsel der National Deposit Bank
Während die Prostituierten der Westindiadocks den Steckbrief lesen, in dem die Polizei nach einem Herrn Macheath fahndet, findet im Gesellschaftssaal eines Restaurants die Generalversammlung der Macheathplatte statt. Unter dem Vorsitz der Frau Macheath wird die Übernahme der National Deposit Bank auf legalem Wege beschlossen. Begründung: die neue Zeit. Herr Macheath geht eben erstaunt

durch eine völlig veränderte Old Oakstraße, während die Generalversammlung aus ihrer Mitte, unter Verleihung von Ruhegehältern, jene Mitglieder aussondert, die gesellschaftlich zu niedrig stehen, als daß sie die entscheidende Umstellung noch mitmachen könnten. Die eigentliche Übernahme der altehrwürdigen National Deposit Bank durch die Macheathplatte läßt sich am besten durch ein Bild vergegenwärtigen: Aussteigend aus ihren gestohlenen Autos[18], zugehend auf das Vertrauen erweckend bescheidene Tor dieses altrenommierten Hauses, überschreiten etwa 40 Herren eine illusionäre Linie auf dem Bürgersteig. Vor dem seinem Auge nicht trauenden Beschauer verwandeln sie sich im Moment des Überschreitens aus den bärtigen Räubern einer versunkenen Epoche in die kultivierten Beherrscher des modernen

18 Während sie in vier bis fünf Autos anfahren, singen sie den

Gründungssong der National Deposit Bank

Nicht wahr, eine Bank zu gründen
Muß doch jeder richtig finden
Kann man schon sein Geld nicht erben
Muß man's irgendwie erwerben.
Dazu sind doch Aktien besser
Als Revolver oder Messer
Nur das eine ist fatal –
Man braucht Anfangskapital.
Wenn die Gelder aber fehlen
Woher nehmen, wenn nicht stehlen?
Ach, wir wolln uns da nicht zanken
Woher haben's die andern Banken
Irgendwoher ist's gekommen
Irgendwem haben sie's genommen.

Geldmarktes. – Und Herr Macheath spaziert flotten Schrittes auf die Westindiadocks zu, unermüdlich den »Sumpf von Drury Lane« suchend, ein paar neue Verse einer soeben veralteten Moritat summend …[19]

Der Kampf um den Kopf des Macheath

An diesem Vormittag betritt Herr Jonathan Jeremiah Peachum mit dem Mann mit der Beule das Polizeipräsidium. Sieben Rechtsanwälte begleiten ihn. In dieser Unterredung mit dem Polizeichef fällt zum erstenmal expressis verbis jene Drohung mit der »Demonstration des Elends«[20], welche soviel Schrecken einjagen wird … Wieder tauchen vor den Augen Tiger Browns jene Fürchterlichen der Slums auf, die für eine Semmel zu allem bereit sind. Herr Peachum verlangt kurz und bündig den Kopf des Herrn Macheath alias Jimmy Beckett. »Mein Freund Sam«, sagt er, »verlangt, daß der Mann aufgehängt wird.« Herr Brown kann nur erwidern, daß der Aufenthaltsort des großen Banditen der Polizei unbekannt sei. »Sie werden ihn erfahren«, verspricht Herr Peachum.

19 Ja, wie kommt der Mensch zu Zaster?
Im Kontore kühl wie Eis
Sitzt der Bankier Mackie Messer, den
Man nicht fragt und der es weiß.
Auf des Hydeparks dürrem Rasen
Sitzt ein ruinierter Mann
(Und durch Piccadilly, Stock und Hütchen, kannst du was lernen!)
Geht der Bankier Mackie Messer
Dem man nichts beweisen kann.

20 Die Erzählung Peachums vom Polizeichef der Semiramis. Dreigroschenoper, Seite 283.

Die Verhaftung erfolgt unter pikanten Umständen bei einem Autopicknick, das Herr Macheath den Damen aus dem »Sumpf von Drury Lane« in Gottes freier Natur gibt. In dem Polizeiauto, das ihn verfolgt, sitzt an der Seite Frau Peachums eine alte Bekannte des Macheath, die Prostituierte Jenny Diver. Unter uralten Eichen im Kreise anrüchiger Damen empfängt der Unselige den Judaskuß dieser Person. Nach einer (für die Jahrhundertwende) rasenden Verfolgung – ein Auto voll Polizisten jagt ein Auto voll von Prostituierten – wird Herr Macheath gestellt. »Kommen Sie ruhig mit, Herr Macheath, es ist nur pro forma.«
Eine halbe Stunde später betritt eine Deputation von Bankiers und Rechtsanwälten, geführt von Frau Macheath, das Polizeipräsidium. In der sich entspinnenden Unterhaltung mit dem Polizeichef verlangen die Direktoren der National Deposit Bank kurz und bündig die Freilassung ihres Chefs. Der Präsident weist die Herren darauf hin, daß in den Armendistrikten eine Agitation gegen das Verhalten der Polizei im Falle des Bankiers Macheath im Gange sei, die angesichts der zu erwartenden Ankunft der Königin unliebsame Zwischenfälle befürchten lasse.
»Die Polizei, meine Herren, ist zu schwach gegen das Elend, das zu groß ist.« – »Mein Herr, dann ist es unsere Pflicht, etwas gegen das Elend zu unternehmen.« – »Nun?« – »Wir werden die Polizei verstärken.«
Die anschließende Erörterung über die der Polizei zur Verfügung zu stellenden Mittel, die immer mehr staatsphilosophischen Charakter annimmt, gibt Frau Macheath die Gelegenheit, ihren Gatten aufzusuchen. Sie kommt in seine Zelle, um ihn ihrer durch die Ereignisse unberührten un-

wandelbaren Liebe zu versichern, und sie erblickt bei ihm eine Rivalin: Jenny Diver, die in einem Anfall von Reue Herrn Macheath besucht hat. Noch einmal: Kampf um Macheath[21].

Erschöpft zurückkehrend von diesem unerquicklichen Auftritt – die Diver ist glücklich hinausbefördert –, trifft Frau Macheath im Treppenhause die Herren, die von oben kommen. Ihre Eröffnungen über die Haltung des Polizeipräsidenten scheinen so niederdrückend, daß man Frau Macheath ohnmächtig zusammensinken sieht.

Mit der Verhaftung des Macheath sind die Ereignisse in Fluß gekommen. Gegen Abend liest Herr Peachum an einer Straßenecke aus einer Zeitung einem Mann mit einer Beule eine Notiz vor, wonach in der City große Aufregung herrsche wegen der völlig grundlosen Verhaftung des Besitzers der National Deposit Bank. Einflußreiche Kreise hätten die Polizei gewarnt, sich den Forderungen des Straßenpöbels zu unterwerfen. Die Freilassung des Bankiers sei noch in den Abendstunden zu erwarten. In einer Toreinfahrt nimmt Herr Peachum seinem Begleiter vorsichtig den Hut ab, die Beule zu kontrollieren. »Die ist ja kleiner geworden«, schreit er wütend. »Ich kann doch nichts dafür«, sagt der Mann erstaunt. »So«, sagt Herr Peachum und schlägt ihm roh und kaltblütig auf die Verschwindende. »Jetzt«, sagt er, »können sie ihn freilassen in den Abendstunden.«

21 »Eifersuchtsduett«, Dreigroschenoper, Seite 278-280.

Vierter Teil
Die reitenden Boten des Herrn Macheath

Eine unruhige Nacht

An diesem Abend gehen durch die Elendsviertel der Westindiadocks fünf, sechs Bettler, von denen einer ein Plakat an einer Stange trägt. In der Mitte geht ein Mann ohne Hut mit einer großen Beule am Kopf und auf dem Plakat steht: Helft dem armen Sam zu seinem Recht! Sie gehen von Kneipe zu Kneipe, und sie zeigen die Beule jedermann, der Sinn für Gerechtigkeit hat, und es stellt sich heraus, daß es in dieser Gegend eine ganze Menge von Leuten gibt, die entweder Sinn für Gerechtigkeit haben oder Sinn für Humor und also bereit sind, am nächsten Morgen um sieben Uhr an die St.-Georges-Brücke zu kommen, um den hohen und höchsten Herrschaften die Beule des armen Sam zu zeigen.

Aber wie klein immer die Beule sein mag: die Furcht der Oberen wird sie vergrößern: sie haben eben ein allzu schlechtes Gewissen.

In dieser Nacht der Erwartung fährt der Polizeipräsident unruhig noch einmal die Straßen ab, die morgen ein Ort der Freude oder auch anderer Empfindungen werden sollen. Über die St.-Georges-Brücke fahrend, die von Polizei abgesperrt, leer und sauber, von Fahnen überweht daliegt, vermeint er Geräusche zu hören. Aussteigend erblickt er *unter* der Brücke dunkle formlose Haufen: das nackte Elend selber, das sich eben zur Ruhe legt. Jenes Elend, das nicht nur Herrn Peachum völlig unbekannt ist ...

Bei ihrem Mann wacht Frau Polly Peachum im Gefängnis.

Der graue Morgen wird die Stunde bringen, wo sie schwarze Kleidung anlegen wird, hastig wie vor nicht mehr als drei Tagen die Hochzeitskleider ... Wird das Paar nicht nachts noch in Erwägung gezogen haben, sich doch noch zu trennen?
Das Haus des Peachumschen Bettlertrusts liegt im Morgengrauen taghell erleuchtet da. Haben Herr und Frau Peachum etwa zu lachen? Hier, wo vierzig bis fünfzig Individuen, wachgehalten durch Zigaretten und Kaffee, auf die Weisungen ihres Chefs warten, Botschaften an die Zahllosen der Slums, das nackte Elend – in den Geschäftsräumen malen schon einige Getreue eindrucksvolle Demonstrationsplakate, die in »jenen dunklen Löchern, vor denen London sich verbirgt«, sicherlich Erfolg haben müssen –, wird hier die Entscheidung fallen? Aber welche Vorstellungen wird eine nicht sehr logische, aber inhaltsschwere Rede der wie gewöhnlich betrunkenen Frau Peachum in ihrem ohnehin für sein Geschäft fürchtenden Mann wecken? »Du bist ein Genie, Peachum«, sagt sie, »gehe nicht zu weit! Du willst das Elend anrufen, bedenke, daß das Elend sehr groß ist.« – »Ich werde ihnen sagen, es sei Zeit, abzurechnen«, sagt er sanft. »Das kannst du«, gibt sie zu bedenken, »sie werden abrechnen, aber mit wem werden sie abrechnen? Kannst du erreichen, daß sie nicht auch mit uns abrechnen? Sie werden kommen aus den Slums, warum nicht, aber über wen alles werden sie kommen? Man wird Herrn Macheath hängen, den Polizeipräsidenten lynchen, die Königin, Gott weiß was, wird man da uns schonen? Was wird sein, wenn sie kommen, Jonathan?« Wird er da nicht plötzlich sagen: »Das müßte

man überlegen, vielleicht wäre es wirklich nicht ganz angenehm …«
Nun, was immer diese ganze Gesellschaft ausbrüten wird, eines ist sicher: es wird diese Gesellschaft retten sollen. Und unhinderbar an diesem Punkt wird eine Frage auftauchen: Gegen wen?
Ein Traum des Polizeipräsidenten wird manche Frage beantworten.

Der Traum des Polizeipräsidenten

Gegen Morgen zu hat der Polizeipräsident einen Traum: Er sieht eine Brücke, und er sieht sie von unten, es ist ein kleiner Rest Erde, an dem die Wasser des Flusses reißend vorbeilaufen. Aber auf diesem kleinen Platz unter den Fahnen bewegt sich etwas, das sich schnell ausbreitet, man weiß nicht woher, es scheint noch ein tieferes Unten hier zu geben; jedenfalls sind es schon ganze Haufen, die jetzt sich nach oben bewegen, die Böschung herauf über die frisch gestrichenen Geländer hinweg, auf die Brücke selber direkt unter die Fahnen. Ja, dieser kleine Platz spuckt viele aus, zahllose, unaufhörlich, wenn es einmal begonnen hat, hört es nicht mehr auf; freilich es gibt Polizei, dort steht sie, sie wird die Brücke sperren, dort stehen Tanks, sie werden feuern, außerdem gibt es Militär, es wird – aber da ist das Elend schon, es formiert sich jetzt, es marschiert, seine Reihen sind lückenlos, genauso breit wie die Straßen, das füllt ja alles wie Wasser, das geht durch alles durch wie Wasser, es hat ja keine Substanz. Freilich wirft sich die Polizei entgegen, freilich wirbeln Gummiknüppel, aber was ist das, sie schlagen ja durch die Körper durch: in breiter Welle, quer durch die Polizisten durch marschiert das Elend

auf die schlummernde Stadt zu, durch rollende Tanks, durch Drahtverhaue durch, lautlos und schweigend durch das Haltbrüllen der Polizei und das Knattern der Maschinengewehre durch und ergießt sich in die Häuser. Tausende von Elenden in lautlosem Marsch, durchsichtig und gesichtslos, marschieren durch die Paläste der Reichen, marschieren durch die Mauern der Gemäldegalerien, der Residenz, der Gerichtspaläste, das Parlament.
Solche Träume haben Folgen.

Die Boten reiten ...
Wenn der Morgen heraufdämmert, stehen an der St.-Georges-Brücke die Männer und Frauen der Westindiadocks und warten auf den armen Sam mit seiner Beule. Aber durch das Läuten der Glocken, das den Extrazug der Königin empfängt, vorbei an Spalieren, unter wehenden Fahnen durch rast der Polizeipräsident nach Old Bailey, seinen Freund Macheath zu opfern, und ihm entgegen, auf halbem Wege, kommt Herr Peachum, seinen Freund Sam auszuliefern: *aus den gleichen Erwägungen heraus*: Sie haben erkannt: sie haben den gleichen Feind – die wartenden Leute an der St.-Georges-Brücke.
Und Herr Macheath? Glücklicherweise ist auch er nicht ganz unbemittelt: dort schaffen eben die von bewaffneten Polizisten geschützten Autos der National Deposit Bank, reitende Boten, die Kaution für den Helden herbei. Arm in Arm betreten Herr Peachum und der Polizeipräsident die Todeszelle, den Banditen herauszubitten und den Mann mit der Beule hineinzustecken. Einigkeit nämlich macht stark: eine nach erbittertem Kampf geeinigte Gesellschaft, begrüßt

in ihrer Mitte den Bankier Macheath und erwartet mit ihm die Königin[22].

Ein Schriftsteller, gefragt, warum er in seinen Arbeiten immer nur von Elend rede und immer nur den zerstörenden Einfluß des Elends auf die Menschen untersuche und darstelle, und warum er niemals hoffnungsvollere und erfreulichere Bilder des menschlichen Lebens entwürfe, erzählte folgende Geschichte:
»Zu einem Mann, der sich schon längere Zeit unpäßlich fühlte und nun mit allen Anzeichen einer schweren Erkrankung daniederlag, wurde ein Arzt gerufen, dem es in kürzester Zeit gelang, den Kranken und seine betrübten Angehörigen zu beruhigen und mit Hoffnung auf baldige Genesung zu erfüllen. Er nannte den Namen der Krankheit und be-

22 Schlußverse der »Moritat«:

Und so kommt zum guten Ende
Alles unter einen Hut
Ist das nötige Geld vorhanden
Ist das Ende meistens gut.

Daß nur er im Trüben fische
Hat der Hinz den Kunz bedroht
Doch zum Schluß vereint am Tische
Essen sie des Armen Brot.

Denn die einen sind im Dunkeln
Und die andern sind im Licht
Und man siehet die im Lichte
Die im Dunkeln sieht man nicht.

zeichnete den Fall als einen verhältnismäßig einfachen und vorübergehenden. Er gab genaue Anweisungen und verschrieb verschiedene Medikamente und scheute nicht die Mühe, selbst mehrere Male am Tage nach dem Kranken zu sehen, und wurde so der willkommenste Gast im Hause des Kranken.

Die Krankheit des Mannes aber nahm zu und er konnte bald nicht mehr einen Finger heben, so hatte das Fieber ihn geschwächt. Der Arzt aber redete vom Sommer, von Reisen, von der Zeit, wo der Kranke, wieder gesund, ein gutes Leben führen würde.

In diesen Tagen kam ein alter Freund der Familie, der selber ein berühmter Arzt war, durch die Stadt, in der der Mann lebte. Als der den Kranken sah, erschrak er, denn er erkannte, daß der Mann, dessen Freund er war, nicht am Leben bleiben würde. Er untersuchte den Kranken lange und gründlich und verheimlichte den Angehörigen nicht seine Befürchtungen, obwohl er, wie er sagte, noch nicht imstande sei, die genaue Ursache der Erkrankung anzugeben.

Als nun der Mann wirklich nach zwei weiteren Tagen starb, fragte die verzweifelte Mutter den Freund, ob ihr Sohn nicht hätte gerettet werden können, da sie doch gehört hätte, daß gerade diese Krankheit, die ihr der Arzt genannt habe, selten mit dem Tode endige. Der Freund überlegte eine Weile und sagte dann: ›Nein, er hätte nicht gerettet werden können.‹ Zu dem Bruder des Toten aber, ihrem jüngsten Sohn, sagte er draußen: ›Hätte man Ihren Bruder gleich einem Chirurgen übergeben, lebte er heute noch. Das ist meine Ansicht und Ihnen sage ich sie. Ihre Mutter ist alt und braucht die

Wahrheit nicht mehr, sondern Trost, Sie aber sind jung und brauchen die Wahrheit.‹

›Und warum hat ihn der Arzt, den wir damals gerufen haben, nicht gleich einem Chirurgen übergeben?‹ fragte der junge Mann. ›Warum hat er immer nur von Besserung geredet und von der Gesundheit meines Bruders? Und wozu die teuren Medikamente und die genauen Anweisungen, wenn sie nichts nützten?‹

›Nicht immer müssen teure Medikamente und genaue Anweisungen nützen, junger Freund, aber was man von einem Arzt verlangen soll, ist, daß er die richtige Ursache der Krankheit feststellt. Um jemand gesund zu machen, braucht man zuerst die richtige Diagnose. Und um die richtige Diagnose stellen zu können, braucht man nicht nur ein gründliches medizinisches Wissen, sondern auch wirkliches Interesse an der Heilung der Krankheit. Es genügt nicht, daß einer Arzt ist, er muß auch helfen können. Jener Arzt redete von Besserung, als er noch nicht die wahre Ursache der Erkrankung festgestellt hatte. *Ich aber rede so lange von Krankheit und nur von Krankheit, bis ich die genaue Ursache der Erkrankung kenne und die genauen Mittel weiß, um sie wirksam zu bekämpfen, und die ersten Anzeichen der Besserung sich zeigen. Dann erst rede auch ich vielleicht von Heilung.*‹

So oder so ähnlich war es«, sagte der Schriftsteller und brach die Geschichte ab.

»Aber du bist doch kein Arzt«, fragte man ihn erstaunt nach einem kurzen höflichen Schweigen.

»Nein. Aber Schriftsteller«, erwiderte er.

Nachwort

Daß der Erzähler Bertolt Brecht einem breiten Publikum, und zwar nicht nur in Deutschland, bekannt ist, in der Brecht-Forschung hingegen weitestgehend Niemandsland darstellt, ist ein Kuriosum der Brecht-Rezeption. Allein die *Kalendergeschichten*, die Brecht übrigens als eine der ersten Buchpublikationen nach dem Krieg (1949) herausbrachte, haben im Taschenbuch eine Million Auflage (seit 1953). Rechnet man die über 135000 Exemplare der *Werkausgabe* (in der edition suhrkamp) hinzu sowie die Hunderttausende (oder vielmehr Millionen) von Einzeldrucken der Geschichten, allen voran von den *Geschichten vom Herrn Keuner*, deren Zahl längst nicht mehr zu überschauen ist, ist es wohl kaum übertrieben, wenn man behauptet, daß es in Deutschland kaum einen Menschen geben dürfte, der in seinem Leben nicht mindestens mit einer Geschichte oder Erzählung des Herrn Bertolt Brecht konfrontiert worden ist. Dennoch galt, bis 2002 der 3. Band des neuen *Brecht-Handbuchs* erschien, der dem Prosaisten Brecht 500 Lexikonseiten widmet, das von Kirsten Boie-Grotz 1978 eingeführte Schlagwort vom ›unbekannten Erzähler‹ über Jahrzehnte. Daran änderten auch der Kommentar zur Prosa Brechts von Klaus-Detlef Müller oder die Darstellungen von Wolfgang Jeske zu den Romanen leider nur wenig.

Daß dem so war und seit kurzem nicht mehr ist – wie jetzt glücklicherweise angesichts des neuen *Brecht-Handbuchs* konstatiert werden kann –, hängt damit zusammen, daß die Prosa Brechts erst ab 1965 durch die erste Ausgabe der Werke (mit fünf Bänden Prosa) sowie 1967 durch die *Werkausgabe* nach dem Einbruch von Faschismus und Krieg wieder – und da auch unvollständig – zugänglich geworden ist. Abgesehen von den Einzelausgaben der Romane und der Geschichten lag das Prosawerk über dreißig Jahre lang nicht vor, und diese Tatsache erweckte den Anschein, als gäbe es den Erzähler Brecht überhaupt nicht, zumal die Dominanz des Stükkeschreibers und dann auch des Lyrikers bis heute gültig ist. In der *Großen kommentierten Berliner und Frankfurter Ausgabe* in 30 Bänden (= 33 Teilbände, erschienen: 1988-2000) macht die Prosa immerhin fünf Bände aus, so daß durchaus nicht von einer bloßen Nebentätigkeit des Stückeschreibers gesprochen werden kann.

Daß Brechts Dichterkarriere mit der Geschichte *Bargan läßt es sein* begann, blieb angesichts des legendären Ausspruchs von Herbert Jhering über *Trommeln in der Nacht* – »Der vierundzwanzigjährige Dichter Bert Brecht hat über Nacht das dichterische Antlitz Deutschlands verändert« – auch in der Forschung weitgehend unbeachtet. Als Brecht von November 1921 bis April 1922 sich in Berlin – seine zweite Reise – aufhielt, schrieb er am 2. Dezember 1921 an Paula Banholzer: »Auch kriege ich viele Verbindungen, die Leute kennen alle die Novelle im ›Merkur‹ [der Münchner Zeitschrift, in der *Bargan läßt es sein* im September gedruckt worden war] und reden einiges davon und wollen mir alle noch behilflich sein.« Brecht war durch die wüste Seeräuber-Geschichte in der Metropole zum literarischen Geheimtip geworden. Sie erfüllte das, was ihrem Autor mit seiner Reise vorschwebte, sich nämlich auf dem literarischen Markt, der nicht in der Provinz liegen konnte (wie Augsburg), einzurichten und die Übersiedlung nach Berlin vorzubereiten.

Daß Brecht diesen Markt nicht nur mit seinen Stücken und seiner Lyrik erfolgreich eroberte, ist ebenso unbeachtet geblieben wie der literarische Start mit einer Erzählung. Brecht wußte, wohin seine Prosa gehörte, nicht zwischen Buchdeckel, sondern ins Massenmedium Zeitung, wo sie denn auch ein Massenpublikum erreichte (zwischen 1925 und 1933 erschienen – neben weiteren Publikationsformen – neunzehn Geschichten in Zeitungen). Da damals die literarischen Beiträge in Zeitungen einen noch wesentlich höheren Stellenwert als heute hatten – das Medium war ja als dominierendes Massenmedium noch vergleichsweise jung – und Brecht z. B. 1928 mit seiner Erzählung *Die Bestie* einen Preis in einem Ausschreiben der *Berliner Illustrirten Zeitung* gewann, muß seiner Prosa der Weimarer Zeit ein außerordentlich hoher Bekanntheitsgrad zugemessen werden, so daß ein weiteres Kuriosum zu konstatieren ist: Brechts Erfolgsprosa der Weimarer Zeit wurde aufgrund des politischen Einschnitts der Nazibarbarei einfach vergessen, was denn auch zu nachhaltigen Fehlurteilen in der Forschung führte, wonach – wie z. B. Walter Jens behauptet hat – Brecht nun einmal kein Prosaist sei oder das Schreiben von Erzählungen oder Romanen nur ein Nebenprodukt und dann auch noch von minderer Qualität darstellte.

Das Gegenteil gilt. Brechts Prosa der 20er Jahre weist bereits alle Kennzeichen auf, die sie als ›modern‹ deklarieren lassen, ohne daß sie jedoch die ›typischen‹ (klassischen) Bedeutungen teilte, die ihr die Forschung weitgehend unisono zugewiesen hat: Sprachskepsis als Ausdruck für Relativismus, grundsätzliche ›Abbildungsfeindlichkeit‹, Hinwendung zur ›Seele‹, die relativiert und depraviert wird, Wirklichkeit als

›Ausdruck‹ des Subjekts u. a. Brecht gelangte vielmehr zu anderen, nicht minder überzeugenden Lösungen, die nicht einem allgemeinen Erkenntniszweifel frönen und auch nicht die Entmachtung des Subjekts dadurch (weitgehend mit Nietzsche) kompensieren, daß sie es zum (notwendigen) ›Bildner‹ der Realität erheben, weil, wie Werner Heisenberg, auf den sich die ›klassische Moderne beruft, behauptet hat, »Innenwelt und Außenwelt, Körper und Seele« nicht mehr zu trennen seien und deshalb alle (auch die naturwissenschaftliche) Erkenntnis nur eine Selbstprojektion des Menschen sei, was denn für die Literatur in noch gesteigertem Maß gilt bzw. gelten soll. Brecht dagegen hielt am Primat der materiellen, sprich: gesellschaftlich-geschichtlichen Realität fest und verankerte auch seine Geschichten im Grund und Boden der zeitgenössischen Wirklichkeit. Dennoch reklamierte Brecht auch für seine Prosa: »Geschichten, die man versteht, sind nur schlecht erzählt«, wie es im *Baal* heißt, oder »Ja, für Leute, die alles begreifen, gibt es keine Geschichten!«, wie Kascher im *Javameier* feststellt, Aussprüche, die deutlich werden lassen, daß das Fabulieren im Zentrum von Brechts Geschichten-Erzählen steht und keineswegs irgendwelche Lehren oder Botschaften verbreitet werden, ganz abgesehen davon, daß nicht wenige Geschichten durch ihre ›Unlogik‹ und Vieldeutigkeit der Interpretation große Rätsel aufgegeben haben und auch weiterhin aufgeben werden.

Die ausgewählten Geschichten sollen für sich selbst sprechen, so daß hier keine weiteren Hinweise auf Brechts erzählerische Raffinessen und Eigenheiten erfolgen. Nur eines sei noch angemerkt. Die Geschichten der Weimarer Zeit sind wesentlich avantgardistischer und scheinbar ›unbrechtischer‹ als die bekannteren Geschichten des späteren, angeblich ›reiferen‹ Brecht. Ein Vergleich von Geschichten wie *Der Javameier, Der Kinnhaken* oder *»Nordeekrabben«* mit den *Kalendergeschichten* macht schnell klar, daß der ›späte‹ Brecht des Exils zu einem relativ traditionellen Erzählstil zurückkehrte. Die *Kalendergeschichten*, die für den Brecht des Exils repräsentativ sind, weisen nicht mehr die Undurchsichtigkeit, Ironie, zynische Distanz, Sprachkritik, das Spiel mit verschiedenen Erzählebenen und mit der Fiktion u. a. m. auf, vielmehr zeichnen sie sich durch eine klar strukturierte, deutlich mit Sentiment bereicherte und meist in chronologischer Abfolge angelegte Erzählweise aus. Auch hier gilt wohl, was auch für das Theater gilt, daß die im Exil abgerissene Verbindung zu den ›Apparaten‹ (Theater, Medien etc.), wie Brecht sie nannte, das Schreiben zugleich von ihrer Technik – der Brecht mit der Technifizierung der Sprache antwortete – ablöste und vergleichsweise wieder traditionell werden ließ. Oder anders gesagt: der Einbruch des Nazireichs hinderte Brecht maßgeblich daran, eine – gegenüber der klassischen Moderne – Avantgarde weiterhin erfolgreich durchzusetzen, ein Verlust, der auch durch solche Ausgaben wie die vorliegende nicht wiedergutzumachen ist. Um so wichtiger ist, diese Geschichten jetzt einem breiten Publikum zugänglich zu machen.

Die Texte folgen der *Großen kommentierten Berliner und Frankfurter Ausgabe* (GBA), hier Band 19, den Brigitte Bergheim in der *Arbeitsstelle Bertolt Brecht* in Karlsruhe bearbeitet hat. Die Auswahl berücksichtigt alle zu Brechts Lebzeiten publizierten Geschichten sowie weitere Texte, die erst aus dem Nachlaß ediert worden sind; Fragmente fanden im Gegensatz zur GBA keine Aufnahme. Für erste Informationen zu den Geschichten (Entstehungszeit, Druckort, Sacherläuterungen u. a.) sei auf den Kommentar in Band 19 der GBA verwiesen.

Jan Knopf

Karlsruhe, 20. Mai 2003

Zu dieser Ausgabe

insel taschenbuch 2948: Der vorliegende Text folgt der Ausgabe: Bertolt Brecht, *Werke*. Große kommentierte Berliner und Frankfurter Ausgabe. Herausgegeben von Werner Hecht, Jan Knopf, Werner Mittenzwei und Klaus-Detlef Müller. Band 19: Prosa 4. Geschichten, Filmgeschichten, Drehbücher 1913-1939. Suhrkamp Verlag Frankfurt am Main 1997.

Die Seitenverweise auf die *Dreigroschenoper* in den Fußnoten zu *Die Beule. Ein Dreigroschenfilm* (S. 209-228) beziehen sich auf den Abdruck der Oper in Band 2 der *Werke*. Große kommentierte Berliner und Frankfurter Ausgabe, Frankfurt am Main 1988.

Umschlagfoto: Konrad Reßler/Fotomuseum im Münchner Stadtmuseum

Leben des Galilei. Schauspiel. es 1. 161 Seiten

Mann ist Mann. Lustspiel. es 259. 99 Seiten

Die Maßnahme. Zwei Fassungen. Anmerkungen. es 2058. 108 Seiten

Mutter Courage und ihre Kinder. Eine Chronik aus dem Dreißigjährigen Krieg. es 49. 126 Seiten

Der Ozeanflug. Die Horatier und die Kuriatier. Die Maßnahme. es 222. 94 Seiten

Schweyk im zweiten Weltkrieg. es 132. 106 Seiten

Trommeln in der Nacht. Komödie. es 490. 60 Seiten

Der Untergang des Egoisten Johann Fatzer. Bühnenfassung von Heiner Müller. es 1830. 118 Seiten

Das Verhör des Lukullus. Hörspiel. es 740. 62 Seiten

Gedichte

Ausgewählte Gedichte. Auswahl von Siegfried Unseld. Nachwort von Walter Jens. es 86. 100 Seiten

Buckower Elegien. Mit Kommentaren von Jan Knopf. es 1397. 125 Seiten

Die Gedichte. Zusammenstellung: Jan Knopf. 1251 Seiten. Leinen

Gedichte in einem Band. 1389 Seiten. Leinen und it 2970

NF 232 K/2/5.02

Gedichte. Ausgewählt von Autoren. Mit einem Geleitwort von Ernst Bloch. st 251. 149 Seiten

Gedichte über die Liebe. Ausgewählt von Werner Hecht. BS 1161 und st 1001. 240 Seiten

Gedichte und Lieder. Ausgewählt von Peter Suhrkamp. BS 33. 164 Seiten

Bertolt Brechts Hauspostille. Mit Anleitungen, Gesangsnoten und einem Anhang. BS 4. 164 Seiten

Hundert Gedichte. Ausgewählt von Siegfried Unseld. st 2800. 188 Seiten

Über Verführung. Erotische Gedichte. Mit Radierungen von Pablo Picasso. Zusammengestellt von Günter Berg. IB 1210. 88 Seiten

Prosa

Dreigroschenroman. st 1846. 392 Seiten

Flüchtlingsgespräche. Erweiterte Ausgabe. BS 1274. 152 Seiten

Die Geschäfte des Herrn Julius Caesar. Romanfragment. es 332. 234 Seiten

Geschichten vom Herrn Keuner. BS 1366. 164 Seiten

Kalendergeschichten. Mit einem Nachwort von Jan Knopf. BS 1343. 160 Seiten

NF 232 K/3/5.02

